폭식의
Berserk of Gluttony

베르세르크 VIII

나만 레벨이라는 개념을 돌파한다

잇시키 이치카 지음
fame 일러스트
천선필 옮김

"같이 제도로
가지 못하는 건 아쉽네."
마인

"무리하진 마세요……."
록시

"네, 기회는 한 번뿐입니다."
에리스

"에리스, 내게서 떨어지지 마."
페이트

"너 말이야……
왜 그때 그런 무모한 짓을 한 거야!"

"그것밖에 방법이 없었기 때문이다.
하지만 이렇게 돌아왔지."

폭식의

Berserk of Gluttony

베르세르크

나만 레벨이라는 개념을 돌파한다

VIII

잇시키 이치카 지음

fame 일러스트

천선필 옮김

Contents

폭식의 베르세르크
~나만 레벨이라는 개념을 돌파한다~
VIII

Berserk of Gluttony

VIII

Story by Ichika Isshiki

Illustration by fame

제1화 조용한 아침

동이 트는 하우젠을 혼자서 보고 있었다.

평소에는 지평선 너머에서 나타나는 태양. 하지만, 지금은 그렇지 않다.

높게 떠오른 가리아 대륙이 그것을 가로막고 있기 때문이다. 후광을 받은 그 모습은 장엄하기까지 했다.

아무것도 알지 못했다면 나도 영지의 주민들처럼 그저 넋이 나가기만 했을 것이다.

"안녕, 페이트."

"라이네?!"

"왜 그렇게 놀란 표정을 짓는 거야?"

"아니, 네가 이렇게 일찍 일어나는 경우는 거의 없었으니까."

"나도 가끔은 일찍 일어나. 그 유명한 광경을 꼭 봐두고 싶었으니까."

내가 앉아 있는 저택의 안뜰 벤치.

라이네도 그곳에 앉았다.

"들었어, 그리드를 잃었다면서? 그래도 풀 죽진 않은 것 같아서 다행이야. 괜히 걱정했나 보네."

"마인 덕분이려나. 아직 포기해선 안 된다는 걸 배웠거든."

"그래? 그럼 이걸 네게 주도록 할까."

라이네가 봉투를 건넸다.

"누가 보낸 건데?"

"네 아버지……, 딘이야."

"아버지?!"

주름 하나 없이 새하얀 봉투를 잡은 손에 무심코 힘이 들어가 버렸다.

"그리고 말을 전해달래. 가리아의 심부에서 너를 기다리고 있 겠다고. 어떻게 할 거야?"

"굳이 물어볼 필요도 없어."

나는 라이네를 바라보았다.

그녀는 그런 나를 곤란하다는 듯이 바라보며 미소 지었다.

"피는 속일 수 없는 건가? 너희들은 정말 닮았어."

"닮았다고?"

예전이었다면 그 말을 듣고 기뻐했겠지만, 지금은 발끈해 버 린다.

아버지는 그 땅으로 통하는 문을 열어버렸다.

지금은 사방에서 마물이 되살아나 버렸고, 사람들을 괴롭히기 시작하고 있다.

작은 마을이 여러 군데 마물에게 습격당해 괴멸되었다고 들 었다.

사람이 가장 많이 사는 왕도에도 사람 냄새에 이끌렸는지 마물 들이 모여들고 있다고 한다. 그리 멀지 않은 미래에 데스 마치가 발생할 우려가 있다.

아직까지는 아론이나 백기사들이 필사적으로 막아내고 있다 는데.

그런 상황을 만들어버린 아버지와 닮았다는 말을 들으니 뭐라 말하기 힘든 기분이다.

"너희 아버지는 선천적인 본성에 사로잡혀 있어."

"그건 스노우와 마찬가지로……."

"성각이지. 신이 내려준 하늘의 계시, 그것은 결코 거역할 수 없거든."

"그 땅으로 통하는 문을 여는 게 아버지의 계시였다고?"

"지금까지 상황을 보면 그렇게 되겠지. 그 사람이 그 땅으로 통하는 문에 집착했던 것도 그렇고, 그것을 이루어냈을 때 볼에 성각이 나타났으니까."

하지만, 그건 이상하다.

라이브라는 그 땅으로 통하는 문이 열리는 것을 막으려 했다.

반대로 아버지는 문을 열려 했다.

"라이브라와 아버지가 하려는 행동은 정반대야."

"같은 성수인이라 해도 그들의 계시가 다르기 때문일 거야, 아마도."

"무슨 말이야?!"

"신의 의지는 한 가지가 아니야. 분명 여러 가지인 거겠지. 각자 부여받은 사명을 달성하려는 건지도 몰라. 그리고 말이지, 너희 아버지는 라이브라를 싫어했어. 뭔가 악연이 있는 것 같더라고. 그건 하늘의 계시가 아니라 개인적인 문제일 테고."

하늘의 계시가 여러 가지라…….

모든 성수인에게 한 가지 하늘의 계시를 내리면 효율적으로 달성할 수 있을 것 같은데.

왜 그렇게 귀찮은 짓을 한 거지? 다른 하늘의 계시끼리 서로 반발하면 아무것도 이루어내지 못할지도 모르는데.

"신의 생각은 이해가 안 되네."

"맞아. 그게 이해가 되면 우리도 고생하지 않고 살아갈 수 있을지도 모르지. 그리고 어쩌면 많은 길이 준비되어 있고, 우리가 선택하는 역할을 맡은 건지도 몰라."

"많은 선택……."

"그게 연구자로서도 흥미롭고."

"결국 자신을 위해서야?"

"후후후……, 연구를 많이 할 수 있는 쪽이 더 좋으니까."

"진짜……, 라이네는."

어이없어하고 있자니 그녀가 내 가슴을 만졌다.

"잠깐……."

나는 너무 갑작스러워서 놀랐지만, 라이네는 매우 진지했다.

"요즘, 몸 상태는 어때?"

"건강한데."

"거짓말."

"그렇지는……."

"페이트는 거짓말을 잘 못 하는구나."

"뭐?!"

너무 정확한 지적이었기에 굳어버렸다.

그 틈을 타서 라이네가 내 몸을 마구 만져댔다.

"진짜, 이제 됐잖아!"

"역시나. 언제부터였어? 이런 상태가 된 게."

폭식 스킬에 먹혀가는 몸을 왕도에서 계속 진찰해준 그녀.

그럼에도 불구하고 막상 몸에 크게 변화가 일어나니 말하기가 망설여졌는데, 이렇게 억지로라도 진찰을 해준 건 오히려 고마운 일인지도 모르겠다.

"1주일 전부터였나."

"아아아아. 왜 미리 말하지 않은 건데."

"바빠서."

"정말, 이러니까 손이 많이 가지."

라이네는 내 옷을 잡아당겨서 정면을 보게 했다.

"자, 벗어."

"여기서?!"

"다른 사람은 없어. 안심하고."

"그럴 수 있겠냐고!"

하지만 그녀는 내 옷을 억지로 벗기려 했다.

알고 싶은 게 생기면 당장 알아봐야 성이 차는 그녀의 안 좋은 버릇이다.

이대로 가다가는 대낮부터 안뜰에서 알몸이 되어버릴 기세.

하지만 그녀는 내 등을 본 순간, 손을 멈췄다.

"그렇구나. 역시 부자지간인가? 너희 아버지에게 있던 것과 마찬가지야."

"이게, 아버지에게도."

"너보다 크고 힘찬 날개를 지니고 있었어."

"그렇다면."

"이건 폭식 스킬의 영향이 아니야. 성수인의 인자가 네게도 나타난 거라고."

"왜 이제 와서."

내가 그렇게 묻자 라이네는 하늘 위에 떠 있는 가리아 대륙을 보며 말했다.

"저기 있는 너희 아버지가 이렇게 말했지. 네가 성수인의 힘을 각성하려 하고 있다고. 그걸 가능하게 만들어 준 게 폭식 스킬이야."

"이 스킬이?"

"그래. 연약한 인간은 성수인의 힘을 감당하지 못해. 하지만 폭식 스킬로 인해서 넌 E의 영역에 도달했지. 그로 인해 성수인의 힘이 각성하는 계기가 된 거고."

어머니가 인간. 아버지가 성수인.

나는 양쪽의 힘을 이어받은 혼혈이라는 뜻이다.

태어난 이후로 계속 인간이었는데 이제 와서 성수인으로서의 힘을 각성하려 하고 있다니.

"그 영향으로 폭식 스킬과의 균형이 잡히고 있어. 요즘 컨디션이 좋지?"

"그래, 네 추측이 맞아. 지금까지 지켜주고 있던 루나가 사라진 이후로 꽤 힘들어질 줄 알았는데 말이야."

이게 좋은 건지는 모르겠다.

루나가 떠나고 나서 정신세계로 가게 되는 일은 없었다.

그리고 또 하나의 나인 폭식 스킬도 그 이후로 만난 적이 없다.

그때 전투를 벌였을 때는 내가 겨우 이기긴 했지만, 다음에는 어떻게 될지 모른다.

지금까지 잠잠했던 폭식 스킬.

그것이 겉으로 드러난 건 각성하려 하는 성수인의 힘 때문에 초조해졌기 때문일지도 모르겠다.

"어찌 됐든, 페이트의 몸에 대해 좋은 정보원을 얻었으니까 시간이 필요해."

"정보원?"

"너희 아버지가 에테르 혈정을 맡겼어. 신의 피로 구성되었다는 기적의 돌인 모양이야. 나는 그 힘을 이용해서 나와 함께 왕도의 연구 시설에서 가지고 나온 현자의 돌을 정화하고 있었고."

"현자의 돌?!"

얼마 전에 하우젠 지하에서 싸웠던 집합 생명체, 신의 분체 말인가?!

그때, 아버지는 분명히 현자의 돌을 가지고 있었다. 생김새는 딱히 달라지지 않았던 것 같은데…….

"그래, 이 눈으로 똑똑히 봤어. 그 돌에 깃들어 있던 의지를 정화하고 있었지. 그걸 사용하면 폭식 스킬도 마찬가지로 의지를 정화할 수 있을지도 몰라. 그렇게 되면 페이트도 폭식 스킬을 컨트롤할 수 있게 되겠지."

"꿈만 같은 이야기네."

"나는 꿈이라고 생각하지 않아. 너희 아버지는 에테르 혈정을 내게 아들을 위해서라면서 맡겼어. 거짓말을 하는 것 같지는 않았고."

아버지가 나를 위해서 그런 걸…….

"기뻐하기는 아직 이르지. 에테르 혈정을 조사하려면 시간이 걸려. 기기는 하우젠 지하에 있는 고대 도시 그란돌에 있고. 한동안은 지하에 틀어박혀서 연구만 해야겠지."

"기뻐 보이는데."

"이게 내 천직이니까. 내키면 청소하러 와줘."

"가끔은 알아서 좀 해."

"페이트의 일을 뺏을 수는 없지."

"야, 나는 이래 봬도 하우젠의 영주인데."

라이네는 할 말을 다 했다는 듯이 벤치에서 몸을 일으켰다.

"그럼, 연구할 게 있어서."

걸어가기 시작한 그녀의 뒷모습을 향해 말을 걸었다.

"이봐, 무간에게는 무사하다고 알렸어?"

아버지인 무간은 유괴당한 딸을 계속 걱정했다.

라이네의 성격을 감안하면 연구만 생각하다가 연락을 하지 않았을 우려가 있다.

설마 그럴까라고 생각하면서도 만에 하나를 대비해 물어보았다.

그러자 라이네가 멍한 표정을 지었다.

"앗! 깜빡했네!!"

"말도 안 돼! 무간이 왕도에서 울고 있을 거라고. 얼른 연락해!"

부모에게 걱정만 끼치네.

라이네는 여전한 모양이다.

그럼에도 불구하고 나를 위해 힘을 빌려주고 있다는 건 솔직히 기쁘다.

제2화 분노와 폭식

라이네는 쓸데없이 사람을 놀라게 만든다.

부모에게 연락하는 것도 깜빡한 주제에, 결국에는 연구를 선택해 버렸다.

어쩔 수 없지. 내가 연락할 수밖에 없을 것 같다.

세트에게 부탁해서 왕도에 있는 무간에게 딸이 무사하다는 걸 알리기 위해 전령을 준비시켰다.

"너도 힘들겠구나."

세트가 쓴웃음을 지으며 부하인 무인들에게 왕도에 보낼 보고서를 건네고 있었다.

애초에 하우젠에서 일어난 일을 왕도에 알릴 필요가 있긴 했다.

그러는 김에 부탁한 것이다.

"그러고 보니까 요즘은 에리스 님이 안 보이는데, 뭔가 아는 거 있어?"

"아……, 에리스라면 저기로 가는 방법을 찾으러 갔어."

올려다본 곳, 하늘 위에 떠오른 가리아 대륙이다.

하늘 높이 떠 있기에 걸어서 상륙할 수는 없다.

록시가 천사 모드가 되어 가리아 대륙으로 데려다주겠다고 말하긴 했지만 그 모습은 스노우와 록시의 힘을 많이 소비해버린다. 우리를 데려다주는 것만을 위해 천사 모드를 쓰는 건 너무 아깝다.

상륙하고 나서가 진짜인데 그녀들이 지친 상태라면 문제가 되기 때문이다.

상륙 수단에 대해서는 에리스가 좋은 방법이 있다는 말을 남기고 어디론가 가버렸는데, 그 방법이 대체 무엇인지는 전혀 짐작이 되지 않는다.

"터무니없는 방법이 아니면 좋겠는데."

"페이트는 에리스 님에 대한 신뢰도가 매우 낮단 말이지."

"당연하지. 지금까지 있었던 일들만 떠올려봐도 터무니없는 것들 뿐이었는데."

"예를 들자면?"

"날마다 내가 자고 있는데 에리스가 알몸으로 덮치려 했어. 그래서 잠이 부족하다고."

"뭐? 너무 부럽잖아!"

세트는 에리스를 정말 좋아하는 모양이다. 나도 그녀가 아름다운 여자라고 생각하긴 한다.

하지만 나는 에리스의 행동에서 약간 위화감을 느꼈다. 에리스는 항상 내게 그런 짓을 하곤 하지만, 호의와는 다른 게 느껴지기 때문이다. 그게 무엇인지는 아직 모르겠다.

그녀에게 아직 비밀이 많기 때문인 걸까.

"너 말이야! 그 에리스 님이잖아. 우리 왕국의 여왕 폐하이자 절세 미녀잖아. 그런 에리스 님께서 그렇게 열렬하게 구애하는데 아무런 반응도 보이지 않는 네가 진짜로 남자 맞는지 수상하다고. 대체 뭐가 불만이야!"

"흥분하지 마. 너무 다그치는 거 아니야?"

으음~, 물론 처음에는 알몸인 에리스를 보고 깜짝 놀라서 가슴이 두근거렸다.

하지만 날마다 그러니 나도 사람인지라 점점 적응이 된 것이다.

지금은 나체족 에리스.

그냥 그런 인식이다.

침대에 알몸으로 누워있어도 항상 보던 풍경으로 정착되어버렸다. 그리고 잠자는 사자의 코털은 건드리지 않는 게 제일이다.

"오늘도 알몸이구나 싶을 뿐인데."

"이 자식?! 무슨 그런 사치를……, 에리스 님의 알몸이잖아! 괜씸해! 괜씸하다고! 너무 부러워!! 나하고 교대하자, 교대해줘!!"

"진정하라니까."

지금 든 생각인데, 세트는 에리스의 색욕 스킬에 매혹당한 것 아닐까.

이렇게 정신이 나간 듯한 모습을 보니 더더욱 그렇게 느껴진다.

아마 세트가 에리스보다 록시를 존경했기에 에리스가 장난을 친 거겠지.

에리스가 돌아오면 아무에게나 매혹을 뿌리고 다니는 걸 말리는 게 좋겠다.

본인은 카리스마를 유지하기 위해서라고 했지만, 내 영지인 하우젠에서 쓸데없이 혼란을 일으키면 곤란하다.

계속 에리스의 이름을 부르는 세트. 그 뒤에서, 싸늘한 눈초리를 보내는 어린 소녀가 있었다.

"파파……, 또 에리스 님 이야기하고 있네."

"헉! 앤……, 이건, 그게……."

"약속했잖아!"

"미안해."

보아하니 세트의 딸이 에리스에게 정신이 팔리는 걸 금지한 모양이었다.

어린 딸에게 혼나는 아버지.

너무나도 슬픈 구도다.

"아직 할 일이 있잖아. 얼른 하러 가."

"네."

세트는 풀 죽은 채 앤에게 끌려가 버렸다.

응, 이대로 가다가는 부녀 관계에 위기가 올 것 같다.

에리스에게는 세트를 가지고 놀지 말라고 엄하게 말해둬야지.

"정말, 이런 상황에 대체 뭘 하고 있는 거야?"

여왕 폐하의 장난기도 정말 곤란하다.

한숨을 쉬고 있자니 갑자기 누군가가 뒤에서 나를 끌어안았다.

이런 짓을 할 사람은 에리스밖에 없을 것이다.

이제야 돌아왔나……, 그런 생각이 들었는데 감촉이 평소와는 달랐다.

뭔가, 등에 닿은 느낌이 달랐던 것이다.

"볼륨이 부족한 것 같은데……."

"그게 무슨 소리야?"

그 목소리를 듣고 돌아보니 하얀 머리카락과 갈색 피부의 소녀가 있었다.

"마인?!"

평소 그녀라면 이런 짓을 할 리가 없는데.

"그게 무슨 소리야?"

"괴로워……."

끌어안은 팔에 터무니없는 힘이 담기기 시작했다.

부러진다. 이대로 가다가는 분명히 척추가 부러져버린다.

자동 회복 스킬과 자동 회복 부스트 스킬이 있더라도 치유할 수 있을지 미심쩍은데.

"항복! 항복입니다! 에리스라고 착각했을 뿐이야. 다른 뜻은 없고."

"……일단, 알겠어."

부러지기 직전에 풀려났다.

휴~, 위험했는데.

가리아 대륙에서 싸우기도 전에 전투 불능 상태에 빠질 뻔했다고.

"갑자기 왜 그랬어?"

"가끔은 야한 거(에리스) 흉내를 내볼까 싶어서."

"그건 또 왜."

"왠지 해보고 싶었어."

이거다. 진짜! 요즘 마인은 툭하면 나를 건드리곤 한다.

처음에는 고양이처럼 장난을 치는 건가 싶었다.

하지만 상대는 고양이의 탈을 쓴 호랑이다. 맹수다.

방심하다가는 꿀꺽! 잡아먹힐 수도 있다.

나는 경계하고 있다.

지금까지의 관계는 어느 정도 거리를 둔 상태. 서로 일정한 거리감이 있었다.

하지만 마인의 과거에 얽힌 그 일 이후로 갑자기 거리가 단숨에 좁혀졌다.

그녀가 갑자기 다가선 것이다.

나는 아직 갑작스럽게 좁혀진 이 거리감에 익숙해지지 못했다.

가슴이 두근거리니까 행동에 나설 때는 미리 말을 걸어줬으면 좋겠다.

과연 나체족 에리스처럼 적응할 수 있을까.

잘 모르겠다.

"페이트, 듣고 있어?"

"뭐가?"

이야기를 전혀 듣고 있지 않았던 나 때문에 마인이 토라진 모양이었다.

흑부 슬로스를 들고 있었다면 풀스윙을 맞고 별이 되어버렸을 것이다.

볼을 다람쥐처럼 부풀린 마인.

어떻게 해야 하나. 고민하고 있자니 그녀가 웃었다.

마인의 미소.

이건 꽤 익숙해졌다.

그렇게 무표정했던 마인은, 과거를 딛고 일어선 뒤 감정과 미각이 되살아났다.

새로운 걸 시작하고 싶다면서 록시에게 요리를 배웠고, 나는 종종 실험대가 되고 있다.

요리 실력 쪽은 천부적인 싸움 실력과는 달리 아직 수행이 필요한 것 같다.

그런 마인이 나를 바라보며 쑥스러운 듯이 말했다.

"그때 그거……, 페이트는 어때?"

마인이 말한 그때 그거라면……, 아마도, 아니, 그것밖에 없다.

내가 얼마 전에 저택에서 목욕하고 있었을 때였다.

마인이 갑자기 쳐들어와서, 반쯤 강제로 혼욕을 하게 되었지.

그때 그녀에게 고백을 받았다.

장소가 장소인 만큼, 내용이 내용인 만큼 당황해버렸고, 그렇게 어쩔 줄 몰라 하는 동안에 여자 일행이 난입했다.

여자 일행이란 록시, 메밀, 에리스, 스노우다.

혼욕을 보며 대체 어떻게 된 거냐며 마구 따져대는 바람에 결국 고백은 유야무야 넘어가게 되어버렸다.

"그 고백 말이야?"

"맞아."

"나는……."

록시를 좋아한다.

그렇게 말하려 하자 그녀가 내 입술을 손가락으로 살짝 눌렀다.

"나도 알아."

마인은 내가 말하게 두지 않았다.

그렇게 말한 다음, 이야기를 계속 이어나갔다.

"페이트는 싫었어?"

"전혀 싫지 않았어. 기뻤지."

"그럼, 지금은 그걸로도 충분해."

"그게 무슨 소린데?"

내가 영문을 알 수가 없어서 묻자, 마인이 기쁜 듯한 미소를 보였다.

그리고 오랫동안 살아온 그녀다운 대답을 해주었다.

"내게는 시간이 있어. 터무니없이 긴 시간이 있지. 페이트도 마찬가지야."

"그거, 설마…….'"

마인은 4000년 이상 살았다고 한다.

대죄 스킬을 가지고 있는 것과 관련이 있는 모양이다.

다시 말해, 나도 앞으로 믿기지 않을 정도로 오랜 세월을 살 가능성이 있다.

"지금은 록시에게 양보할게. 하지만 100년 뒤, 200년 뒤에는 페이트가 내 것이 될 거야. 그 이후로는 계속 함께 있을 거고."

"뭐?!"

"문제없어."

이봐, 이봐, 너무 느긋한 말이잖아.

록시는 평범한 사람이니까 그렇게까지 오래 살지 못하겠지.

"마인……, 너."

"나를 구해준 게 잘못이야. 인과응보."

"그렇게까지 자신을 비하할 필요는 없잖아."

"그럼, 선인선과!"

마인은 기쁜 듯이 나를 다시 끌어안았다.

100년 뒤, 200년 뒤에 무슨 일이 있을지는 모르겠다.

마인이 지금을 있는 힘껏 살아가기로 선택한 것처럼, 나도 그렇게 쌓아나간 끝에 더욱 좋은 미래가 있기를 믿을 뿐이다.

신이 난 마인은 한동안 내 주위를 빙글빙글 돌고 있었다.

"무슨 의식 같은 거야?"

"이건 페이트의 시야 안에 들어갈 수 있게끔 노력하는 거야."

"아니, 아니, 노력의 방향이 이상하잖아."

"그래? 슬로스가 이렇게 하는 게 좋겠다고 했는데⋯⋯."

또 슬로스구나.

요즘, 마인이 이상한 행동을 하는 경우가 종종 있다.

물어보면 그런 걸 가르쳐준 범인은 항상 슬로스.

"혹시, 끌어안은 것도 슬로스가 가르쳐준 거였어?"

"응? 그건 내가 하고 싶었을 뿐이야. 조만간 또 할 거고."

"상관없긴 한데⋯⋯, 척추까지 조르진 말아줘."

"선처할게."

눈을 피하며 말하는 걸 보니 선처하지 않을 우려가 있다.

때와 장소에 따라서는 척추까지 조르겠다는 건가?

오랫동안 알고 지냈기에 그녀가 무슨 생각을 하는지는 대충 알 수 있다.

"야한 거(에리스)는 아직 안 돌아왔어?"

"그렇다니까. 가리아 대륙으로 갈 수단을 찾아오겠다고 했는데 말이지."

"어디 다른 곳으로 빠졌나?"

"설마 그러진 않겠지."

"유괴당했나?"

"그럴 녀석도 아니야."

그녀는 대죄 스킬을 가지고 있고, 매우 강하다.

그런 에리스를 유괴할 수 있는 건 그런 것들을 뛰어넘는 힘을 지닌 자뿐.

짐작이 가는 게 있다면 성수인 정도다.

에리스는 성수인 중 한 명인 라이브라와 악연이 있다고 한다.

무슨 일이 있었는지는 모른다. 에리스는 이야기하고 싶지 않은 눈치였다.

라이브라만 얽히면 약한 모습을 보이는 그녀에게 억지로 캐물을 마음은 들지 않았지만, 그럼에도 들은 건 두 가지다.

라이브라의 별명은 조율자.

하늘의 계시는 아마 '세계의 이치를 어지럽히는 자의 제거'.

그게 사실이라면 저렇게 공중으로 떠오른 대륙을 라이브라가 그냥 내버려 둘 리가 없다.

대죄 스킬 보유자인 우리도 마찬가지이긴 하지만…….

나와 마인은 이야기를 하면서 하우젠으로 다가오는 마력이 없는지 계속 살피고 있었다.

에리스가 돌아오면 곧바로 알아챌 수 있게끔.

"페이트!"

"그래, 이 마력의 느낌은 에리스야."

양반은 못 되겠네.

에리스가 엄청난 속도로 우리가 있는 하우젠을 향해 다가오고 있다.

그리고 또 하나의 강대한 마력도 다가오고 있었다.

"이건……, 설마……."

"라이브라, 틀림없어."

어째서 에리스가 라이브라와 함께 있는 거지?!

그녀는 라이브라를 확실하게 저승으로 보내주겠다고 할 만큼 미워하고 있었을 텐데.

그런데 어째서?

라이브라를 만났을 때 에리스는 평소와 달랐다. 싸우겠다고는 했지만, 공포가 몸 전체에서 뿜어져 나오고 있었다.

그렇게 트라우마 수준으로 두려워하는 상대와 함께 행동할 수 있을까?

"믿기지 않는데……."

"하지만, 이 마력은 진실이야. 에리스와 라이브라가 여기로 오고 있어."

마인은 곧바로 슬로스를 가지러 자기 방으로 뛰어갔다.

나는 계속 허리에 차고 있던 흑검에 손을 얹었다.

평소였다면 믿음직스러운 파트너가 사나운 말투로 조언을 해주었을 것이다.

하지만 지금은 침묵이 이어지고 있다.

저번 싸움———, 성수 아쿠에리어스와의 전투로 인해 나는 그리드를 잃었다.

라이브라는 그 전투를 꾸민 장본인이기에 나도 그 녀석과 악연이 있다.

게다가 그 녀석은 하우젠에서 사는 사람들의 목숨까지 빼앗으려 했다. 그 땅으로 이어지는 문을 열지 못하게 하는 것 외에는 다 하찮은 일이라고 생각하는지도 모르겠다.

"페이! 이 기척은!"

"그 짐작이 맞을 거야."

록시도 눈치채고 급하게 뛰어왔다.

언제든 싸울 수 있게끔 장비도 제대로 갖추고 왔다.

"에리스 님하고……, 라이브라가 어째서?"

"나도 그걸 알고 싶은데."

"그러게요. 저도 그 두 사람이 함께 행동할 것 같지는 않아요."

두 사람은 남쪽에서 하우젠을 향해 다가오고 있다.

그 방향을 저택의 높은 곳에서 바라보고 있다. 아직 보이진 않네.

"라이브라가 다시 하우젠을 노리고 있는 걸까요?"

"글쎄. 그 땅으로 통하는 문은 이미 열렸어. 여기 있는 건 지하도시 그란돌 정도밖에 없을 텐데. 그곳에는 부활을 거절하고 망령이 되었던 사람들밖에 없고……."

대죄 스킬 보유자가 방해된다면 에리스와 함께 행동하는 게 이상하다. 라이네에게 지하도시 그란돌에 유용한 고대의 정보가 잔뜩 남아있다는 이야기를 듣긴 했다.

그 정보를 알리고 싶지 않아서 여기로 오는 건가?

아니, 그럴 거라면 좀 더 일찍 행동에 나섰을 텐데.

계속 생각하고 있어봤자 라이브라의 목적을 알아낼 수는 없다.

"하우젠 안에 라이브라를 들일 수는 없어. 우리가 만나러 가자."

"네."

뛰어가려 하자 뒤에서 목소리가 들렸다.

"그럼 저는 또 여기서 집을 봐야겠군요."

돌아보자 메밀이 있었다.

오늘도 주름 하나 없는 메이드복을 예쁘게 차려입었다.

"항상 미안해."

"괜찮아요. 여기서 페이트 님의 용감한 모습을 보고 있을 테니까요. 그리고 저는 이미 성기사도……, 무인조차도 아니게 되었고요."

"메밀……."

"자, 보시는 대로 메이드예요. 그리고 당신의 여동생이기도 하고요."

그녀는 치맛자락을 잡고 살짝 들어 올리며 방긋 웃어 보였다.

"페이! 서둘러야 해요!"

록시가 재촉했다.

"오빠, 어서 가세요!"

"그래, 다녀올게."

"다녀오십시오."

메이드로서 영주를……, 여동생으로서 오빠를 배웅하기 위해 메밀이 고개를 숙이며 인사했다.

나는 그녀의 머리를 한 번 쓰다듬었다. 여기서 평생 이별하는 건 아니다.

"하우젠을 부탁할게."

"네, 알겠습니다."

고개를 들고 끄덕인 메밀을 보며 나도 고개를 끄덕여준 뒤, 돌아서서 나를 기다리고 있던 록시 곁으로 갔다.

두 마력의 기척이 점점 다가오고 있었다.

"기다리게 해서 미안해. 가자."

"네."

우리는 스테이터스를 해방하고 단숨에 뛰어가기 시작했다.

길을 이용하면 지나가던 사람을 다치게 해버릴 것이다.

"지붕을 타고 바깥으로 나가자."

"그러는 게 낫겠네요……, 꺄악."

살짝 비명을 지른 록시.

돌아보니 그곳에는 붉은 머리카락을 나부끼는 스노우가 록시에게 달라붙어 있었다.

"나도 놀래애~!"

우리가 지붕 위를 폴짝폴짝 뛰어넘는 모습을 보고 노는 걸로 착각한 모양이었다.

"따돌리면 안 돼!"

"아니에요. 이건 노는 게 아니라고요."

"그래?"

스노우가 고개를 갸웃거리며 나를 보았다.

"맞아. 하우젠을 나서서 남쪽으로 갈 거야. 거기에 라이브라가 있거든."

"라이브라……."

그 이름을 들은 스노우의 표정이 갑자기 바뀌었다.

스노우는 경계하는 듯이 아랫입술을 깨물고 록시를 꼬옥 끌어안았다.

"합체!"

"네에에? 지금……, 여기서요?!"

"가자~!"

"아직, 마음의 준비가."

록시의 의사를 존중하지도 않고 강제 합체!

눈부신 빛에 휩싸인 다음, 천사 모드인 록시가 등장했다!

나와는 달리 새하얀 날개 네 장.

머리에는 천사의 고리가 빛나고 있다.

언제 봐도 신성한 모습이다.

"페이! 저를 보면서 계속 고개를 끄덕이지 말아주실래요?"

"미안. 아름답다 싶어서."

"……그렇게 말씀해주시는 건 기쁘지만, 지금은 그럴 때가 아니라고요!"

"나도 알아. 모처럼 그 모습이 되었으니 데려다주면 고맙겠는데?"

"어쩔 수 없네요."

록시는 날개를 퍼덕이며 떠오른 다음 내게 다가와서 끌어안았다.

발이 천천히 지붕에서 벗어났다.

둥실거리는 기분 좋은 부유감.

하늘을 나는 건 몇 번을 체험해도 기분이 좋다!

"그럼 특급으로 가볼게요!"

"부탁드립니다!"

지금까지보다 한층 더 기합이 들어가 있다.

이유는 간단하다.

처음 천사 모드가 된 이후로 더 잘 다룰 수 있게끔 단련을 해왔기 때문이다.

나도 함께했기에 잘 알고 있다.

콰아아아아아아아아아아아아아!!

터무니없는 충격이 나를 덮쳤다.

음속을 돌파해서 공기의 벽을 뚫은 소리가 하우젠에 울려 퍼졌다.

만약 E의 영역의 스테이터스를 지니고 있지 않았다면 몸이 산산조각 나서 흩어져버렸을 것이다.

이 속도라면 눈 깜짝할 새에 에리스와 라이브라가 있는 곳에 갈 수 있다.

대체 무슨 일이 있었는지 이야기를 들어봐야 한다.

어쩌면, 전투가 벌어질지도 모른다. 라이브라는 정말 만만치 않은 녀석이다.

주의해서 문제될 건 없으니 나는 말이 없는 흑검을 쥐었다.

제4화 라이브라와의 재회

천사가 된 록시의 날개는 강인했고, 에리스와 라이브라가 있는 곳까지 일직선으로 궤적을 그렸다.

"페이! 저건 대체……."

"저 커다란 건……, 뭐지!"

지평선 너머로 고개를 내민 것을 보고 급하게 브레이크를 잡았다.

거대한 물체가 하늘을 날고 있었기 때문이다.

형태는 배와 비슷하게 생겼지만……, 내가 알고 있는 배는 물 위에 떠다니는 물체다.

"흑선."

무심코 입 밖으로 나와버린 말.

외형이 칠흑색이기에 밝은 낮에는 어울리지 않을 정도로 눈에 잘 띄었다.

"두 사람의 기척이 저 흑선에서 느껴져요. 어떻게 할까요?"

록시가 말한 것처럼 기척이 분명히 느껴졌다.

여기 계속 있어봤자 아무런 소용도 없다.

"가자."

"그렇죠."

가까이 다가갔는데 공격한다면 싸워야겠지만, 그러지 않는다면 라이브라와 대화의 여지는 있을 것이다.

상대방이 어떻게 나올지 살펴봐야 선택지를 줄일 수 있다.

다행히 흑선의 위치는 하우젠에서 꽤 멀리 떨어져 있다. 만약 전투를 벌인다 하더라도 사람들이 살지 않는 황야가 날아가 버릴 뿐이다.

물론 인명 피해가 없더라도 전투는 없었으면 좋겠다. 너무 빠르게 다가가면 상대를 자극해버릴지도 모르니, 록시가 속도를 늦췄다.

흑선도 비슷한 속도로 다가오기 시작했다.

"눈에 띄는 움직임은 없네요."

"그래, 에리스와 라이브라는 저 흑선 위에서 딱히 움직이는 것 같지 않아."

환영하는 건가? 아니, 그건 너무 지나친 기대겠지.

하지만 적어도 우리들에 대한 적의는 없는 것 같다. 지금까지는 말이지만.

"보여요! 에리스 님과 라이브라가 있어요! 에리스 님께서는 무사하신 것 같네요."

구속당한 게 아닐까 하는 생각도 들었지만, 예상과는 달리 에리스는 라이브라 옆에 서 있기만 했다.

그렇게 싫어했는데, 저렇게 가까운 곳에 있다니.

매우 부자연스러운 느낌이 든다. 그리고 옷이 메이드복으로 바뀌어 있다.

라이브라가 우리들을 보고는 방긋 웃으며 손까지 흔들었다.

"싸울 생각이 없는 걸 넘어서……."

"내려갈까요?"

"부탁할게. 내가 먼저 이야기를 해볼 테니 상공으로 물러나 줘. 그대로 대기해줬으면 좋겠어."

"네."

나는 라이브라를 믿지 않는다.

하우젠을 날려버리려 한 녀석을 믿을 수 있을 리가 없다.

록시가 손을 놓자 나는 흑선 갑판에 착지했다.

정면에는 라이브라. 그 옆에 에리스가 서 있었다.

"안녕, 페이트. 잘 지내는 것 같아 다행이야."

"뭐 하러 왔지? 에리스에게 무슨 짓을 한 거야?"

에리스의 상태가 이상하다. 눈이 멍하다.

마음이 다른 곳에 가 있는 것 같은 느낌이다.

"만나자마자 질문만 하는구나. 재회의 기쁨을 나눌 순 없을까?"

"용케도 그런 말을 하는군. 가슴에 손을 대고 지금까지 해온 짓을 떠올려봐."

그는 가슴에 손을 댔다.

"딱히 나쁜 짓은 한 적이 없는데?"

"너……."

라이브라에게 다가가려 하자 방해를 받았다.

푸른 머리카락을 나부끼는 에리스가 사이에 끼어든 것이다.

그녀는 말없이 라이브라를 지키려는 듯이 앞을 막아섰다.

"에리스?"

"……."

그녀는 아무런 대답을 하지 않았다.

어떻게든 라이브라에게 다가가려 했지만, 에리스는 나를 보내주지 않았다.

"어떻게 된 거야? 응? 뭐라도 대답 좀 해봐."

"……."

역시 반응이 없다.

하지만 라이브라가 말을 걸었을 때는 그러지 않았다.

"이제 됐어. 내 뒤로 와."

에리스는 조용히 그가 시키는 대로 물러났다.

"에리스에게 무슨 짓을 한 거지?"

"마땅한 형태로 되돌렸을 뿐이야. 지금까지는 마음대로 하게 해줬거든. 그만큼 확실하게 갚아줘야지."

"갚는다고?"

"이건 내 노예라고 해야 하나, 귀여운 애완동물이야. 풀어두었더니 이 왕국을 만들지 않나, 제멋대로 이 비공정을 타고 바깥 세계로 여행을 떠나지 않나, 자기 마음대로 행동하고 다녔던 모양이지만."

"애완동물?! 인간이 말이냐!"

"그녀의 아름다운 외모는 품종 개량 덕분이지. 뭐, 주인으로서 물어뜯는 애완동물에게는 훈련을 시키는 게 당연한 거고."

"너……."

나는 이야기를 나누기 시작한 뒤로 계속 흑검에 손을 대고 있었지만, 에리스가 방패처럼 가로막고 있는 이상 손을 거둘 수밖에 없었다.

"이해가 빠르네."

라이브라는 고개를 끄덕이면서 내게 더 가까이 다가왔다.

"네 짐작대로, 에리스는 내 손안에 들어왔다. 예를 들어 내가 죽으라고 명령한다면 쉽사리 받아들일 정도로 말이야."

에리스가 흑총검을 칼집에서 뽑아들고 칼날을 목덜미에 가져다 대려 했다.

"잘 알겠으니까 그만두게 해."

"순순해서 좋군."

라이브라가 에리스를 바라보자 그녀가 흑총검을 칼집에 집어넣었다.

"에리스는 인질이라는 건가?"

"무슨 말을 그렇게 하나. 원래 관계로 돌아왔을 뿐인데."

라이브라는 내게 등을 돌린 다음, 멀리 남쪽을 바라보았다.

"자, 저걸 어떻게 할까. 나는 지금 매우 곤란하거든. 저런 게 하늘 높이 떠 있어. 원래 지상에 있어야만 하는 것이 저런 곳에 있다고. 보기 흉한 것 같지 않아?"

"가리아 대륙 말인가?"

"그것 말고 또 뭐가 있다고. 아……, 저걸 가라앉혀 줄 사람이 어디 없나?"

라이브라는 내 얼굴을 곁눈질하며 힐끔 보았다.

아무리 생각해도 내가 해달라는 말이었다.

"너무 뻔히 보이는 수작인데. 그냥 부탁하면 안 되나?"

"아하하, 그렇게 화내지 말라고. 서로 이해가 일치하니까. 그리고……."

라이브라는 에리스를 자기 앞으로 내세웠다.

"제대로 해내면 이걸 네게 주마. 어때, 괜찮은 조건이지?"

"에리스를 물건 취급하지 마."

"너는 성수인의 피를 반쯤 지니고 있지. 그것만은 인정하는 거야. 이렇게 양보하고 있는데, 나를 너무 화나게 만들지 않는 게 나을걸?"

에리스를 인질로 잡힌 이상, 지금은 따를 수밖에 없을 것이다.

그리고 가리아 대륙을 공략하기 위해서는 라이브라에게 협력을 받는 게 낫다.

이번에는 서로 이용한다, 그것뿐이다.

라이브라 같은 건 전혀 신경 쓰지 않고 대답했다.

"알겠어. 협력하지."

"페이트라면 그렇게 말해줄 줄 알았지. 역시 딘의 아들이야. 그와는 절친이라고 할 수 있을 정도로 좋은 친구로 지냈거든. 어째서 내 뜻에 거역하면서까지 그렇게 되어버렸는지……, 정말 이해하기가 힘들군."

"아버지와 절친이었다고? 네가……."

"예전에는 말이야. 지금은 그렇지 않지만 말이지. 그래도 너와는 좋은 관계를 맺을 수 있을 것 같아. 기대되는데."

"크윽……."

라이브라가 곧바로 내게 악수를 청했다.

그 손을 보고 망설이고 있자니 그가 억지로 내 손을 잡았다.

"함께 잘 싸워보자고."

제대로 잡혔다. 마음을 읽어줄 생각으로 《독심》 스킬을 발동시켰지만.

(넌 정말 나쁜 아이로구나. 하지만 그렇게 개구쟁이 같은 구석은 싫지 않아.)

라이브라는 이미 예측하고 있었다.

전혀 읽어낼 수가 없다.

"자, 우선 상공에 있는 록시에게 방금 한 이야기를 해주겠어? 그리고 지상에 있는 분노에게도 마찬가지야. 그녀는 매우 화가 난 것 같아. 따끔따끔한 살기를 내게 쏟아내고 있으니까."

다시 말해 라이브라는 나, 록시, 마인이 계속 살기를 쏟아내고 있는 와중에도 시원스러운 태도를 보이고 있었다는 뜻이다.

이게 강자의 여유라는 건가?

"자, 가자. 가리아 대륙으로."

라이브라는 아랑곳하지 않는 것 같았다. 그리고 아버지가 기다리고 있는 가리아 대륙을 다시 돌아보았다.

그 표정은 마치 장난감을 발견한 어린아이 같았다.

제5화 비공정 엔데버

비공정 갑판 위.

내 양쪽 옆에는 록시와 마인이 있었다.

그녀들도 라이브라에게 물어보고 싶은 게 있는 눈치였다.

"내 자랑스러운 비공정 엔데버에 오신 것을 환영합니다!"

라이브라는 두 팔을 벌린 채 미소를 지으며 우리를 환영했다.

속마음도 그런지는 모르겠지만.

"마인, 오랜만이야. 나, 기억나지?"

"당연하지. 살아있었다니……, 죽은 줄 알았는데."

"덕분에 큰 부상을 입었거든. 계속 치료하고 있었다고……, 그래, 질릴 정도로 오랜 시간 동안 말이야."

"정말로?"

"내가 거짓말을 할 리가 없잖아. 이래 봬도 신에게서 직접 비호를 받은 백성이니까. 마인은 알고 있지? 아……, 거짓말쟁이라니 너무하네."

마인과 라이브라는 면식이 있는 사이였다.

그녀는 터무니없이 오랜 세월 동안 살아왔고, 대죄 스킬 보유자다.

라이브라와 과거에 충돌한 적이 있다 해도 이상할 것은 없다.

마인은 고개를 홱 돌리며 라이브라를 무시했다.

"어라라, 미움을 산 모양이네. 너도 참, 여전하구나……."

그는 더 이상 마인과 이야기를 나눌 수 없을 거라 판단한 모양인지, 이번에는 여전히 천사 모드인 록시 쪽을 보았다.

"이거, 이거, 록시 하트잖아. 스노우와 동화할 수 있다니, 자랑해도 좋아. 네 덕분에 성수 아쿠에리어스가 당해버렸다고 해도 될 정도니까. 그것만큼은 내 예측이 빗나갔고."

"칭찬으로 받아들여도 될까요?"

"물론이지. 성검기 스킬 인자를 지니고 있으면서도 용케 그렇게까지 청렴결백하게……, 너는 정말 대단해."

"인자?"

"어라? 에리스에게 이야기 못 들었어? 너희 성기사는 우리 성수인이 아주 약간 힘을 나누어 준 인간이라고. 너는 그 자손이라 할 수 있겠지."

"성수인이 힘을?"

"그래, 맞아. 그 왜, 우리는 숫자가 그렇게까지 많지 않잖아. 손발이 되어서 일을 해줄 존재가 필요했던 거지. 그게 성기사야. 하지만 힘의 반동인지 정신에 문제가 생기더라고."

"성기사들 중에 비열한 짓을 선호하는 자들이 많은 원인이……, 설마……."

록시는 매우 놀란 것 같았다.

"우리가 힘과 함께 사고까지 나누어 줘버렸어. 그건 실패였지. 초기 성기사는 정말 잔인하다는 말밖에 안 나왔거든."

라이브라는 한숨을 쉬며 곤란하다는 듯이 말했다.

"하지만 너를 보니 안심이 되네. 세대를 거치면서 매우 안정적으로 변했어. 이 싸움이 끝나고 나서 혹시나 나를 섬기고 싶어진다면 말해."

"됐습니다. 저는 앞으로 계속 지켜야만 하는 것이 있으니까요."

"어라라, 아쉽네. 좋은 소체인데 아까워."

라이브라는 끈적거리는 눈초리로 록시를 보고 있었다.

처음 만났을 때는 신경 쓰지도 않았으면서.

천사 모드가 되자 평가가 반전된 모양이다.

나로서는 더 이상 록시에게 쓸데없는 말을 하지 않았으면 좋겠다.

"함께 싸우는 게 목적이면서 네가 불협화음을 만들면 어떡해?"

"아하하, 이거 실례. 좋은 인재만 보면 사족을 못 쓰거든. 특히 성기사면 더더욱 그렇고."

이유가 뭔지 모르겠지만, 라이브라는 성기사에 집착하는 모양이었다.

특히나 성수인과의 동화에 적응한 성기사에.

"자, 그럼 가볼까? 아니면 여기서 좀 더 느긋하게 있다가 갈까?"

"당연히 가야지."

"그렇게 말할 줄 알았지. 그럼, 출발하자고."

공중에 정박하고 있던 비공정.

그것이 라이브라가 꺼낸 말에 따라 진로를 180도 회전시켰다.

"누구에게 조종을 맡긴 거야?"

"나야. 내 의지를 파악하고 움직인다고."

"어……? 그럴 수도 있어?"

그냥 갑판에 서 있는 것으로만 보이는데.

비공정 안의 기척을 살펴보았지만, 갑판에 있는 우리들 이외에는 아무도 없었다.

"내게 무슨 일이 생기면 이 비공정이 추락하니까 주의하라고. 뭐, 너희들이라면 그 정도로 죽진 않겠지만."

라이브라는 우리에게 등을 돌렸다.

"내일 아침이면 가리아 대륙에 도착할 거야. 그때까지는 푹 쉬도록 해. 나는 선장실에 있을 테니 내키면 만나러 와주고. 뒷일은 에리스에게 맡길게."

라이브라는 그 말만 남기고 배 안으로 사라져갔다.

에리스가 멍하니 서 있었다.

"이봐! 에리스! 정신 차려!"

어깨를 잡고 흔들었지만, 반응은 없었다.

무언가로 인해 사고가 가로막힌 듯한 느낌이었다.

"마인, 어떻게 안 될까?"

"으음~, 이건 안 되겠어. 지금 야한 거는 인형이야. 모처럼 케이로스가 해방해줬는데 예전처럼 돌아가다니……, 정말 어설프네."

마인은 에리스의 목을 손가락으로 가리켰다.

목줄 같은 문양이 새겨져 있었다.

"저걸 풀지 않는 한, 불가능해."

"어떻게 풀어야 하는데?"

"그러니까, 나는 모른다고. 알고 있는 건 라이브라……, 그리고 저걸 푼 적이 있는 케이로스뿐이야."

케이로스라……. 예전 폭식 스킬 보유자이자 그리드의 전 파트너.

마인의 과거에서 만난 이후로 만난 적이 없다.

정신세계도 루나가 떠나버렸기 때문에 갈 수 없게 되어버렸고.

만날 수만 있다면 다시 한번 만나고 싶지만……, 이것만은 내의지로 어떻게 해볼 수 있는 게 아니다.

그는 헤어질 때 내 가슴을 손가락으로 가리키며 '네 안에 있다'라고 했다.

그게 사실이라면 다시 만날 수 있을지도 모른다. 그게 언제일지는 모르겠지만.

록시는 우리 옆에서 에리스에게 말을 걸었다.

"에리스 님, 정신 차리세요."

"……."

여전히 반응이 없다.

우선 라이브라가 말한 것처럼 물어볼까.

"우리 안내를 해준다면서?"

"……네. 그런 명령을 받았습니다."

그렇구나, 라이브라의 명령만 따르는 건가?

아마 방으로 안내해주는 것 말고는 다른 말을 듣지 않게끔 해둔 것 같다.

"이쪽으로 오시지요."

에리스는 얌전한 몸짓으로 우리를 안내했다.

어어어, 너는 이런 느낌이 아니었잖아! 그렇게 태클을 걸고 싶어질 정도로 완전히 다른 사람이었다.

라이브라가 들어간 곳과는 다른 입구를 통해 배 안으로 들어갔다.

"여기 내부는 질감이 부드러워 보이네요."

"네. 겉이 금속이라 딱딱해 보이기 때문에 내부 장식에는 나무를 많이 사용하였습니다."

나는 가리아의 연구소처럼 모든 것이 새하얀 공간을 예상했는데 설마 이렇게 차분한 느낌일 줄이야.

어떤 성기사의 저택 같은 인테리어로, 발치에는 목조 벽과 잘 어울리는 빨간 융단이 깔려 있었다.

"객실은 많이 있으니 여기 있는 방은 어디를 쓰시든 상관없습니다. 뭔가 용건이 있으시다면 방에 달린 호출 버튼을 눌러 주십시오."

"에리스, 잠깐만!"

"……."

에리스는 안내가 끝났다는 듯이 곧바로 걸어가 버렸다.

남겨진 우리는 통로에서 몇 군데 방문을 들여다보았다.

록시도 마찬가지였다.

"방은 어떻게 할까요?"

그녀가 묻자 마인이 곧바로 대답했다.

"같은 방이 좋아."

"나도 그러는 게 나을 것 같아."

"그러죠."

따로 떨어져 있다가는 앞으로 어떻게 할지에 대해 이야기도 나눌 수가 없다.

무슨 일이 생겼을 때도 멀리 떨어져 있으면 대처가 늦어지게 된다.

우리는 방을 한 군데씩 둘러보다가 제일 넓은 것 같은 방을 선택했다.

"여기로 하자. 침대가 네 개나 있으니까 한 사람씩 자도 남을 거야."

"이 정도면 느긋하게 잘 수 있어."

마인은 이미 잘 생각인 모양이다.

역시 전투의 화신. 어떤 상황에서도 제대로 휴식을 취한다.

무인으로서 중요한 점이고, 아론도 마인의 자세를 칭찬했었다.

마인은 슬로스를 벽에 세워두고는 곧바로 침대로 뛰어든 뒤 3초도 지나지 않아서 푹 잠들었다.

어이가 없었다.

같이 여행하던 무렵보다 빨리 자는데!

록시는 멍한 표정을 지으면서도 감탄했다.

"대단하네요."

"잠은 빨리 자는데 말이야. 잠에서 깰 때는 최악이란 말이지."

"그럼 잠깐 이야기를 할까요?"

"음~, 그러게."

마인은 자다가도 여차할 때는 알아서 어떻게든 할 것이다.

그리고 나도 록시와 이야기를 좀 하고 싶었다.

나는 그녀를 따라나선 뒤, 왔던 길을 돌아가서 갑판으로 향했다.

제6화 그리운 나날들

갑판은 하늘 위인데도 그렇게까지 바람이 세게 불지 않았다.

꽤 빠른 속도로 나아가고 있는데도 말이다.

록시도 그걸 느낀 모양이었다.

"비공정……, 신기한 배네요. 좀 전에는 라이브라하고 이야기하느라 미처 눈치채지 못했어요."

"우리가 알고 있는 배는 물 위에 떠다니는 거였으니까."

"그러게요. 우리도 아직 모르는 게 잔뜩 있네요."

"록시는 날개로 하늘을 날아다니게 되었고."

"그 날개는 스노우 덕분이에요. 제 힘이 아니죠."

그녀는 살짝 쓴웃음을 짓고는 가리아가 있는 지평선 쪽을 바라보았다.

지금 록시에게는 날개가 없다.

스노우와 융합하는 시간은 별로 길지 않아서, 여기로 오기 전에 풀려버렸기 때문이다.

스노우는 우리를 따라오지 않고 비공정을 산책한다며 뛰어가 버렸다.

이곳은 라이브라의 소유물이다. 함부로 캐내고 다니는 건 바람직하지 않을 것 같아서 말렸지만……

자유분방한 스노우는 우리가 말리는데도 아랑곳하지 않고 어디론가 가버렸다.

"스노우를 걱정하시나요?"

"그래……, 성격이 좀 그러니까."

"후후후, 기운이 넘치죠."

"무모하다고도 할 수 있지. 여기는 적진이라고."

"그렇게 따지면 우리도 마찬가지예요."

단둘이서 느긋하게 갑판에 나와 있다.

"그 애는 강해요. 그리고 그녀와 저는 이어져 있어요. 무슨 일이 생기면 곧바로 알 수 있죠."

이어져 있다라……, 멀리 떨어져 있는데도 느낄 수 있다니…….

나도 아론과는 대죄 스킬을 통해 이어져 있다.

형태가 다르다고는 해도 록시가 말한 느낌과 비슷한 것이 내게도 있는 것이다.

어렴풋하게나마 아론이 왕도 세이퍼트에서 잘 지내고 있다는 걸 느낄 수 있고, 그로 인해 왕도에서는 그 땅으로 이어지는 문으로 인한 영향이 크지 않을 것이라 예측할 수 있다.

하지만 록시는 어떨까.

왕도에는 메이슨 님과 아이샤 님, 소중한 하인들이 있다.

그녀는 내가 가리아 반대쪽을 보고 있다는 걸 눈치챈 모양이었다.

"왕도라면 괜찮아요. 아버님께서 계세요. 그리고 백기사님들과 아론 님께서도 계시죠. 걱정하는 건 실례예요."

"록시……."

그녀는 내게 방긋 미소지으며 말했다.

"그래도 이제 천공의 대륙……, 가리아로 가게 된다고 생각하니 저도 약간 긴장했는지도 모르겠네요. 그래서 잠깐이나마……, 페이하고 이야기를 나누고 싶었던 것 같아요."

록시는 웃으며 계속 말했다.

"어렸을 무렵에 제 세계는 매우 작았고, 제게 호의적인 사람들로만 가득 차 있고, 행복에 감싸여 있었지만……, 영지 바깥은 달랐죠. 제가 성검기 스킬을 지니고 있다는 사실이 알려지자 세계가 완전히 바뀌어버렸어요."

"성기사가 된 걸 말하는 거야?"

"네. 어머님께서는 그 스킬을 가지고 계시지 않았죠. 제가 성검기 스킬을 지닐 확률은 반반이었던 모양이에요. 아버님께서는 후계자가 생겼다고 매우 기뻐하셨던 것 같아요. 그리고 성기사로서 수행을 쌓기 위해 왕도에 가게 되었어요."

나와 여행할 때도 날마다 단련을 게을리하지 않았다. 아마 그때부터 엄청난 노력을 해왔을 거라 쉽게 상상할 수 있었다.

"아버님께서는 매우 큰 기대를 품으셨던 것 같은데, 저는 불안하기만 했어요. 모르는 곳, 익숙하지 않은 성기사의 세계. 시골 출신인 제게는 익숙하지 않은 것들뿐이라 풀 죽어 있었거든요. 기어코 성에서 개최된 중요한 파티에서 빠져나와 버렸죠."

"의외네……."

"저도 그럴 때 정도는 있다고요."

볼을 부풀린 록시가 손가락 끝으로 내 코를 살짝 튕겼다.

그래도, 뭐……, 숨을 돌리고 싶어질 때가 있다는 건 이해가 된다.

나도 아론과 성에 드나들게 된 이후로 성기사의 세계를 약간이

나마 엿보았다.

빈말로도 즐거운 시간이라 할 순 없었다.

거의 모두가 자존심이 매우 강하고 전통이 있는 가문뿐이며, 새로운 의제를 내놓더라도 그들의 이권을 건드리게 되기에 가결 되지 못했다.

게다가 나처럼 젊은 사람들은 말해봤자 이야기를 들어주지도 않았다.

결국, 여왕 폐하인 에리스가 힘으로 밀어붙이는 것밖에 기대할 수가 없는 상황.

"그거 정말 지독하지……, 같은 입장이 되어서야 알게 되었어."

"그렇죠! 페이는 앞으로 선두에 서서 열심히 해주셔야 해요! 그러기 위해서라도 열심히 공부해요."

"어어어어어?"

내가 쩔쩔매는 상황이 되자 만족한 록시가 하늘을 올려다보았다.

"페이는 그때부터 변함이 없네요. 항상 눈앞에 있는 것을 향해 최선을 다해 노력하고 있어요. 곁에서 보고 있자면 위태로운 느 낌이긴 하지만요. 그래도 자주 까먹는 게 옥의 티예요."

"응? 어, 내가……, 뭔가 잊어버리고 있나?"

"6년 전에……, 저는 페이를 만난 적이 있다고요."

"정말로?!"

전혀 기억나는 게 없는데요.

아니, 그래도……, 록시를 보아하니 진짜 뭔가 있긴 했던 모양 이다. 떠올려라! 페이트! 떠올리라고!!

머리를 풀가동시켰지만……,

"정말……, 뭐, 페이답긴 하지만요."

어이없어하게 만들어버린 것……, 같다.

"그만큼 많은 일들을 잔뜩 해온 거겠죠. 저와 만났던 것도 그 많은 일들 중 한 가지에 불과한 건지도 모르고……."

"그렇지는……."

"성에서 빠져나와 풀 죽어 있던 저를 페이가 격려해줬다고요."

록시를 격려해주었다고?!

그렇다면 분명히 기억하고 있을 텐데. 어째서 생각나지 않는 거지……, 그렇게 생각하고 있던 내게 록시가 말했다.

"그때는 영지의 주민들이 선물해준 옷을 입고 있어서, 저를 성에서 일하는 하인으로 착각했지만요."

"응?!"

그 말을 듣자 어렴풋한 기억이 되살아나기 시작했다.

아마……, 성문에서 약간 떨어진 곳에 어두운 표정을 지은 채 주저앉은 여자애를 발견하고 무슨 일인가 싶어서 말을 걸었던 것 같은데.

"잠깐만! 그때는 그 애가 성에서 일하는 하인이라고 했다고. 착각한 건 아니야."

"윽……, 들켜버렸나요? 그래도 생각이 나시나 보네요."

얼굴이 선명하게 기억나는 건 아니지만, 상황은 생각이 나는 것 같다.

설마 하인인 줄 알았던 애가 성기사였을 줄이야. 그래서 지금까지 그 둘이 같은 사람일 거라는 생각은 못 해봤다.

"그때는 거짓말을 해서 죄송합니다."

"왜 거짓말을 한 건데……, 아, 그렇구나……."

나는 그렇게 물어보다가 이유를 금방 알아차렸다.

"제가 성기사라는 걸 알면 페이가 겁을 먹어버릴 테니까요."

"그랬지. 나는 왕도에 온 직후라 성기사를 무서워했던가."

"네. 그런 페이에게 제가 성기사예요, 라고 말할 수는 없죠. 그리고 저는 그것 때문에 고민하고 있었던 거니까요."

어린 록시 옆에 앉아서 그녀가 성기사라는 걸 알지도 못하고 잘난 척했던 것 같다…….

"풀 죽어 있던 제 얘기를 페이가 들어줬거든요."

"그때는 좋은 말도 해주지 못해서 미안해."

"그렇지 않아요. 힘들 때 옆에 있어주는 것만도 대단한 거죠. 그건 말로는 대신할 수 없는 거예요. 말과 행동은 별개니까요."

나도 왕도에 온 직후라 비슷한 처지라는 생각을 하며 록시의 고향에 대해 물어보았었다.

그리고 그녀도 나에 대해 물어보았지. 그때는 폭식 스킬이 배가 고파지기만 하는 스킬이라고 생각했다. 고향 마을 사람들도 기분 나쁜 스킬이라고 생각해서 나를 추방했고.

나보다 덜떨어진 녀석은 없을 테니까 너는 가능성이 있어……, 라고 말해버렸던 것 같은데.

그 뒤에는 먹을 것까지 받지 않았나?

그때 이상하다는 걸 눈치챘어야 했다. 들어온 지 얼마 안 된 하인이 파티 음식을 가지고 나올 수 있을 리가 없으니까.

"그로부터 몇 년 뒤에 페이를 발견하고 기회가 날 때마다 말을 걸었는데……. 항상 도망쳐버렸어요."

"미안해. 그래도 틈만 나면 나를 신경 써준 이유에 대한 수수께끼가 풀렸네."

"후후후, 잘됐네요. 저도 이제야 말할 수 있어서 다행이에요. 다른 사람들이 보면 별것 아니라고 생각할지도 모르죠. 하지만 제게는 소중한 추억이니까요."

록시는 다시 가리아 대륙이 있는 쪽을 돌아보며 말했다.

"그때 페이는 아버님인 딘 씨를 정말 좋아하는 아버지라고 했어요. 지금도 그런가요?"

"그건……."

나는 한동안 아무런 말도 하지 못하고 록시가 바라보던 쪽을 보고 있었다.

아버지가 있다는 곳을.

제7화 싸움을 앞두고

알 수가 없다.

내 마음인데도 말로 잘 표현할 수가 없다.

그런 나를 보다 못한 건지, 록시가 미소를 지으며 화제를 바꾸어 주었다.

"우선 코앞에 닥친 문제를 어떻게든 해야겠죠."

"문제?"

"에리스 님 말이에요."

"아아……."

에리스에게는 미안하지만, 완전히 잊고 있었다.

록시와의 추억 이야기와 아버지 생각으로 머리가 가득 차 있었기 때문이다.

"그 목의 문양을 없앨 방법을 찾아야겠지. 전부 끝난 뒤에 라이브라가 해방시켜줄 거라는 보장도 없고."

"그렇죠. 왠지 그 사람은 거짓말쟁이라고 해야 하나, 진심으로 무언가를 이야기하지 않는 듯한 느낌이 들어요."

"나도 처음 만났을 때부터 그런 인상이었어."

그에게 아버지를 막는 것 말고 다른 목적이 있다면…….

그리고 그는 우리 같은 대죄 스킬 보유자를 좋게 생각하지 않는다. 역시 쉽사리 에리스를 풀어줄 것 같진 않다.

"그렇다면 우선 케이로스를 다시 한번 만나야겠는데."

"음……, 페이 이전에 폭식 스킬을 가지고 있었던 사람이죠."

"그래, 케이로스는 여기 있어."

나는 내 가슴 근처를 손가락으로 가리켰다.

눈치가 빠른 그녀는 곧바로 답을 말했다.

"폭식 스킬 안에 있는 거군요."

"그 정신세계에서 그는 그렇게 말했어. 내가 폭식 스킬을 지금보다 더 잘 다룰 수 있게 된다면……."

거기서 말문이 막힌 나를 보고 록시가 불안한 듯한 눈초리를 보였다.

"왜 그러시죠?"

"그게……."

"제대로 말해주실 거죠?"

"응."

이제부터 함께 싸우게 될 테니 그녀에게 비밀로 해봤자 소용이 없다.

그래선 안 된다.

나는 겉옷을 벗었다.

"잠깐만요!! 페이?!"

록시는 갑작스러운 내 행동을 이해하지 못하고 허둥대다가……. 등에 돋아난 것을 보고 굳어버렸다.

"미리 말하지 않아서 미안해."

"이건……, 날개 같은데요."

"록시의 천사화 같은 거랑은 다른 거야. 불완전한 날개려나."

"언제부터 생겼죠?"

"하우젠에 도착하기 전부터 등에 위화감이……."

"왕도에 있었을 때부터요?! 그래도 멸망의 사막……, 거기 목욕탕에서는 아무것도 없었을 텐데요."

스노우가 남탕하고 여탕 벽을 부쉈을 때 말이구나.

그때는 이런 게 돋아나지 않긴 했다.

"날개가 생긴 건 성수를 먹고 난 이후야. 또 그것과는 별개로……, 왕도에서 아론하고 싸운 다음 날부터 어떤 일이 생겼는데……."

"그게 어떤 일이죠?"

"폭식 스킬의 정신세계에서 또 하나의 나를 만났거든."

"어……."

록시는 당황했다. 나도 그랬다.

폭식 스킬이 내 모습으로 정신을 빼앗기 위해 표층으로 기어 나온 건가…….

"괜찮은 거예요? 페이……."

"겨우 쫓아내긴 했어."

물리쳤을 때 그 녀석은 말했다. 너는 내 것이라고……. 그렇게 증오를 담아서 노려보았다.

그 모습에는 정체를 알 수 없는 감정이 담겨 있어서 정말 살아 있는 인간 같았다.

스킬도 그런 감정을 지니고 있는 걸까.

위화감이 들었지만, 이건 내 주관이다. 쓸데없는 말을 해서 록시를 더욱 불안하게 만들 수는 없다.

그녀는 이야기를 듣고 생각에 잠겨 있었다.

"폭식 스킬이 활성화된 걸까요?"

"아마도……. 다만 불완전한 날개는 내 몸에 아버지의 피가 절반 흐르고 있기 때문일지도 몰라. 폭식 스킬하고는 관계가 없는 건지도 모르겠어."

"딘 씨는……, 성수인이셨죠."

"지금 와서 이런 형태로 나타나다니. 그래도 내게는 아버지나 스노우 같은 성수인의 힘이 없어. 있는 건 이렇게 쓸모가 없는 날개뿐이야."

정말 곤란하다.

벗었던 겉옷을 다시 입으며 한숨을 쉬었다.

"날개 쪽은 심각하지 않은 것 같아서 안심했어요. 문제는 활성화된 폭식 스킬이네요. 제어하는 건……."

"꽤 힘들 것 같은데."

폭식 스킬로부터 지켜주고 있던 루나도, 나를 지탱해주던 그리드도 이제는 없다.

나 혼자서 몸속에 숨어있는 이 녀석과 맞설 수밖에 없다.

계속 의지하기만 했으니까.

"페이……."

"어떻게든 해볼게."

록시를 안심시키기 위해 하는 말이 아니다. 나는 진심으로 나 자신까지 타일렀다.

폭식 스킬의 힘은 지금까지보다 더 필요해질 테니까.

그때는 케이로스를 다시 만날 수 있을 것이다.

"아직 이런 곳에 계셨습니까?"

우리가 돌아보자 그곳에는 에리스가 있었다.

이야기하느라 정신이 팔려서 눈치채지 못했구나.

"어서 쉬시지요."

에리스는 그곳에서 빤히 우리를 바라보고 있었다.

그렇구나, 방에 돌아갈 때까지 그녀도 여기 있겠다는 의사표시인 모양이다.

따르지 않으면 에리스가 라이브라에게 뭔가 벌을 받게 될 가능성도 있다. 이야기도 많이 했으니 이제 돌아가기 적당한 때일지도 모르겠다.

"돌아갈까, 록시."

"네."

나는 에리스를 스쳐 지나가며 말을 걸었다.

"조금만 참으면 되니까, 기다려."

"……."

대답이 돌아오지는 않았다.

하지만 목줄 같은 문양이 약간 붉게 빛났다.

록시도 그걸 본 모양이었다.

"어쩌면 우리 목소리가 에리스 님께 들리는 건지도 모르겠어요."

에리스도 우리와 마찬가지로 저항하며 노력하고 있다.

멸망의 사막에서 한 약속……. 그녀는 항상 종잡을 수 없는 주제에 라이브라의 그림자를 두려워하고 있었다. 그 표정이 머릿속에서 떠나지 않았다.

어울리지 않게 새침한 얼굴인 에리스를 남겨둔 채 우리는 갑판을 떠났다.

방으로 돌아오자 마인이 행복한 듯한 표정으로 푹 자고 있었다.

"이……, 거물 같은 느낌은, 역시 마인이구나."

"후후후, 마인 씨답네요."

록시는 방에 있던 이불을 꺼내 마인에게 살짝 덮어주었다.

"마인 씨는 페이를 정말 좋아하는 것 같아요."

"어? 갑자기 무슨 소리야?"

"요즘은 마인 씨하고 함께 지낸 시간이 많았거든요."

마인이 록시에게 요리를 이것저것 배우긴 했다.

그리고 나는 그녀가 만든 음식을 먹는 역할을 맡았다. 마인의 요리 솜씨는 아직 발전하는 단계다. 목숨을 걸어야 할 정도로 가혹한 싸움이다.

"언제쯤 솜씨가 좋아지려나."

그렇게 말하자 록시에게 혼났다.

"마인 씨는 지금까지 미각이 없었잖아요. 금방은 힘들겠죠. 그럼에도 불구하고 페이가 먹어주는 걸 기쁜 듯이 본단 말이에요."

"그렇게 말하면……."

마인은 인형처럼 무표정한 모습에서 조금씩 바뀌기 시작하고 있다.

나는 잠든 그녀 옆에 앉아 머리를 살며시 쓰다듬었다.

"이번에도 힘을 빌려줘서 고마워. 항상 마인에게 신세만 지네."

"그렇지 않아."

눈을 번쩍 뜬 마인.

"깨어나 있었구나……."

"당연하지. 여기는 적진 한복판이야. 자면서도 언제든지 일어날 수 있게끔 해두고 있어."

"재주도 좋네."

"그건 페이트의 수행이 부족하기 때문이야. 필요하면 지금이라도 연습할래?"

"못해, 못해."

"농담이야."

당황하고 있자니 마인이 웃었다.

예전에는 보이지 않았던 표정 중 하나다.

"나도 이번 일에는 책임이 있어. 문을 닫기 위해 협력을 아끼진 않을 거야. 그리고……, 페이트하고 같이 있는 게 좋아."

"마인……."

그녀가 있어준다면 이보다 든든할 순 없다.

과거의 지식을 지닌 마인의 조력은 공략의 핵심이 될 것이다. 평소였다면 그리드의 도움을 받을 부분이다.

"빤히이이이이이……."

마인에게 고마워하고 있자니 날카로운 시선이 꽂혔다.

조심조심 그쪽을 보자 록시가 눈을 가늘게 뜨고 있었다.

"별건 아니지만요. 요즘 페이랑 마인 씨가 너무 가까운 거 아닌가요? 별건 아니지만요."

표정은 그렇게 안 보이는데…….

마인은 아랑곳하지 않고 몸을 일으킨 다음, 기지개를 켜면서 몸을 돌리고는 내 무릎 위에 머리를 기댔다.

"자잘한 건 신경 쓰지 마. 나도 신경 안 쓰니까 괜찮아."

"끄으으으."

이유가 뭘까.

그녀들 뒤에 용과 호랑이가 보이는 것 같다.

착시 현상인가?! 그렇다면 좋겠는데.

그런 와중에 어디론가 갔던 스노우도 방으로 돌아왔다.

"다들 벌써 왔네!"

문을 부수지 않고 제대로 열 수 있게 되어서 다행이다. 감정이 끓어오르면 E의 영역의 힘을 제대로 조절하지 못하는 경우가 있으니까.

"나도 끼워줘!"

"그만해, 더 복잡해지니까."

"싫어!"

다들 강자라 방이 엉망진창이 되어 버린다.

자연스럽게 웃음이 나오는 나 자신을 눈치챘다. 그녀들 덕분에 라이브라와 만난 뒤로 긴장하기만 했던 마음이 풀려가는 게 느껴졌다.

제8화 천공의 대지로

말이 없는 흑검을 손질하다 보니 시간이 눈 깜짝할 새에 지나간 모양이었다.

이 정도면 괜찮을 것 같다. 잔소리가 많은 이 녀석도 만족할 만한 상태다.

거울처럼 닦아낸 칼날이 내 얼굴을 비추었다.

왼쪽 눈이, 붉게 빛나고 있었다.

"큰일이네……."

결국 한숨도 못 잤다. 왜냐하면 무서웠기 때문이다.

또 그 정신세계에서 또 하나의 나와 마주치는 것을 피하고 싶었다.

이제 루나와 그리드의 힘을 빌릴 수는 없으니, 혼자서 그것과 싸우면 삼켜질 가능성이 크다.

록시에게는 노력해보겠다고 했지만……, 아무런 실마리도 찾지 못한 채 도전하는 건 너무 무모하다.

칼날에 비친 붉은 눈동자————.

일부러 반 기아 상태가 된 것은 아니다.

내가 눈치채지 못한 사이에 저절로 그렇게 되어버렸다.

정신세계에서 만나는 것을 피하더라도 그 녀석은 기다려주지 않을 모양이다.

"못 주무신 것 같네요."

"으응……."

잠시 눈을 붙이던 록시가 내게 말을 걸었다.

천사화는 체력 소모가 큰 모양이라 그 이후로 금방 기절하듯이 잠들었기에 조금 걱정했다.

"록시는 몸 상태가 어때?"

"덕분에 완벽해요. 아직 두 분은 자고 있는 것 같지만요."

"저 두 사람은 항상 그랬지."

마인과 스노우는 푹 잠들었다.

잘 자야 쑥쑥 큰다는 듯이.

저 두 사람에게는 긴장이라는 단어가 존재하지 않는 모양이다.

쓴웃음을 짓고 있자니 록시의 얼굴이 다가왔다.

"그 눈은 왜 그런 건가요?!"

"이건……, 그게……."

알고 있는 범위 안에서 록시에게 사정을 설명했다.

이해가 빠른 그녀는 고개를 끄덕이면서 조용히 이야기를 듣고 있었다.

"폭식 스킬이 굶주린 것과는 다른 건가요? 그런 거라면 마물을 쓰러뜨려서 해결할 수 있잖아요."

"다른 것 같아. 만약에 그런 거라면 먹고 싶다는 강한 충동이 솟구칠 테니까. 하지만 그게……, 전혀 없어."

신기하다. 평소에 멋대로 반 기아 상태가 되었을 때는 그런 충동이 있었다.

역시 뭔가가 이상하단 말이지.

"정신세계에서 습격해왔다는 또 하나의 페이와 관계가 있는 걸까요?"

"아마도……, 그 녀석이 무슨 짓을 하는 건지도 모르겠어."

흑검을 칼집에 넣으며 일어섰다.

그러자 평소보다 몸이 가벼웠다.

"?! 이건……."

"왜 그래요?"

"몸 상태가 좋아. 반 기아 상태라 부스트가 걸리기도 했지만, 평소보다 힘이 더 솟구쳐."

"잘됐네요……라고 하고 싶지만요."

"몸 상태가 너무 좋아서 오히려 불길한데……, 내 몸인데 말이지. 폭풍 전야의 고요함이려나."

"그런 말은 생각나더라도 소리 내어 하지 않는 게 좋을 거예요."

"그렇긴 하네."

어찌 됐든, 가리아에 쳐들어가기 위해서는 최고의 상태다.

그럼 마인하고 스노우를 깨워볼까. 그렇게 생각하고 있자니 방문이 열렸다.

"좋은 아침입니다. 라이브라 님께서 기다리고 계십니다."

여전히 메이드 차림새인 에리스가 당당한 분위기로 나타나 우아하게 인사를 했다.

"알겠어. 잠깐만 기다려줘."

나는 자고 있던 두 사람을 깨우기 위해 돌아섰지만……, 쓸데없는 참견이었던 모양이다.

마인은 머리카락이 전혀 흐트러지지도 않은 채 몸단장을 마친 상태였고, 한 손으로는 그녀의 트레이드 마크인 흑부를 들고 있었다.

스노우도 하품을 하고 있긴 하지만 준비를 마친 상황이었다.

역전의 무인인 마인은 예전에 함께 행동했을 때부터 그런 느낌이었기에 놀랍지는 않다.

신기한 건 스노우였다. 하우젠에서 전투가 벌어진 이후로 그녀에게 변화가 생겼다. 어린애 같은 구석이 남아있으면서도 가끔 사려 깊은 모습을 보여주게 되었다. 때때로 말투가 어른스러워지기도 하고.

"페이트, 가자!"

달려든 스노우를 받아냈다.

그녀가 자랑하는 붉은 머리카락이 자는 사이 마구 눌려 있었다. 나는 겨우 손으로 다듬어 주었다.

"좋아, 갈까."

모두 함께 서로 마주 보며 고개를 끄덕인 다음, 방을 나섰다.

에리스가 안내해준 곳은 저번과 마찬가지로 갑판 위였다.

"안녕, 푹 쉬었어?"

"너에게만은 그런 말을 듣고 싶지 않은데."

"아하하, 지금은 함께 싸우고 있으니까 사이좋게 지내자고."

"함께 싸운다고? 그럴 생각도 없으면서. 어차피 너는 안 올 거 아냐."

"그렇지 않아. 봐, 내 대리를 마련해 두었으니까."

라이브라는 그렇게 말하며 에리스를 손가락으로 가리켰다.

"얼마나 강한지는 너도 잘 알겠지. 재조정해두었으니까 그 이상으로 강해졌고."

"너……."

라이브라를 노려보았지만 종잡을 수 없는 그의 표정은 전혀 변함이 없었다.

그리고 그는 능청스럽게 생각에 잠긴 듯한 시늉을 했다.

"이것만으로는 마음에 안 드나? 그럼 이거하고 세트라면 어때?"

그는 허공에서 검은 무기를 꺼냈다.

"그건……."

"흑총검 엔비. 잠깐 한눈을 판 사이에 나쁜 아이가 되어 있길래 이것도 재조정을 마쳤지. 자, 받으라고."

그는 마치 쓰레기를 다루듯이 내게 흑총검을 던졌다.

"뭐, 지원 계열 무기라서 그리 대단한 힘은 없겠지만, 지금의 에리스라면 충분히 다룰 수 있을 거야."

"너는 여기서 구경만 하겠다는 거야?"

"무슨 말을 그렇게 하시나. 여기서 일이 잘 풀리게끔 신께 기도하고 있을 테니 마음 편히 먹고 다녀와."

"방해하진 마라. 만약에 그런다면 이 비공정과 함께 땅바닥에 처박아 줄 테니까."

"아하하, 재미있는 말을 하는구나. 그럼 에리스의 목도 땅바닥에 함께 떨어질 텐데."

"큭……."

더 이상 이야기를 나눠봤자 소용이 없다.

나는 흑총검 엔비를 《독심》 스킬로 불러보았다.

하지만, 반응은 없었다.

재조정이라는 게 영향을 끼친 건가? 에리스와 마찬가지로 자아가 봉인된 건지도 모르겠다.

"에리스, 이걸 받아."

나는 말이 없는 그녀에게 흑총검을 건넨 다음, 코앞으로 다가온 가리아 대륙을 보았다.

이렇게 거대한 대지가 공중에 떠 있다니.

멀리서 봤을 때도 엄청나게 컸는데, 가까이에서 보니 더욱 압권이었다.

게다가 살에 따끔따끔 느껴진다.

대륙에서 꿈틀대고 있는 수많은 마물들의 마력이.

"보아하니 먹을 만하겠는데."

"다시 한번 말하지. 너에게만은 그런 말을 듣고 싶지 않아."

라이브라는 재미있다는 듯이 웃으며 어떤 곳을 손가락으로 가리켰다.

"저기 착륙할까? 어떤 시대든 조용한 곳이었으니까."

"저곳은 분명히……."

"녹색 대계곡이군요."

록시가 정겨운 그곳을 바라보고 있다.

왕도로 공급하는 희귀한 광물 등을 채굴하는 곳이었을 텐데.

그리고 나는 흑검의 칼집을 만드는데 필요한 마결정을 얻기 위해 갔었다.

그때, 목적은 다르지만 록시와 함께 싸우게 되기도 한 추억이 있는 곳이다.

겉으로 보기에는 황폐해진 대지의 오아시스처럼 보이지만, 실제로는 화석이 된 마물이 층층이 쌓여서 이루어져 있다.

"위험하지 않나? 마물들이 잔뜩 잠들어 있을 텐데."

"그건 기우야. 혼을 잃고 화석이 되었으니 부활할 순 없거든."

"혼을 잃고 화석이 되었다고?"

"안전하다는 뜻이야."

젠장. 대답해줄 생각도 없는 건가.

뭐, 라이브라가 말한 대로 저 일대만은 마물의 기척이 느껴지지 않는다.

계속 입을 다물고 있던 마인을 곁눈질로 보자 그녀는 조용히 고개를 끄덕였다.

"안전한 모양이군."

"어라, 나를 못 믿나 보네."

"당연하지."

능청스럽게 하늘을 올려다보는 라이브라.

하지만 그는 곧바로 나를 돌아보며 씨익 웃었다.

"그럼, 착륙한다. 기대할게."

라이브라는 마지막으로 그렇게 말하며 나를 보던 눈을 돌려 스노우를 보고 있었다.

제9화 재조정당한 에리스

녹음이 우거진 깨끗한 지면.

라이브라의 비공정에서 내린 우리는 마물이 잠들어 있는 숲을 나아가고 있었다.

경치는 예전에 왔을 때와 별로 달라진 게 없었다.

군이 차이를 말하자면 록시 말고 다른 동료들이 있다는 점.

"여기서 남쪽으로 더 나아가는 거죠?"

"라이브라가 한 말을 믿는다면."

"거기에는 뭐가 있나요?"

내가 대답하려 하자 마인이 입을 열었다.

다행이다. 그녀가 나보다는 훨씬 더 잘 알고 있을 것이다. 나는 멀리서 한 번 봤을 뿐이니까.

"가리아의 제도, 메르가디아. 원래 기능을 되찾아서 잠들어 있던 자들이 움직이기 시작하고 있을 거야."

"혹시 기천사(키메라) 같은 것들인가요?"

록시가 싸웠던 가리아의 유실된 병기.

우선 그게 떠오르긴 할 것이다. 나도 그렇게 생각했으니까.

"응. 그건 제도 방위 시스템 중 하나야."

""하나?!""

나와 록시는 한목소리로 그렇게 말했다.

은근슬쩍 무시무시한 말을 꺼낸 마인이 이야기를 계속 이어나갔다.

"지금까지 페이트네가 싸웠던 건 힘이 없는 유체야. 저기에는 성체나 그보다 강한 것들이 얼마든지 있어."

"E의 영역을 초월한 것도 있다는 뜻인가……."

"아니. 그런 것들밖에 없어. 그 영역은 입구에 불과해. 그리드도 그렇게 말했을 텐데."

"그렇긴 하지. 가리아가 절대적인 존재로서 세계에 군림했던 것도 납득이 되네."

"응. 평범한 사람들은 제도를 성역이라 불렀어. 그저 무릎을 꿇을 수밖에 없는 곳."

자격이 없는 자가 발을 내디디면 그 방위 시스템이 기동되어 버릴 가능성이 크다.

"기천사나 마물 같은 것들은 내가 상대할게. 페이트네가 앞으로 나아갈 수 있게끔 길을 만들 거야."

"혼자서 괜찮……."

그렇게 괜한 걱정을 하려던 나를 마인이 똑바로 바라보았다.

역시 쓸데없는 걱정이었던 모양이다.

그녀는 내가 알고 있는 존재 중에서 최강이다.

"부탁할게. 그래도 무리하진 마."

"선처할게."

마인의 전귀(戰鬼)화가 신경 쓰인다. 이마에 뿔이 두 개 돋아난 그녀의 힘으로 인해 나는 수세에 몰리기만 했었다.

공격이 최대의 방어다……, 누군가가 그렇게 말했는데, 마인의 전투 방식이 딱 그것이었다.

루나가 도와주었기에 막아냈을 뿐, 흑순조차 관통할 정도로 강한 힘의 격류가 내 몸에 새겨졌었지.

전귀화는 분노 스킬을 이끌어냄으로써 몸을 인간에서 상위 존재로 변화시키는 것이라고 한다. 하지만 마음은 인간 그대로이며, 스킬의 끝없는 분노에 점점 삼켜지게 된다는 대가가 있다.

폭식 스킬과 마찬가지다. 결말은 폭주일 수밖에 없다.

마인이 내 폭식 스킬을 항상 걱정해준 것은 비슷한 대가를 지니고 있었기 때문일지도 모르겠다.

"그런 것보다 문제는 야한 거야."

"에리스 말이구나……."

뒤에서 조용히 걸어오는 그녀를 돌아보았다.

그녀는 흑총검을 든 채, 우리 대화에 끼어들 낌새도 없었다.

스노우가 옷을 잡아당기거나 엉덩이를 찔러댔지만 반응 없음. 원래의 그녀라면 그런 짓을 당하고 가만히 있지 않았을 것이다.

"스노우가 뭘 해도 가만히 있네."

"응."

"보고만 있지 마시고 말리세요."

록시가 급하게 장난꾸러기 스노우를 안아 들었다.

"여러분, 잊고 계신 것 아닌가요?"

"뭘?"

"모르겠어."

"에리스 님께서는 여왕 폐하시라고요!"

그러고 보니 그랬지. 이 나라에서 제일 높은 사람. 그리고 성기사가 섬기는 여왕이다.

다시 말해 성기사인 록시와 내가 존경해야만 하는 사람.

록시는 태어날 때부터 성기사였으니 이해가 된다. 내가 보기에는 처음 만났을 때부터 틈만 나면 색욕 스킬로 유혹해서 방심할 수 없는 사람이었지만.

처음 만났을 때 인상의 80퍼센트가 정해져 버린다는 그거다.

아무리 애를 써도 나는 에리스를 여왕 폐하로 볼 수가 없었다.

"이런 상태가 되어버리셨는데, 에리스 님을 평소처럼 대하다니……, 너무 가여우셔."

"인과응보."

"그렇긴 하지."

"두 분, 정말!"

라이브라가 보낸 동행자로서의 에리스. 위험한 가리아에서 맨몸으로 돌아다니게 할 순 없기에 흑총검을 주긴 했는데…….

우리가 알지 못하는 다른 명령을 받았을 가능성도 전혀 없진 않다. 지금까지는 딱히 그런 모습을 보이진 않았지만 이대로 그 땅으로 통하는 문을 닫을 때까지 얌전히 있어 줬으면 좋겠다.

뭐, 적어도 우리와 연계해서 싸울 수 있는지는 알아두어야겠다.

감정을 잃고 인형처럼 변해버린 그녀에게 말을 걸었다.

"에리스."

"네."

대답은 한다. 동행하면서 의사소통하는 것은 허가를 받은 모양이다.

"흑총검을 어디까지 다룰 수 있지?"

"저는 주로 지원 담당입니다. 여러분께 능력 이상의 전투를 제공해드릴 것입니다."

그녀와는 예전부터 함께 싸웠기에 흑총검을 사용한 지원이 얼마나 대단한지는 알고 있다.

에리스의 지원 범위는 말 그대로 총알이 닿는 거리이기에 매우 넓다. 눈에 보이지 않더라도 상대방의 마력을 감지하고 지원을 부가한 유도탄을 날릴 수 있다.

"또한 저는 재조정을 통해 원래 힘을 되찾은 상태입니다."

"원래 힘?"

"네. 엔비도 마찬가지입니다. 적어도 당신이 지니고 있는 지금 흑검보다도."

"말은 잘하네……."

그리드를 잃었기에 내가 흑검의 힘을 전부 발휘할 수 있다고는 할 수 없다. 특히 제5위계인 흑토시 때문에 애를 먹고 있다.

너무나도 강력하기 때문에 지금까지 다뤄왔던 것들보다 더욱 섬세한 조작이 필요하다.

"딘과 마주쳤을 때는 특히 제 보조를 필요로 할 것입니다."

"믿음직스럽네."

"맡겨만 주십시오."

그녀는 치마를 두 손으로 잡고 우아하게 인사를 했다.

"그럼 우선 그렇게 자랑하는 지원을 보여주실까."

녹색 대계곡을 빠져나오자 얼마 전부터 느껴졌던 마력 덩어리들이 나타났다.

"저건……, 사람?"

록시가 그렇게 말하자 마인이 곧바로 부정했다.

"아니야. 라미아……, 예전에 사람이었던 존재."

상반신이 아름다운 여자인 거대한 뱀들.

우리를 눈치채고 날카로운 눈초리로 바라보고 있다. 함부로 감정 스킬을 사용하면 눈이 멀 우려가 있다.

"록시, 스노우는 아껴둬. 이번에는 나와 마인, 그리고 지원 역할로 에리스가 나설 거야."

마인은 지시를 내리기도 전에 이미 움직이기 시작했다.

라미아가 발이 없는데도 놀랄 만큼 빠른 속도로 다가오고 있었기 때문이다.

숫자는 지상에 세 마리. 그리고 지하에…….

"페이!"

록시가 주의를 주었다.

괜찮아. 나도 알아. 두 마리 더 있다는 것 정도는.

갈라진 땅바닥에서 옆으로 뛰어서 피했다. 그러는 김에 달려든 라미아를 비스듬히 베었다.

폭식 스킬은 발동되지 않았다. 참격이 얕게 들어간 모양이었다.

추가타를 가하고 싶긴 하지만, 다른 라미아 한 마리가 땅바닥에서 뛰쳐나왔다.

우선은 활기찬 녀석부터 해치울까……, 그렇게 생각한 순간, 뒤에서 총성이 울려 퍼졌다.

칠흑의 총탄이 라미아의 머리를 날려버렸다.

저게 지원 계열이라고? 말도 안 돼……, 충분히 주력으로 싸울 수 있는 위력이다.

보아하니 힘이 강해졌다는 말도 사실인 모양이다.

나는 눈앞에 있던 라미아의 숨통을 끊었다.

《폭식 스킬이 발동됩니다.》

《스테이터스에 체력+1・8E(+8), 근력+2・5E(+8), 마력+2
・0E(+8), 정신+1・2E(+8), 민첩+2・5E(+8)이 가산됩니다.》

《스킬에 독 공격, 독 내성이 추가됩니다.》

근처에 돌아다니는 평범한 마물이 이 정도 스테이터스를 지니
고 있는 건가?

게다가, 독?! E의 영역의 특수 공격을 맞으면 어떻게 될지 상상
도 하고 싶지 않다. 록시와 스노우를 물러나게 하길 잘한 것 같다.

이미 세 마리를 쓰러뜨린 마인에게 알아낸 마물의 정보를 가르
쳐 주었다.

"라미아는 독 공격을 사용해. 맞지 않게끔 조심하라고!"

마인은 그 말을 듣고 고개를 갸웃거리면서 동시에 덤벼든 라미
아들을 흑부로 매우 쉽사리 해치워버렸다.

"몰랐어."

"잘 아는 마물 아니었어?"

"이 마물은 약해. 공격을 맞아본 적이 없어. 새로운 정보!!"

내가 정보를 가르쳐준 게 기쁜 건지 마인의 눈동자가 빛나고 있
었다.

등 뒤에 펼쳐진 라미아의 끔찍한 시체와의 대비가 엄청났다.

정말이지 믿음직스러운 무인이다.

그런 마인이 약간 걱정스러운 듯이 내 곁으로 달려왔다.

"괜찮아?"

"응? 폭식 스킬 말이야?"

"그래. E의 영역의 마물을 먹었으니까. 평소 페이트라면 힘겨워할 텐데."

"신기하게도 아무것도 느껴지지 않아. 몸 상태가 좋아서 그런가?"

"……좋은 징후일 것 같진 않은데. 이제 루나도 없는데 이상해."

스테이터스를 올리기 편한 상태라면 지금 얼른 올려버리자는 생각이 들었지만, 마인은 고개를 저었다.

"내가 주체로 싸울게. 페이트는 최대한 먹지 마. 적어도 제도에 도착할 때까지는."

"그러면 계속 마인이 싸우게 되어서 부담될 텐데."

"문제없어. 그런 것보다는 페이트 쪽이 문제야."

우리 곁으로 뛰어온 록시와 스노우도 뭔가 말하고 싶은 눈치였지만, 마인은 그렇게 말한 다음 곧바로 먼저 나아가기 시작해버렸다.

뒤에 남겨진 내게 록시가 말했다.

"괜찮은 건가요? 저도 천사화하면……."

"그거야말로 아껴둬야지."

"그래도……, 마인 씨가."

"걱정하실 필요 없습니다. 제가 원호하겠습니다. 이것도 라이브라 님께서 명령하신 거니까요."

걱정하는 록시를 말리며 에리스가 흑총검을 들고 그렇게 말했다.

그리고 총성이 연달아 울려 퍼졌다.

"마력 탐색을 통해 공격할 수 있는 범위 이내의 마물은 전부 쓰러뜨렸습니다. 올 클리어."

나와 록시는 주위의 마력을 확인했다. 반응이 없다.

"어……."

"말도 안 돼……."

"대단해! 전부 쓰러뜨려 버렸어!"

스노우가 흥분하며 크게 떠들어댔다.

마인도 강하지만……, 이 에리스도 실력이 대단한데.

그녀는 연속으로 발포해서 뜨거워진 흑총검을 휘둘러 식힌 다음, 칼집에 넣었다.

"자, 가시지요. 제도까지는 완벽한 에스코트를 약속드리겠습니다."

새침한 표정인 에리스는 방금 싸운 것은 전투도 못 된다는 듯한 눈치였다.

제10화 땅을 기는 성수

　고생할 것 같았던 제도까지의 이동은 에리스의 초 광범위 저격으로 인해 매우 순조로웠다.

　한때는 마인도 긴장하고 있었지만, 지금은 하품까지 하고 있다.

　우리는 황폐해진 대지 위에 흩어져 있는 마물들의 시체를 피하며 나아갔다.

　마인의 안내에 따라 마물들이 비교적 적은 구역을 골라서 나아가고 있다. 그럼에도 불구하고 이렇게 많은 마물들을 쓰러뜨린 데는 이유가 있다.

　에리스가 지니고 있는 흑총검의 발포음 때문이다.

　내가 사용하는 흑궁과는 달리 장애물이 없는 황야에서는 총성이 예상했던 것보다 먼 곳까지 울렸기 때문에, 소리를 들은 마물들이 모여들어 버렸다.

　하지만 에리스는 어떤 상황인지 전부 알고 있다는 듯이 지친 기색 하나 보이지 않고 담담하게 마물들을 해치워나갔다.

　"페이, 제도까지는 얼마나 남았나요?"

　"내 기억이 확실하다면 아마 절반쯤 왔을 거야."

　"그런가요……."

　록시는 그렇게 말하며 에리스를 힐끔 보았다.

　"생각보다 마물들이 더 많이 몰려들고 있는데."

　"네, 제 마력 탐색으로도 느껴져요."

"이것 참……, 태고의 마물들은 끈질기네."

되살아나서 배가 고픈 걸까. 아니면 다른 이유가 있는 걸까.

마물들이 집요하게 우리에게 덤벼들고 있다.

"이렇게 계속 쓰러뜨리고 있는데도 말이죠. 이상하네요. 평범한 마물이라면 이러지 않을 텐데."

그 녀석들에게는 이길 수 없으니 도망친다는 본능이 없는 것 같다.

인간이다! 죽여라! 같은 살기가 마물들의 눈에서 느껴졌다.

"마인은 어떻게 생각해?"

"덤비는 적은 죽인다. 그것뿐이야."

그렇구나……. 기운 넘치는 마인이라 다행이네.

우리에게 덤벼드는 마력은 없으니까 상관없으려나? 위험한 게 다가오는 건 아니니까.

어느새 발치로 다가온 스노우가 내 옷소매를 잡아당겼다.

"와."

"뭐가?"

다시 한번 마력의 기척을 탐지해 보았다. 아무것도 없다.

"싸워!"

스노우는 그렇게 말한 다음 록시에게 달려들었다.

그와 동시에 발치의 지면이 날아가 버렸다.

"또야? 발치를 정말 좋아하네."

스노우가 위험하다는 걸 미리 알려주었기에 기습 공격을 당하지 않고 피할 수 있었다.

"이 녀석……, 뭐지?!"

거의 투명하다. 잘 살펴보니 빛이 약간 굴절된 모습을 통해 존재를 파악할 수 있었다.

어디 있는지 알아보는 것만도 힘든데, 역시 마력이 느껴지지 않는다.

"이 자식!"

흑검을 들어 올려서 베었지만, 허공을 갈라버렸다.

"크윽."

물리공격이 통하지 않는 건가? 그렇다면 다음 공격에는 화염탄 마법을 부가해주지.

칼날이 스친 곳에 불길이 휩싸였다.

"어?!"

이것도 안 통한다고?

마법 공격도 허공을 가를 뿐이었다.

마치 투명한 슬라임 같은 그것은 내게 덤벼들려 하고 있었다.

"페이, 이쪽으로 와요."

천사화해서 하늘로 날아오른 록시가 내게 손을 내밀어주었고, 아슬아슬하게 벗어나는 데 성공했다.

"덕분에 살았어."

"상대방을 시험해보는 건 좋지만, 신중하게 해주세요."

"다음부터는 조심하겠습니다."

"좋아요. 그런데 곤란하게 됐네요. 저건……, 스노우의 기억에 따르면 성수 같아요."

"물리 공격도 안 통하고 마법도 안 통하다니. 대체 어떻게 된 녀석이야?"

"잠깐만 기다려 주세요."

지금 록시는 스노우와 의식을 공유하고 있다.

아마 스노우에게 다른 정보를 얻어내고 있는 것 같다.

지상에서는 마인과 에리스가 투명한 적 때문에 고전하고 있었다.

이쪽 공격은 맞지 않는데, 적의 공격은 효과가 있는 것 같았다. 스친 옷이 녹아내리고 있기 때문이다.

혹시 공격하는 순간만 실체화하는 건가?

마인도 똑같은 생각을 한 모양이었다.

적의 공격에 타이밍을 맞춰 카운터를 노린 것이다.

하지만 허공을 가른 흑부는 땅바닥에 박혀서 거대한 크레이터를 만들어냈을 뿐이었다.

투명한 적이 갑자기 오므라들었다. 심장처럼 몸 전체가 몇 번 고동쳤다.

"여러분, 바로 그 녀석에게서 물러나 주세요!!"

록시의 큰 목소리가 울려 퍼졌다.

한순간 움직임을 멈춘 적이 폭발하듯 몸 전체로 수많은 촉수를 빠르게 발사했다.

그것은 마인이나 에리스뿐만이 아니라 공중에 있던 우리에게도 뻗었다.

촉수가 차례차례 앞을 막아섰지만, 록시는 날개 네 장을 능숙하게 움직여 피해 나갔다.

공중전에 익숙하지 않은 나는 어지러워질 정도였다.

지상에서도 비슷한 상황이 벌어지고 있었다. 두 사람이 피하고 있다.

마인은 여유가 있었다. 하지만 에리스는 스스로 지원 계열이라고 했듯이 접근전에서는 마인보다 뒤처지는 모양이었다.

저 촉수에게 붙잡히면 무슨 일이 벌어지게 될지 모른다.

"페이, 스노우가 준 추가 정보예요. 저건 성수 조디악 제미니. 두 마리가 한 쌍인 성수라고 해요. 아마 지금 덤벼들고 있는 건 둘 중 하나인 것 같아요."

"쓰러뜨리는 법은?"

"……안타깝게도, 모른다고 하네요."

그렇겠지. 같은 성수라고 해도 자신의 약점을 가르쳐줄 호구는 없을 테니까.

두 마리가 한 쌍인 성수라. 지금 우리에게 덤벼들고 있는 쪽은 어떻게 해볼 방법이 없다.

하지만, 다른 한쪽이라면 어떨까.

"다른 한 마리를 찾아보죠."

"바로 알아채 줘서 고마워."

문제는 찾을 방법이다. 만약 다른 한쪽도 똑같은 능력을 지니고 있다면 두 마리가 함께 공격했을 것이다.

그러지 않은 건, 그러지 못하기 때문 아닐까.

마인에게는 미안하지만 역시 폭식 스킬에 의존할 수밖에 없다. 예전에 성수를 먹은 감각이 지금도 남아 있다.

그때 폭식 스킬은 더할 나위 없이 만족했다. 나를 폭주하게 만드는 것도 잊을 만큼.

그럴 정도로 맛있었기 때문일 것이다.

지금 여기에 성수가 또 있다고. 먹고 싶지 않나?

마력 감지보다는 폭식 스킬의 후각에 의존한다.

느껴지는 성수는 지금 저곳에 있는 제미니 중 하나, 스노우, 라이브라……, 멀리 떨어진 곳에 아버지……, 그리고?!

"이 방향은 제도야. 제미니 중 하나는 제도에 있어."

"그게 정말인가요?"

"폭식 스킬의 후각을 믿는다면 말이지. 그리고 저건 아버지가 보낸 건지도 모르겠어."

도망쳐다니던 우리는 제도 반대쪽으로 밀려난 상태였다.

그 상황 때문에 한순간 초조해져서 약간의 빈틈이 생겨버렸다.

촉수는 그 빈틈을 놓치지 않고 우리가 도망칠 곳을 완전히 막으려는 듯이 뻗었다.

"록시!"

절체절명의 순간……인가 싶었지만 촉수의 움직임이 눈앞에서 멈췄다.

"덕분에 살았어."

"위험했네요. 왜 갑자기 멈춘 걸까요?"

"아마 조작 범위 밖으로 나온 건지도 모르겠네."

지상에서도 똑같은 상황이 벌어졌기 때문이다.

실험 삼아 손을 약간 가져다 대보니 촉수가 순식간에 반응을 보였다.

"더 이상 우리를 제도로 다가오지 못하게 하려는 건가."

아버지가 그렇게 말하는 것 같은 기분이 들었다.

죽고 싶지 않으면 얌전히 돌아가라고…….

"어떻게 할 건가요? 페이."

저 제미니 중 하나는 슬라임처럼 닿은 것을 녹이는 힘을 지니고 있는 것 같다.

예전에 싸웠던 오메가 슬라임은 부식 마법으로 소화에 맞설 수 있었지만, 이번 성수에게는 마법이 통하지 않는다.

"제도로 가려면……."

지금 생각나는 방법은 이 정도밖에 없다.

"양쪽으로 나뉘자. 한쪽은 저 제미니를 묶어두는 거야. 그리고 다른 한쪽이 제도로 가서 다른 쪽 제미니를 쓰러뜨리는 거지."

록시와 함께 지상으로 내려가자 두 사람이 기다리고 있었다.

이야기를 듣고 있던 마인이 고개를 끄덕였다.

"방법은 그것밖에 없을 것 같아. 저걸 묶어두는 건 회피 능력이 뛰어난 사람이 낫겠지."

"그럼 멤버는 정해졌네. 마인하고 록시에게는 저걸 부탁하고 싶어."

마인과 록시가 서로 얼굴을 마주 보았다.

두 사람이 함께 싸우는 건 이번이 처음이다.

하지만 그녀들은 나보다 훨씬 무인답다. 상황에 맞춰서 임기응변으로 싸울 수 있을 것이다.

"알겠어. 같이 제도로 가지 못하는 건 아쉽네."

"무리하진 마세요……, 라고 하고 싶지만 그럴 순 없다는 건 저도 잘 알아요. 그래도 무리하면 안 돼요."

얼마 안 되는 전력을 더 줄여야 하다니……. 나와 함께 갈 사람은 에리스다.

"갈 수 있겠어?"

"문제없습니다. 필요하다면 저를 버림말로 쓰셔도 상관없습니다."

감정이 없는 그녀의 목소리는 하는 말의 내용과는 달리 가벼운 느낌이었다.

"한 가지만 명령해도 될까?"

"네, 그러시지요. 라이브라 님께서 당신의 명령을 들으라고 하셨습니다."

"죽지 말 것. 죽으려고 하지 말 것. 나는 에리스를 버림말이라고 생각하지 않아."

"선처하겠습니다."

눈앞에는 우리를 가로막으려는 듯이 자리를 지키고 있는 쓰러뜨려야만 할 적.

성수 조디악 제미니 중 하나가 조용히 자리 잡고 있었다.

"준비는 됐어?"

결국……, 편한 싸움은 없겠지. 나는 먹는 것밖에 할 줄 아는 게 없으니까.

"록시하고 마인은 저걸 동쪽으로 유도해줘. 에리스는 제도에 도착할 때까지 흑총검으로 마탄을 쏘는 걸 금지한다. 총성이 울리면 모처럼 멀리 보낸 저 녀석을 불러들이게 될 테니까."

내가 갈 길은 스스로 헤쳐나가야만 한다.

지금까지도 그래왔다.

오랜만에 마물을 마구 먹어대면서 폭식 스킬의 한계에 도전하게 되겠네.

내 안에 있는 또 하나의 내가 씨익 웃은 것 같은 기분이 들었다.

제11화 제도 메르가디아

한 마리, 두 마리, 세 마리……, 열 마리……, 스무 마리…………, 서른 마리…………, 이제 예순 마리, 아직 더 먹을 수 있다.

더 먹지 못해 부족할 정도다. 그리고 스테이터스의 은혜로 인해 몸에서 힘이 한없이 솟구쳤다.

록시, 마인과 헤어진 우리는 정신없이 제도 메르가디아를 향해 나아가고 있었다.

동쪽 저편에서 때때로 폭음이 울렸다. 아마 마인이 적의 공격을 피하기 위해 지형을 바꾸며 숨을 곳을 만들고 있을 것이다. 그녀라면 충분히 그럴 수 있다.

저 소리는 그녀들이 성수 조디악 제미니 중 하나와 싸우고 있다는 증거. 저 소리가 들리는 한, 그녀들은 무사하다.

"페이트 님, 여기선 제가……."

나란히 달리던 에리스가 흑총검을 들어 올리며 물었다.

좀 전부터 그러기를 반복하고 있다.

"안 된다니까. 발포음 금지!"

"으으음……."

흑총검을 든 손이 부들부들 떨리고 있다.

혹시 쏘고 싶어서 안달이 난 건가? 그건가? 트리거 해피 같은 증상인가?

평소에는 이렇게까지 쏘고 싶어 하지 않는데, 재조정당한 에리스는 그렇지 않은 모양이다. 전투에 대한 욕망을 드러내고 있다.

"제도에 도착하기 전에 당신이 쓰러지면 저도 곤란합니다."

"지원을 부탁하고 싶긴 하지만, 총성이 울리니까 역시 안 돼."

"심심합니다."

"좋은 거잖아. 가리아에 와서 여유가 생긴 거니까."

눈앞에 나타난 사자 머리에 염소 몸통, 독사의 꼬리가 달린 기괴한 마물을 베어서 두 동강 냈다.

키마이라라는 마물인 모양이었다.

머리를 잘라낸 뒤에도 기운차게 살아있는 걸 보면 생명력이 매우 강한 마물이다.

좀 전부터 이렇게 나를 덮치려고 달려들고 있는데, 억눌러서 꼬리의 독으로 해치우려는 속셈이다.

독 내성 스킬을 가지고 있긴 하지만 순순히 잡혀줄 생각은 없다.

한손검 스킬의 아츠인 《샤프 엣지》를 발동.

몸통을 두 동강 낸 다음, 꼬리 쪽으로 다시 검을 휘둘렀다.

뱀의 꼬리가 공중에 떠올랐다.

《폭식 스킬이 발동됩니다.》

《스테이터스에 체력+2・5E(+8), 근력+3・4E(+8), 마력+3・0E(+8), 정신+2・4E(+8), 민첩+3・4E(+8)이 가산됩니다.》

이 키마이라는 골치 아픈 마물일 것이다. 그러나 계속 쌓이기만 한 지금 내 스테이터스로는 고블린 같은 느낌으로 쓰러뜨릴 수 있게 되었다.

지금도 힘을 충분히 발휘하고 있는 건 아니다. 터무니없는 스테이터스 상승에 익숙하지 않은 몸으로는 원래 힘을 다 발휘하지 못하기 때문이다. 그럼에도 불구하고 이 정도라니, 내가 생각해도 두려워졌다.

키마이라의 스킬은 이미 짭짤하게 챙긴 상태다. 꽤 쓸만한 스킬이기 때문에 나중에 벌어질 전투에서 도움이 되어줄 것이다.

남쪽으로 가면 갈수록 마물들이 강해졌고, 그것들을 먹은 나도 그에 비례해서 스테이터스가 올라갔다.

한동안 나아가자 동쪽 멀리에서 좀 전보다 훨씬 더 큰 굉음이 울려 퍼졌다.

올려다보니 흙먼지가 하늘을 찌를 듯이 솟구치고 있었다.

"시끌벅적하게 날뛰고 있네."

아마 마인일 것이다.

보아하니 가리아의 지형이 크게 바뀌어버릴지도 모르겠다.

"이쪽은 제도까지 얼마 남지 않았군요."

"그래, 얼마 안 남았어."

에리스가 새침한 표정으로 말했다. 마물들이 소용돌이치며 모여들어 우리 앞길을 가로막기 시작하고 있었다.

쓰러진 마물의 피비린내에 반응을 보인 걸까. 아니면 우리 냄새를 맡고 다가온 걸까.

이것들을 느긋하게 먹고 있을 시간은 없다.

이쪽도 저쪽만큼 시끌벅적하게 날뛸 수는 없겠지만, 한번 해볼까.

나는 뛰어가면서 흑검을 흑장으로 변형시켰다.

그 모습을 의아한 듯이 바라보는 에리스.

"뭘 하시려는 겁니까?"

"지나가기 편하게 만들 거야."

모든 마물과 싸우고 있다가는 이동 속도가 떨어질 수밖에 없다.

그렇다면 그 길로 마물이 들어오지 못하게 하면 된다.

흑장에 당장에라도 흘러넘칠 것 같은 마력을 쏟아 부었다.

지금까지 마물들을 잔뜩 먹으면서 얻은 마력이다.

지금까지 날렸던 것들보다 훨씬 커다란 불꽃을 만들어낼 수 있을 것이다.

"길을 만들어!"

검은 불꽃이 지팡이 끝에서 소용돌이치고, 내 마력을 빨아들이며 성장해나갔다.

고밀도의 흑염에서 푸르게 빛나는 작은 물체가 떨어졌다.

아마 대기에 떠돌던 먼지가 타고 남은 찌꺼기일 것이다.

"페이트 님! 앞에!"

"나도 알아."

입을 크게 벌리고 우리를 잡아먹으려 하는 마물들.

나는 멈추지 않고 달려드는 마물들을 향해 흑염을 날렸다.

마물들은 흑염에 닿은 순간, 소리도 없이, 냄새도 남기지 않고 증발했다.

무기질적인 목소리가 내게 또다시 스테이터스 상승과 스킬 취득을 알려주었다.

마물을 태우는 것만으로 멈추지 않고, 흑염은 황폐해진 대지에 똑바로 까만 선을 그으며 제도를 향해 뻗어 나갔다.

머릿속에 다른 목소리가 들렸다.

『부족해……, 좀 더.』

어느새 이동 속도가 느려진 모양이었다. 에리스가 내게 말을 걸었다.

"페이트 님? 왜 그러시죠?"

"아니, 아무것도 아니야."

흑염이 만든 두 줄기의 선. 우리는 그에 둘러싸인 길 안으로 뛰어들었다.

이 길을 밟고 갈 수 있는 건 우리뿐이다.

가리아의 마물은 크기가 크고, 적어도 사람의 몇 배는 되니 여기로 들어오려 하면 흑염에 닿아 증발한다.

땅속에서 뛰쳐나온다 하더라도 마찬가지다. 사라지지 않는 흑염은 내 마력으로 만들어낸 것이기에 지면을 파괴하더라도 떠오른 채 계속 타오른다.

이 길은 내 허가 없이는 없앨 수 없다.

"이 녀석들……, 죽는 게 두렵지 않은가?"

우리를 향해 달려드는 마물들은 속도를 전혀 늦추지 않았다.

주위에 있는 마물들……, 눈앞에 있는 마물들이 끊임없이 몰려들어 증발되고 있는 상황임에도 불구하고.

천룡과 싸웠던 스탬피드 때는 마물들이 두려움을 느끼고 도망쳤는데, 태고의 마물들에게는 정말로 그런 선택지가 없는 것 같았다.

"일부러 죽으러 달려드는 건가?!"

그렇게 생각할 수밖에 없는 광경이다.

무기질적인 목소리가 끊임없이 들렸다.

흑장을 쥐고 있던 손에서 위화감이 들었기에 살펴보자 살짝 떨리고 있었다.

두려워하고 있는 건 오히려 나인가.

끝까지 견뎌낼 수 있을까? 이런 상황에서 폭식 스킬이 꿈틀대기 시작하면 어떻게 하지? 머릿속에 새겨진 불안감이 커져가는 게 느껴졌다.

떨리는 오른손을 왼손으로 눌렀다.

"네가 얼마나 소중한지 뼈저리게 느껴지네."

말없는 흑장 그리드를 향해 그렇게 말했다.

"이럴 때는 항상 네가 격려해줬는데."

말버릇이 안 좋은 녀석이었지만, 망설임이 생길 때는 등을 밀어주었다.

그리드는 자기가 하고 싶은 말을 다 늘어놓고 난 다음에 마지막으로 '너라면 할 수 있을 거다'라는 말을 해줬다.

성수 조디악 아쿠에리어스와의 전투 때 그리드는 자기가 할 수 있는 게 그저 보고 있는 것밖에 없다……고 했다.

단지 그것뿐이라지만, 내게는 충분하고도 남을 만큼 힘이 되어주고 있었다.

"제도가 보이기 시작했어. 곧바로 제미니 중 하나를 찾는다."

"알겠습니다."

폭식 스킬의 감각에 의존한다.

지금보다……, 더 깊게 이어져야만 정확한 위치를 알 수 있다.

"좀 더. 내게 힘을 내놔!"

이렇게까지 폭식 스킬 안으로 깊게 파고든 적은 없다.

"페이트 님, 눈이?!"

에리스는 아마 내 두 눈이 붉게 빛나고 있는 걸 지적하고 있을 것이다. 기아 상태를 넘어설 만큼 폭식 스킬과 이어지려 하고 있으니까.

"크윽."

왠지 모르겠지만……, 등에 돋아난 불완전한 날개가 매우 아팠다.

아랑곳하지 않고 제미니 중 하나를 계속 찾았다.

제도 메르가디아는 맛있을 것 같은 냄새로 넘쳐나고 있었다.

가동이 정지된 기천사들의 움직임이 느껴진다. 그 밖에도 먹어본 적이 없는 것들이 제도에 숨어있다.

폭식 스킬은 그중에서도 엄청난 혼들에게 이끌렸다. 이어져 있는 내 마음도 들떴다.

그중 하나로 의식을 집중했다. 이건……, 아버지.

지하에 있는데?! 그곳에서 그 땅으로 통하는 문을 열려고 하는 건가?

더 알아보려 한 순간, 아버지가 나를 돌아보았다.

눈치챘다!

"나를 신경 쓰고 있어도 되는 거냐?"

그 말을 듣고 다른 하나……, 제미니 중 하나인 것 같은 쪽으로 의식을 집중시켰지만…….

"이 녀석……, 계속 기다리고 있었던 거야."

조용하다 싶더니 이유가 있었구나.

우리가 사정거리 안으로 들어올 때까지 힘을 모으며 기다리고 있었다.

게다가 지금 당장에라도 그 막대한 힘을 해방시키려 하고 있다.

흑순으로 막아낼 수 있을까?

성수 조디악 아쿠에리어스의 천공 포대가 떠올랐다. 그것과 비슷하거나 그 이상이라면 나는 막아낼 수 있더라도 에리스까지는 힘들다.

수세에 몰리면 결국에는 당해버릴 것이다.

공격은 최대의 방어다. 마인을 따라 하는 건 아니지만, 원거리 공격에 방어만으로 대처하는 건 상성이 너무 안 좋다.

나는 흑장을 흑궁으로 변형시킨 뒤 곧바로 모아둔 스테이터스의 절반을 바쳤다.

무시무시한 모습으로 성장해 나가는 흑궁.

이제 그리드의 명중 보정은 없다. 내 힘으로 맞출 수밖에 없다.

하지만 동료들 덕분에 제1위계의 오의 숙련도는 예전과는 비교도 안 될 정도로 올랐다. 폭식 스킬을 힘을 써서 변질시키는 것도 익숙해졌다.

그리드가 해주던 것을 뛰어넘을 만큼, 높은 정확도로 노릴 것이다.

세차게 타오르는 흑염 속에서 꿰뚫을 대상은 조디악 제미니. 슬라임처럼 몸이 투명하고, 마인 일행이 싸우고 있는 다른 한쪽과도 비슷하다.

그것은 아버지와 정반대 위치에 있었다.

제도에 산처럼 높게 늘어선 까만 건물. 그중에서 가장 높은 건물의 정상에 자리 잡고 우리를 바라보고 있던 것이다.

"페이트 님."

에리스가 나를 향해 발포했다. 버프 계열 효과를 얻을 수 있는 탄이다.

일시적으로 스테이터스가 강해졌고, 집중력이 올라가는 게 느껴졌다.

극한까지 끌어올린 힘을 단숨에 방출했다.

《블러디 터미건 크로스》.

그 순간, 엄청난 반동이 나를 덮쳤다.

그것은 아직까지 우리들에게 덤벼들고 있던 마물들을 날려버릴 정도로 강력했다. 에리스의 버프가 없었다면 공격을 날린 나 자신도 대미지를 입었을 것이다.

제미니도 나와 동시에 새하얀 섬광을 뿜어냈다.

양쪽에서 날린 공격이 서로를 향해 일직선으로 나아갔다.

이중 나선을 그리는 까만 번개가 하얀 섬광과 맞부딪혔다. 힘으로 밀어붙이는 승부가 되는 건가.

하지만 양쪽의 힘이 너무나도 강해서인지, 아니면 너무나도 정반대의 힘이었기 때문인지……, 검은색과 흰색이 자석처럼 반발하며 양쪽의 공격이 엇나가 버렸다.

양쪽에 흙먼지가 피어올랐다.

내가 있던 곳 왼쪽 옆 지면이 넓게 헤집어진 상태였다. 그리고 제미니가 자리 잡고 있던 건물이 사라져버렸다.

제미니는 아래로 떨어지지도 않고 공중에 계속 떠 있다.

슬라임 같은 형태에서 변하며, 커다란 천사의 날개가 드러나고 있었다.

제12화 신을 목표로 삼은 자

제미니의 변형이 완료될 때까지 기다릴 생각은 없다.

흑궁에 다시 스테이터스의 50퍼센트를 주었다. 떨어진 스테이터스는 이 가리아에서라면 얼마든지 얻을 수 있다.

좀 전에 날린 블러디 터미건 크로스에 많은 마물들이 휘말렸다. 죽음을 두려워하지 않고 몰려드는 가리아의 마물 특성이 내게 도움을 주기도 한 것이다.

"그냥 내버려 둘 순 없지!"

이번에는 제미니가 공격을 날리지 않았으니 척력 같은 것도 생길 일은 없다. 공격이 닿을 것이다.

충격에 대비해서 발을 땅바닥에 찔러넣었다. 목표는 제미니의 중심……, 폭식 스킬이 먹고 싶어 하는 곳.

흑궁에서 느껴지는 무게를 몸 전체로 받아냈다. 까만 번개는 이중 나선을 그리며 제미니를 향해 날아갔다.

여전히 변형하고 있던 제미니는 움직일 낌새를 보이지 않았다.

이대로라면 저 커다란 몸집에 바람구멍을 뚫어줄 수 있을 것이다. 하지만…….

"……역시 그런가."

제미니에게는 빈틈 같은 게 없었다.

내가 날린 블러디 터미건 크로스는 충돌한 순간에 흩어져버렸다. 자잘하게 쪼개진 힘이 제미니 뒤쪽에 있는 건물들을 휩쓸며

터졌다.

그 빛이 마치 후광처럼……, 변형을 마친 제미니를 비추고 있었다.

제미니는 돋아난 황금색 날개 여섯 장을 우아하게 퍼덕였다.

달걀처럼 둥그스름한 몸에서 나오는 것은 투명한 느낌의 무지개색 빛. 그리고 중심에는 정체를 알 수 없는 문양이 마치 살아있는 것처럼 움직이고 있었다.

내부에서 무언가를 연산하고 있는 건가?

문양의 움직임이 멈추자 제미니의 머리 위에 천사의 고리가 두겹으로 나타났다.

그중 하나가 빠르게 회전하기 시작했다.

"옵니다!"

그 징조를 곧바로 눈치챈 건 에리스였다.

흑총검을 쥔 그녀의 손이 약간 떨리고 있었다. 자아를 봉인당했는데도 성수에 대한 두려움은 완전히 숨길 수 없는 모양이었다.

에리스가 총구를 하늘로 겨누고 한 발을 쏘자, 머리 위에서 터진 녹색 빛이 우리에게 쏟아져 내렸다.

우리를 감싼 빛은 예전에 에리스가 사용한 적이 있던 탄환, 팔랑크스 불릿의 마력 오라와 비슷했다. 그 힘은 세 번까지 공격 대미지를 매우 크게 경감시켜주는 효과가 있다.

거리는 멀리 떨어져 있다. 저 커다란 날개로 날아온다 하더라도 시간이 조금 필요할 텐데.

『먹잇감은……, 뒤쪽에 있다.』

"뭐?"

내 안에서 들린 목소리에 따라 뒤쪽에 나타난 제미니를 탐지했지만…….

"페이트 님!"

제미니는 복수하겠다는 듯이 매우 가까운 거리에서 섬광을 뿜어냈다.

워낙 갑작스러운 일이라 에리스 앞에서 흑궁을 흑순으로 변형시키는 게 한계였다.

날개로 날아왔다기보다는 공간을 뛰어넘었다는 생각이 들 정도로 빨랐다.

"크윽……, 끄아아아아아악."

어떻게든 흑순으로 막아내기 시작했다. 에리스가 걸어준 방어 계열 버프도 나를 지켜주고 있는 것 같았다.

"젠장, 발치가 못 버티겠는데."

아무리 흑순이 튼튼하다 하더라도 버티고 있는 땅바닥이 섬광의 압력으로 인해 무너지기 시작했다. 에리스도 내 등 뒤에서 밀어주었지만, 억누를 수가 없었다.

땅바닥이 부서짐과 동시에 제도 쪽으로 밀려나기 시작했다.

섬광이 멎은 뒤에도 기세는 죽지 않았다. 우리는 일직선으로 날아가 건물 여러 곳을 휩쓸다가 간신히 부딪혀서 멈출 수 있었다.

"스테이터스의 은혜가 없었다면 산산조각 났겠는데."

"네. 감사합니다……, 감싸주셔서."

"신경 쓰지 마."

밀려나기 전에 뒤쪽에 있던 에리스와 위치를 맞바꾼 것에 대한 감사다. 양쪽 다 몸이 튼튼하니 그럴 필요는 없었지만, 왠지 내가 그렇게 하고 싶었기에 그랬을 뿐이다.

"그건 그렇고, 제미니의 그 움직임은."

"아마 공간 도약을 하는 것 같습니다."

"그건가……."

예전에 경험했던 것 중에 짐작 가는 게 있었다. 라팔 브레릭이 흑창으로 사용했던 능력이다. 그때는 무기만 공간 도약했었는데.

이번에는 제미니 그 자체가 이동할 수 있다는 뜻인가? 게다가 이동 거리가 흑창보다 훨씬 길다.

"그렇다면……, 이게 효과적일지도 모르겠네."

그리드에게 배운 것. 공간 도약에 간섭해서 방해하면 된다.

흑순을 흑궁으로 바꾸고 마법 화살을 당긴 다음, 모래먼지 마법을 부여했다. 그리고 폭식 스킬이 가리키는 방향을 향해 날렸다.

화살이 무너진 건물을 피하며 제미니에게 날아들었다.

느껴진다. 제미니는 또 공간 도약을 하려 하고 있다.

잘만하면 취소시킬 수 있지 않을까.

"크윽, 에리스! 이곳을 벗어나자."

그러나 석화의 마법 화살은 제미니에게 맞기 전에 확산되어 버렸다. 또……. 블러디 터미건 크로스를 날렸을 때와 마찬가지다.

"닿지 않아!"

마인과 록시가 싸우고 있는 다른 한쪽과는 다르다. 그것은 우리가 간섭할 수 없는 존재였다.

하지만 눈앞에서 공간 도약한 제미니는 보이지 않는 무언가가 가로막고 있다.

"뒤틀려 있어……, 기분 나쁜 감각인데."

공격은 닿지 않는다. 하지만 폭식 스킬로 인해 공간 도약을 감지할 수 있는 정확도가 높아진 상태다.

좀 전에 가했던 기습 공격은 이제 통하지 않는다.

원거리 공격이 통하지 않는다면 매우 가까운 거리에서 하는 공격은 어떨까.

흑검으로 변형시켜 섬광을 뿜어내려 하는 제미니에게 휘둘렀다. 스킬로 인한 배리어 같은 거라면 이 흑검의 힘으로 두 동강 낼 수 있을 것이다.

날카로운 소리와 함께 흑검을 쥐고 있던 두 손이 저렸다.

튕겨 나갔다……, 아니, 거절당했다. 붉은 눈의 힘을 통해 제미니의 주위 마력의 흐름을 살펴보았지만, 역시 보이지 않았다.

마력을 이용한 것은 아니다. 스킬로 인한 것도 아니다.

이 성수의 독자적인 능력인가?

"페이트 님, 위험해요."

능력을 상승시켜주는 총을 발사하며 에리스가 나를 밀쳐냈다.

섬광은 내 뒤쪽에 있던 건물들에 커다란 구멍을 뚫었다.

마침 그 구멍을 통해 저물어가는 저녁놀이 고개를 내밀었다.

제미니에게서 거리를 벌리기 위해 아직 무사한 동쪽 건물들을 향해 뛰어갔다.

"그렇게 강한 공격을 연달아 날리다니. 저 녀석의 힘은 끝이 없나?"

"제 마안으로도 마력의 흐름을 느낄 수가 없습니다. 그리고 다른 힘이 느껴져요."

"그게 무슨 뜻이야?"

"제 미래시의 마안이 순간적으로 개변되고 있습니다."

"미래시?"

"아주 약간 미래를 알 수 있는 마안입니다. 몇 초 정도죠."

마안을 멋대로 쓰고 있었던 건가?

그건 눈에 부담이 클 텐데……, 거 봐, 에리스의 두 눈에서 피가 조금씩 흘러내리기 시작했다.

"……그런 구석은 여전하구나. 정말……, 제미니의 능력은 미래 개변인 거야?"

그렇다면……, 어떻게 해볼 방법이 없는 거나 마찬가지인데.

에리스는 고개를 저었다.

"개변이라고 말씀드리긴 했습니다만, 그 한순간마다 흔들림이 있습니다."

"자세히 말해봐."

"아마 미래 개변을 완전히 컨트롤하지는 못하는 게 아닐까 추측됩니다. 만약 그것이 가능했다면 우리는 살아있지 못했겠지요."

"그렇구나, 한정적으로 개변하고 있는 건가?"

우리는 제미니의 공격을 지금까지 막아냈다. 다시 말해 공격에는 관여하지 못한다는 거다. 그게 가능했다면 우리는 도망치지도 못하고 잿더미가 되어버렸을 것이다.

한정적이라는 건, 방어 계열이라는 것.

내 공격이 닿는 순간에 뭔가 하고 있구나.

"페이트 님, 다시 한번 제미니에게 마법 화살을 날려주십시오. 다음에는 반드시 간파해내겠습니다."

"그 이상은……."

미래시의 마안은 내가 지금까지 본 무엇보다 에리스의 부하가 심한 것처럼 느껴진다. 지금도 후유증으로 인해 흰자가 새빨갛게 충혈되기 시작하고 있다.

다음에 또 사용하면 실명하더라도 이상할 게 없다.

"상관없습니다. 상대방도 우리를 학습하고 있습니다. 어서요!"

"······."

에리스의 옆얼굴을 들여다보았다. 정말이지······, 여전하네.

성수가 무섭다고 하면서도 결국에는 강한 사람이다.

흑궁을 겨누고 제미니를 노렸다. 날아간 석화의 마법 화살은 몇 번이나 봤던 똑같은 광경을 만들어냈다.

흩어진 마법 화살이 바람이 휩쓸린 채 반짝반짝 공중에 흩날렸다.

"에리스?!"

그녀는 한쪽 손으로 오른쪽 눈을 누르고 있었다. 손가락 사이로 새빨간 피가 끊임없이 흘러내렸다.

"알아냈습니다. 제미니의 능력을."

내가 다가가려 하자 손을 들어 말리며, 에리스는 씨익 웃었다.

라이브라가 재조정이라는 것을 해서 감정이 희박해졌던······, 그녀의 마음속 깊은 곳이 타오르는 게 느껴졌다. 에리스는 지금도 극복하기 위해 발버둥 치고 있다.

먼 옛날부터 이어져 온 성수의 속박과 맞서 싸우려 하고 있는 것이다.

제13화 기천사의 재래

먼 옛날에는 번영을 구가하고 있었을 제도의 중심부.

우리는 그곳에서 제미니와 셀 수 없을 만큼 많은 건물을 휩쓸어버리며 너무 치열하게 싸워버린 모양이었다.

깨워서는 안 될 존재들이 움직이기 시작해버렸다.

기천사 하니엘과 마주쳤을 때 느꼈던 정겨운 압박감 같은 것들이 곳곳에서 느껴졌다. 그때는 유체였고, 억지로 성체화했다.

이번에는 그렇지 않다. 완전체라고 하기에 합당한 마력이다. 시원스러울 정도로 무시무시한 마력의 파도가 덮쳐와서, 원래부터 마력을 느끼기 힘든 제미니의 탐색이 더욱 어려워져버렸다.

게다가 제도의 방위 시스템이라는 것이 기동되기 시작한 모양이었다.

"저건……."

올려다본 하늘이 푸르게 빛나는 판 같은 것으로 뒤덮이기 시작했다. 그것들은 식물처럼 하늘로 향해 뻗어서 제도를 돔 형태의 공간 안에 가두려 하고 있다.

제도의 건물보다 더욱 높은 곳에서 일어나는 현상을, 우리는 바라보고 있을 수밖에 없었다.

제미니는 여전히 공격을 멈출 낌새도 보이지 않았다.

나와 에리스는 서로 등을 맞대고 있는 상황.

"방위 시스템이라면 들어오기 전에 가동시킬 텐데."

"알 수가 없습니다. 일부러 지금까지 가동시키지 않았다고 할 수밖에요."

"설마……, 아버지가."

제미니는 아닐 것이다. 움직일 수 있었다면 우리를 눈치챘을 때 발동시켰을 것이다.

어째서 우리를 여기에 가두려 하는 거지? 하늘이 완전히 막혀 버릴 텐데.

푸른 빛이 더욱 밝아졌다. 갑자기 몸이 무거워졌다.

힘이 빠져나간다……, 이 느낌……, 비슷하다.

무기에게 스테이터스를 바쳐서 오의를 사용할 때와 똑같다.

"스테이터스 저하?!"

"저 빛이 침입자에게 강한 디버프 효과를 부여하는 것 같습니다."

에리스가 한 말은 정확했다. 우리는 침입자다.

"공간 도약이 빨라졌어!"

"전체적인 힘이 강해졌습니다. 저 빛은 그들에게 있어서 축복의 빛인 거겠지요."

이 타이밍에 승부를 굳히러 오다니…….

기회는 얼마 없다. 에리스의 눈은 이미 한계다.

마안은 이제 한 번 쓰기도 벅찰 것이다. 오른쪽 눈은 여전히 감고 있고, 그 틈새로 피가 끊임없이 흘러내리고 있다.

"정말로……, 할 수 있겠어?"

"네. 문제없습니다. 저는 신경 쓰지 마시길."

"너 말이야……."

"그러한 걱정은 하실 필요 없습니다. 그것 말고 방법이 없으니까요. 그런 것보다, 당신은 집중해야 합니다."

정론이다. 이 빛을 계속 쬔다면 모처럼 기회를 잡더라도 스테이터스가 너무 많이 떨어져서 제미니에게 공격이 닿지 못할지도 모른다.

주객전도……, 이것저것 따지고 있을 때가 아닌가.

"알겠어. 에리스를……, 네 안에 있는 진짜 에리스를 믿을게."

"……살아보죠."

에리스의 마안으로 본 것.

제미니의 미래는 분기하기 때문에 한 가지가 아니라고 한다.

원래 미래시의 마안이 비추는 세계는 한 가지 미래밖에 존재하지 않는다. 하지만 제미니에게는 두 가지 미래가 존재한다.

내 공격이 맞는 미래와 빗나가는 미래다.

그것이 동시에 존재하고 있는 것이다.

이야기를 들었을 때는 있을 수 없는 일이라고 생각했다. 미래는 반드시 하나뿐일 거라 생각했기 때문이다. 노력해서 보다 나은 미래를 추구하는 것도 그 때문 아닌가.

저 성수 조디악 제미니에게는 그런 규칙이 없었다. 저 녀석은, 자신에게 있어서 더 나은 미래로 유도하고 있다.

확률 변동이라는 표현이 더 적합할 것 같다.

좀 전에 내 공격이 맞는 미래는 에리스에게 한없이 희박한 미래로 보인 모양이었다. 그 대신, 제미니에게 맞지 않는 미래는 그 반대다.

진한 색이 우리가 원하는 미래를 덧칠해버리는 느낌이었다.

하지만, 완전무결할 것 같은 능력에도 약간의 단점이 있다.

우리가 확률 변동이라는 이름을 붙인 이유다.

100퍼센트 피할 수 있다면 에리스의 미래시로 내 공격이 맞는 세계선을 볼 수 있을 리가 없다.

그 가능성……, 그녀가 말한 확률은 미래 세계를 나타내는 색으로 보아 한없이 0에 가까운 미래였다.

하지만 분명히 존재하고, 에리스에게 보이는 세계선이라면.

우리는 그것을 끌어당길 것이다.

"0이 아니라면 싸울 수 있지."

하늘 위로 떠오른 기천사들이 우리를 향해 원거리 공격을 날리려 하고 있다. 주위 360도에서 가하는 공격.

제미니는 기천사들의 위쪽에 자리 잡았다. 일제 공격 후 우리들에게 생겨날 빈틈을 호시탐탐 노리는 것이다.

"에리스, 내게서 떨어지지 마."

"네. 기회는 한 번뿐입니다."

흑검에게 마음속으로 말을 걸었다.

그리드……, 간다.

제5위계 형태로 흑검을 변형시켰다. 그리드가 자신과 맞바꾸어 내게 맡겨준 힘이다.

이 흑토시 손가락 끝에서 방출되는 흑사는 척 보기에 다른 위계 무기보다 믿음직스럽지 못하게 느껴진다. 하지만 성수 조디악 아쿠에리어스와 싸웠을 때, 압도적인 힘으로 하우젠과 거의 비슷한 크기의 거대한 몸집을 갈기갈기 찢어버린 무시무시한 성능을 지니고 있다.

광역 섬멸용이라는 표현이 적합하다.

공격 범위가 너무나도 넓고, 공격 횟수도 너무나도 많다. 게다가 힘의 제어도 까다롭다. 엘리스에게 내 뒤에서 떨어지지 말라고 한 건 자칫하면 공격할 수도 있기 때문이다.

마인의 도움을 받아 이 흑토시의 숙련도를 올리려고 애를 썼을 때는 다루는 게 너무 힘들었기에 비명을 지르게 되었다. 제어 불능 상태가 되었을 때는 마인을 몇 번이나 죽일 뻔했고, 그럴 때마다 엎드려서 빌곤 했다.

겨우 실전에서 다룰 수 있게 된 건 그 덕분이다. 아직 아군이 휘말리게 될 가능성이 남아 있긴 하지만, 내 뒤에 있으면 문제가 없다.

"페이트 님! 옵니다!"

기천사들의 포효를 신호로 온갖 속성의 광역 마법이 쏟아져 내렸다. 그 모습은 마치 하늘에 커다란 꽃이 피어난 것처럼 보였다.

두 팔을 하늘 위로 뻗은 다음, 흑토시에 마력을 있는 대로 퍼부었다.

"갈기갈기 찢어라!!"

손가락 끝에서 흑사 열 가닥이 방출되었다. 그것이 갈라져서 늘어난 다음, 각각 다른 방향으로 뻗어 나갔다.

처음에는 열 가닥. 눈 깜짝할 새에 수천 가닥. 생각하는 사이에도 계속 늘어나고 있다.

그 모든 흑사를 컨트롤한다……, 해야만 한다. 흑사는 내 마력이 있는 한, 끝없이 증식한다……, 마치 살아 있는 것처럼.

기천사들이 날린 광역 마법과 흑사가 충돌했다. 흑사가 거미줄처럼 엉켜서 마법을 없애나갔다.

이 흑사는 절단에 특화된 무기다. 그리고 닿은 먹잇감은 결코 놓치지 않는다.

광역 마법을 없애버린 흑사가 하늘 위로 더 뻗어 나갔다.

기천사들이 피하려 했지만 놓치지 않는다. 놓칠 리가 없다.

"남김없이, 먹어주마!"

갈기갈기 찢었다. 다리를, 팔을, 날개를, 몸통을……, 목을. 살점 하나 남기지 않고 잘게 찢어냈다.

먼지가 된 기천사들이 하늘에서 비추는 방위 시스템의 빛을 받아 반짝이며 흩어졌다.

무기질적인 목소리가 가르쳐 주었다. 기천사들의 혼을 먹고 막대한 스테이터스를 얻었다는 사실을.

왼쪽 눈에서 피가 흘러내리는 게 느껴졌다. 역시 몸 상태가 좋다고는 해도 기천사들을 한꺼번에 먹는 건 부담이 큰 모양이었다.

하지만, 아직 싸울 수 있다. 겨우 이 정도로 끝났다면, 저 하늘에서 거만하게 내려다보고 있는 제미니도 먹어치워 줄 것이다.

방금 얻은 막대한 스테이터스를 제물로 제5위계 오의를 발동시켰다.

"그리드, 빼앗아라! 내 스테이터스를!"

흑토시가 무시무시한 형태로 성장하기 시작했다. 그 힘은 흑사로 전달되어 황금빛 오라를 둘렀다.

느껴지냐……, 그리드.

이게 네가 마지막으로 가르쳐주었고……, 내가 행사하는 제5위계 오의.

"디멘션 디스트럭션이다!"

빛나는 흑사는 공간조차 찢어발긴다. 제미니가 공간 도약을 하려 해도 이제 빠져나갈 구석은 없다.

절대 양단의 힘이 제미니를 둘러싸며 한데 모이기 시작했다.

제14화 **제5위계의 힘**

집중해라……, 집중해라.

디멘션 디스트럭션으로 제미니를 산산조각내려 했지만, 그 힘으로도 확률 변동 때문에 공격이 빗나가고 있었다.

"좋아. 에리스, 정말로 괜찮은 거야?"

"문제없습니다."

"……알겠어."

이 오의를 날린 첫 번째 목적.

그것은 격리된 공간에 제미니를 가두는 것이다. 저 녀석에게는 확률 변동과 공간 도약이라는 매우 유용한 회피 능력이 두 가지나 있다.

우선 공간 도약을 무효화한다.

그리고 다음 단계. 에리스가 내 어깨에 손을 얹은 순간.

"크으……, 이게……, 얌전히 있으라고."

주위를 감싼 흑사 안에서 제미니가 바깥으로 나가려고 날뛰기 시작했다.

확률 변동을 이용해 흑사에게 공격당하는 미래를 뒤틀고 있기에 그 반동은 엄청났다. 그 충격이 흑사를 통해 손가락 끝에서 어깨로 전달되었다.

흑토시 틈새에서 피가 흘러내려 땅바닥을 빨갛게 물들이기 시작했다.

"에리스! 부탁할게!"

"네……, 제게 마음을 열어 주십시오. 저를 받아들이시고……."

눈을 감고 에리스의 따스한 마력을 느꼈다. 그것이 내게 흘러 들어 왔다. 기분 나쁜 느낌은 들지 않았다. 마력은 점점 뒤섞여서 내 것과 동화되어갔다.

"성공했습니다."

에리스의 목소리를 듣고 눈을 떠보니 지금까지와는 전혀 다른 세계가 보였다. 마치 사물의 본질이 눈 속으로 뛰어드는 것 같았다.

"이게 마안을 통해 본 세계."

"미래시를 최대한으로 사용해서 제미니의 확률 변동에 간섭하겠습니다. 공유한 그 눈으로 왜곡의 발생을 파악해 주세요."

하늘 위에 있는 제미니가 두 겹으로 보인다. 이게 에리스가 말했던 확률 변동인가?

맞는 미래와 맞지 않는 미래가 분명히 두 개 존재하고 있다. 그리고 맞는 미래가 희박한 존재로서, 잔상으로서 제미니에게 달라붙어 있었다.

"에리스……."

뒤에 있는 그녀의 마력이 커지기 시작했다. 그와 동시에 제미니의 두 가지 미래에 이변이 생겼다.

희박했던 미래가 색을 띠기 시작한 것이다.

"페이트 님!"

이 순간을 놓치진 않는다. 모든 방향에서 흑사를 동시에 움직여 제미니를 갈기갈기 찢었다.

하늘 위에서 커다란 폭발이 일어났고, 유리가 깨지는 소리가 시끄럽게 울려 퍼졌다. 그 여파가 격류가 되어 돔 형태로 펼쳐진 방위 시스템을 무너뜨릴 정도였다.

무너져내리며 빛나는 창살. 폭발의 연기 때문에 제미니가 어떤 상태인지 알아볼 수가 없었다.

에리스는 자신의 눈이 아직 보인다는 사실로 인해 놀라고 있었다.

"이건……, 설마……."

그녀는 내 뒤에서 앞으로 돌아와 내 눈을 들여다보았다.

"무슨 짓을 하신 건가요."

"미안해. 에리스에게만 부담을 줄 수는 없으니까."

내 왼쪽 눈은 잘 보이지 않게 되었다. 그녀의 마안을 공유할 때 부담을 대신 짊어질 수 있을지 시험해본 것이다.

그때, 내 마력도 마안으로 흘러 들어감으로써 예상했던 것보다 더 강한 힘이 발휘되었다. 제미니의 확률 변동을 더욱 크게 방해했던 건 분명하다.

"결과적으로는 성공했잖아. 그리고 싸움은 아직 끝나지 않았어. 에리스의 힘이 필요해."

"……네."

연기 속에서 모습을 드러낸 제미니의 중심부에 큰 금이 가 있었다. 몸속에서 움직이고 있던 문양도 지금은 멈춘 상태였다.

보아하니 미래는 한 가지로 수렴된 것 같았다. 우리도 공격을 맞출 수 있는 미래로. 가장 골치 아팠던 제미니의 방어 능력이 사라졌다는 것을 폭식 스킬도 느끼고 있었다.

내게 호소하고 있다. 성수를 먹어라, 모조리 먹어치워라, 그렇게 내 귓가에 달라붙어 계속 속삭이고 있다.

"굳이 말하지 않아도 먹어줄게."

아직 디멘션 디스트럭션의 힘은 남아있다.

흑사를 이용해 여전히 제미니를 공간의 감옥 안에 가둬둔 상태다. 공간 도약으로 도망칠 수는 없다.

"가라아아아아아아!!"

제미니는 자신을 지키려는 듯이 커다란 날개로 몸을 감쌌다.

나는 아랑곳하지 않고 황금빛 오라를 뿜어내는 흑사를 움직였다.

제미니의 날개가 한 장, 또 한 장, 찢겨 나갔다.

궁지에 처한……, 그 녀석은 입이 없는데도 날카로운 소리로 외치기 시작했다.

이제 와서 목숨 구걸이냐?

"이미, 늦었어!"

흑사를 회오리처럼 회전시키며 한데 모아 제미니를 짓눌렀다.

"찢어져라!!"

이번에는 유리가 깨지는 소리가 들리지 않았다. 손맛은 느껴지는 것 같은데…….

"해치웠나요?"

"……아니, 아직."

무기질적인 목소리가 스테이터스 상승을 알려주지 않았다.

다시 말해, 쓰러뜨린 게 아니다.

도망칠 곳이 없을 텐데……, 대체 어떻게 한 거지?!

하늘 위를 보았다. 지금도 흑사가 구 형태로 제미니를 둘러싸고 있다.

흑사를 통해 손가락 끝에 전달되는 감각도 바뀌었다. 그리고 구 형태의 흑사 사이로 액체가 새어 나오고 있었다.

"이건……, 설마. 에리스! 물러나!"

"네?"

알 껍질이 깨졌을 때 안에 들어있던 것이 나오는 것처럼, 아래쪽에 있던 우리에게 그것이 흘려내렸다.

아슬아슬하게 에리스와 함께 뛰어서 물러나며 피했다. 떨어진 액체가 모여들어 슬라임 같은 형태를 이루기 시작했다.

록시 일행이 싸우고 있던 나머지 한쪽이었다. 흑사가 전혀 닿지 않는 것으로 보아 틀림없다.

그리고 폭식 스킬이 먹잇감을 놓치고 아쉬워하는 걸 보더라도 지금까지 싸우던 제미니와는 다른 존재일 것이다.

맞바꾸기인가? 이 힘은 공간 도약 같은 게 아니다.

둘이서 하나의 성수이기 때문에 서로 위치를 맞바꿀 수 있는 건지도 모르겠다.

"페이트 님?!"

에리스가 큰 목소리로 내 이름을 부르고 있었다.

왜냐하면 내가 그 제미니를 향해 일직선으로 달려가기 시작했기 때문이다.

흑토시에서 많이 다루어 익숙한 흑검으로 변형을 끝낸 다음, 꼭 쥐었다.

나는 믿고 있었다. 아니, 확신하고 있었다는 게 더 정확한 표현이다.

그 녀석은 확률 변동이라는 절대적인 방어 수단을 잃고 우리에게서 도망칠 수밖에 없었던 성수.

그녀들이 이런 녀석에게 당할 리가 없다.

뒤쪽에서 총성이 울렸다. 나는 에리스의 인챈트 사격을 통해 가속했다.

덤벼드는 촉수를 피하며 더욱 앞으로 다가서자, 다른 제미니도 그것을 예상하고 있었는지 발치로 촉수를 잔뜩 뻗어 나를 둘러쌌다. 내가 좀 전에 날렸던 디멘션 디스트럭션을 흉내 내는 걸까. 도망칠 곳이 전혀 없다.

지켜보고 있던 에리스도 보다 못해 소리쳤다.

내게 모여드는 촉수들. 그럼에도 불구하고 속도를 늦추지는 않았다.

정신통일 스킬……, 발동.

일정 시간 동안 기술 계열, 마법 계열 스킬의 위력을 다섯 배로 늘린다. 멸망의 사막에서는 제대로 다룰 만큼 익숙해지지 못했지만 마인과 단련을 하고 난 지금은 제대로 다룰 수 있다.

거기에 그 단련을 통해 가장 숙련도가 많이 올라간 내 검술을 결합한다.

화염탄 마법을 흑검에 흘려넣었다. 검 끝에서 불꽃이 솟구쳤다.

촉수는 내 몸에 닿으려 한 순간 시야에서 사라졌다.

그리고 눈앞에 나타난 것은 슬라임 같은 제미니가 아니라 다시 커다란 알 같은 제미니였다.

뽐내던 여섯 장의 날개는 하나도 남지 않았다. 록시 일행이 남아 있던 날개를 전부 잘라낸 모양이다. 특히 마인의 공격으로 보이는 터무니없이 묵직한 일격을 맞아서 알 본체가 대각선으로 크게 갈라져 있었다.

상상을 초월한 공격을 당해 도망쳐 온 모양이다. 제미니는 지금도 신음하며 계속 비명을 지르고 있었다.

나는 불꽃을 두르기 시작한 흑검을 꽉 쥐고 화염탄 마법을 폭식 스킬로 변질시켜 호염 마법으로 승화시켰다.

불꽃이 더욱 눈부시게 빛나며 황금색으로 변하기 시작했다.

제미니가 돌아올 거라고 확신하던 내가 한두 발짝 앞서나가고 있다.

"어서 와……."

세차게 타오르는 흑검으로 제미니를 두 동강 냈다. 불꽃은 제미니를 집어삼키며 잿더미로 만들어 나갔다.

귀를 찌르는 듯한 목소리가 멈추지 않았다. 제미니의 몸이 푸르스름한 빛을 뿜어내기 시작했다. 다시 맞바꾸기로 도망치려 하는 건가?!

그때, 내 몸이 내 의지와는 상관없이 멋대로 움직여서 제미니를 가로로 베어버렸다.

이번에는 정말로 제미니의 모든 것이 재가 되어 사라져갔다.

너무 갑작스러운 상황에 놀라고 있자니 머릿속에서 무기질적인 목소리가 울려 퍼졌다.

《폭식 스킬이 발동됩니다.》

그 목소리와 동시에, 내 등에 돋아난 불완전한 날개로부터 뇌가 타버릴 듯한 심한 통증이 흘러들어왔다.

"페이트 님?!"

옆에 있던 에리스의 목소리가 점점 멀어졌고, 나는 의식을 유지할 수 없게 되었다.

새하얀 세계가 펼쳐져 있다. 나는 어느새 그곳에 서 있었다.

처음 왔을 때는 당황했다. 하지만 지금은 익숙해진 경치.

루니와 그리드가 있었을 무렵에는 수행이라는 명목으로 이곳에서 바보처럼 날뛰기도 했다. 그런 그들이 사라져서 조용해져 버린 세계.

즐거웠던 나날은 지나가고, 남은 건 우리뿐이다.

하얀 지면에서 물이 솟구치듯이 새까만 것이 천천히 나타났다. 순백의 천에 까만 얼룩이 물드는 것처럼, 루나가 남겨준 정신세계를 침범하기 시작했다.

확실하게 퍼져나가던 까만 얼룩이 떠올랐다.

그리고 한데 모여 사람의 형태를 이루었다. 새까만 그것은 고개를 저을 때마다 색을 띠게 되었다.

긴장하고 있던 내 앞에 모습을 드러낸 것은 또 하나의 나였다. 껄끄러워질 정도로 새빨간 두 눈으로 나를 노려보고 있었다.

"만나고 싶진 않았어······."

내가 그렇게 말하자 그 녀석은 추악한 미소를 지었다.

목이 빠지게 기다렸다는 듯한 낌새다.

또 하나의 나━━━, 가짜 페이트는 손을 위로 들어 올렸다. 그 손가락 끝에서 떨어진 까만 액체가 다시 새하얀 세계에 검은 얼룩을 만들어냈다.

세계에 뻥 뚫린 까만 구멍. 그곳으로부터 폭식 스킬에게 먹힌 자들의 비명 소리가 들려왔다.

무슨 짓을 할 셈이지?!

긴장한 내 앞에 나타난 것은 무시무시한 흑대검이었다. 가짜 페이트가 예전에 들고 있던 것보다 크기가 커진 것 같다.

폭식 스킬에게 먹힌 자들이 있는 곳……, 폭식의 위장과 이어져 있는 구멍에서 천천히 나타난 흑대검이 모습을 전부 드러냈다.

역시 크다. 흑검보다 세 배 이상은 되는 것 같다.

가짜 페이트는 그 흑대검을 한 손으로 가볍게 들어 올렸다. 그리고 칼끝을 내게 향했다.

"크으…….."

조금씩 뒷걸음질 치는 내게 가짜 페이트가 경멸하는 눈초리로 다가왔다.

여기에는 내 무기———, 흑검이 없다. 맨손으로는 저렇게 강력해 보이는 대검과 맞서 싸울 수가 없다.

현실의 내가 깨어날 때까지 이 정신세계에 있는 저 녀석으로부터 도망칠 수 있을까……. 가짜 페이트는 도망치게 둘 것 같지 않은데.

"온다."

저렇게 큰데도 흑대검의 움직임은 깔끔하고 빨랐다.

아슬아슬하게 피한 다음, 뒤쪽으로 뛰어서 물러났다. 착지와 동시에 왼쪽으로 회피.

새까만 칼날이 나를 쫓으며 내 목덜미가 있던 곳을 스쳐 갔다.

조금이라도 늦었다면 머리와 몸통이 작별할 뻔했다.

현실의 단련이 이 세계에서도 도움이 되는지, 저번에 마주쳤을 때보다도 더 잘 움직일 수 있게 되었다.

하지만 수세에 몰리기만 하고 있다는 건 변함이 없다.

가짜 페이트가 속도를 높이고, 오른쪽에서 비스듬히 베면서 파고들었다.

몸을 젖혀서 피하려던 순간, 머릿속에 전기가 흐른 듯한 감각이 스쳐 갔다. 저 공격은 페인트다. 진짜 공격은 가로 베기라는 것을 무언가가 가르쳐준 것이다.

대체 뭐지……, 이 감각은…….

때때로 가짜 페이트의 공격 방법을 미리 알게 된다. 그와 동시에 새까맣고 꺼림칙한 사고도 억지로 내 머릿속에 파고들었다.

그것은 사람을……, 마물을……, 생물을 죽이는 것에 기쁨을 느끼는 듯한, 무시무시한 감각이었다. 가짜 페이트는 나와 전투를 벌이는 와중에도 환희하고 있었다. 죽이고 싶어서, 죽이고 싶어서 견딜 수 없는 모양이다.

저 가짜 페이트는 폭식 스킬의 화신인가? 죽여서 혼을 먹고 싶은 건가?

"너는 나를 먹고 싶은 거냐?"

"……."

"대답해!"

가짜 페이트는 아무런 말도 하지 않았다. 마치 이것이 대답이라는 듯이 흑대검을 내게 휘둘렀다.

그 공격을 피한 다음, 온 힘을 다해 돌려차기를 목덜미에 먹였다. 가짜 페이트는 뒤쪽으로 멀리 날아갔지만 곧바로 아무 일도 없었다는 듯이 나를 노려보았다.

효과는 별로 없었던 모양이다.

"아아아아앗……, 아아아아아아아."

내 반격이 자극을 줘버린 건지, 가짜 페이트가 소리를 지르기 시작했다. 아니, 울부짖는다고 하는 표현이 더 정확할 것 같다.

가짜는 입에서 끊임없이 침을 흘리며 머리를 쥐어뜯었다. 지성이 있는 인간 같지는 않은 행동이었다.

이내 소리가 멈췄다. 가짜 페이트는 한동안 머리를 들어 올린 채 멍하니 서 있었다. 이대로 조용히 있어준다면 얼마나 좋을까……, 부디 그러길 빌 뿐이다.

"그래야지……."

갑자기 그 등에서 까만 날개 네 장이 돋아났다. 그것을 천천히 퍼덕이며, 가짜 페이트는 내쪽을 보았다.

그 표정은 좀 전까지와는 전혀 달랐다. 짐승 같던 눈에도 의지가 깃든 듯한 느낌이었다.

그 녀석의 입에서 처음으로 나온 말은 예상치 못했던 내용이었다.

"가짜가."

나와 똑같이 생긴 네게 그런 말을 듣고 싶진 않아. 누가……, 가짜라는 거냐.

"몸을 내놓아라."

이건 내 몸이다. 네 몸이 아니야.

폭식 스킬이 나와 비슷한 형태를 취하고 있는 것뿐이면서, 정말 터무니없는 트집이다.

"가짜는 너다!"

내가 그렇게 말하자 가짜 페이트가 날개 네 장을 크게 펼쳤다. 새하얀 세계가 뒤흔들릴 정도로 엄청난 위압이었다.

날개가 살짝 움직이나 싶더니, 가짜 페이트가 내 코앞까지 다가와 있었다.

"빠르잖아."

미처 피하지 못한 참격이 내 오른쪽 배를 찢어발겼다. 육체가 아닌 정신체에 직접 받은 공격은 몸이 타오르는 것보다 훨씬 심한 통증을 가져다주었다.

루나는 정신체에 대한 대미지가 얼마나 무서운 건지 자주 말해주었지만, 예전에도 가짜 페이트에게 공격을 당한 적이 있기에 견뎌낼 수 있을 거라 생각했다.

하지만, 이건……, 예상을 뛰어넘었다. 겨우 일격인데도 예전과는 무게가 전혀 다르다.

"끄아아아아아아아악."

서 있을 수가 없을 정도의 아픔. 비틀거리던 내 머리를 가짜 페이트가 흑대검을 들고 있지 않은 손으로 움켜쥐었다.

"뚫린 입이라고."

그런 다음, 조르기 시작했다.

벗어나기 위해 발버둥 쳤지만, 엄청난 힘 때문에 꿈쩍도 할 수가 없었다.

"이거 봐."

"진짜는 나다……, 가짜는 너다. 잘도……, 잘도……, 잘도……, 진짜는 나다……, 가짜는 너다."

가짜 페이트는 똑같은 말을 마치 저주를 퍼붓듯이 반복할 뿐이었다. 내 목소리 같은 건 들리지도 않는 것 같았다.

들린다 해도 들어줄 생각은 없겠지만.

"사라져라……."

"크윽."

상처에서 까만 얼룩이 나타나 내 몸을 야금야금 침식하기 시작했다. 좀 전에 느껴졌던 심한 통증과는 달리 이번에는 감각이 사라지고 있다.

이 탈력감은 그리드에게 스테이터스를 바쳤을 때와 비슷했다. 내 힘을……, 존재를 빼앗으려 하고 있는 건가?!

젠장……. 이럴 때 그리드가 있어 줬다면……, 가짜 페이트와 싸울 수 있을 텐데…….

"그리드……."

"없어져라."

"……그리드."

"끝이다. 너는 원래……."

"그리드!"

오른손 안에 묵직한 무게가 느껴졌다.

나는 그것을 있는 힘껏 위쪽으로 휘둘렀다. 가짜 페이트는 아쉽다는 듯이 나를 풀어주며 회피했다.

내가 든 무기와 가짜 페이트의 흑대검이 맞부딪쳤다. 칼날에서 불꽃을 튀기며, 우리는 서로 얼굴을 노려보았다.

"방해하지 마라."

『원해서 이러는 건 아니야. 하지만 이건 에리스의 소원이다. 사용자가 원하는 것을 들어주는 게 무기의 역할이다. 아무리 마음에 들지 않는 녀석이라 해도.』

내가 들고 있던 무기는 전혀 예상치 못한 것이었다.

가리아에서 사투를 벌였던 사이. 에리스와는 이런저런 일이 있었던 모양이고 마지막에는 화해했다고 들었다. 하지만 나와는 그 사건 이후로 이야기를 나눌 기회도 없이 보류하는 형태로 지금에 이르렀다.

"설마……, 네가 도와주러 와줄 줄이야."

『매우 마음에 들지 않지만, 도와주마. 나를 다룰 수 있다면 말이지.』

그리드와는 다른 방식으로 밉살스러운 말을 늘어놓는 흑총검.

엔비가 적으로 내 앞을 가로막았을 때의 씁쓸한 기억이 되살아났다. 그런 녀석이 내게 협력해주다니……, 더할 나위 없이 믿음직스럽다.

"제대로 다뤄주겠어."

『말은 잘하는군. 그러지 못한다면……, 나도 곤란하다. 너는 현실로 돌아가서 해줘야 하는 일이 있으니까.』

해줘야 하는 일이란 굳이 물어볼 필요도 없이 에리스 이야기일 것이다.

라이브라에게서 그녀를 해방시킨다. 엔비와 내게는 같은 목적이 있다. 다른 장소에 있더라도 같은 방향을 보고 있다면 우리는 함께 싸울 수 있을 것이다.

나는 흑총검을 든 손에 힘을 주며 흑대검을 밀어냈다.

"간다, 엔비."

『굳이 말할 필요도 없지. 뒤처지지 마라, 페이트.』

총구를 가짜 페이트에게 겨눈 다음, 방아쇠를 당겼다.

제16화 **가짜 페이트**

흑총검과 흑대검이 서로를 거절하듯 불꽃을 튀겼다.

신기하게도 가짜 페이트의 움직임을 예상할 수 있었다. 그리고 내 움직임 또한 마찬가지였다.

『얼른 나를 제대로 다루지 못하면 죽을 거야.』

"……."

엔비의 밉살스러운 말조차 신경 쓰이지 않게 되었다.

어째서지……, 나는 가짜 페이트와의 싸움을 즐기게 되어가고 있나? 반드시 싸워야 할 원수를 이제야 찾아낸 듯한 감각이라고 해야 할까.

가짜 페이트도 나와 마찬가지인 모양이었다.

증오로 가득 찬 표정 속에 미소가 살짝 드러나고 있다.

칼날이 한 번 부딪힐 때마다 나와 싸울 수 있게 된 것을 진심으로 기뻐하며 그 감정을 쏟아내고 있다. 공격 하나하나가 무거운 것이다.

정신세계에선 현실 세계의 힘만 반영되는 것이 아니다. 그리드나 루나가 내게 가르쳐준 것……, 이곳은 육체가 아니라 거기에 깃든 마음의 힘———, 심력이 시험받는 세계.

현실 세계에서는 육체가 있기 때문에 착각하곤 하지만, 레벨, 스테이터스, 스킬이 깃드는 것은 육체가 아니라 마음이다.

그리드와 루나는 폭식 스킬을 더 잘 견뎌낼 수 있게끔 정신세계에서 내 심력을 단련시켜주려 했었다. 그 기대에 얼마나 부응했는지는 모르겠지만……, 이 녀석에게만……, 가짜에게만은 질 수 없다.

맞부딪힌 흑대검을 밀쳐내고 총구를 겨누었다.

『이건……, 무슨 일이 일어나고 있는 거지?!』

엔비가 놀라며 소리쳤지만, 신경 쓸 겨를이 없었다. 흑총검의 형태가 변화하기 시작했다.

지원에 특화된 흑총검은 나와 잘 맞지 않는다. 내 마음에 있던 것이 아니면 온 힘을 다해 싸울 수가 없다.

"내가 지녀야만 하는 형태로……."

『있을 수 없는 일이야. 내게 그리드 같은 능력은 없는데…….』

"변해라."

지원 계열 같은 건 필요 없다. 그저 공격력만을 추구하는 특화 사양.

흑총검 엔비는 뾰족뾰족하고 호전적인 형태로 변하기 시작했다.

사격의 위력을 더욱 올리기 위해 총구는 크게. 참격의 위력을 더욱 올리기 위해 칼날은 길고 날카롭게.

두 손으로 겨우 들 수 있을 정도의 두께. 가짜 페이트가 들고 있는 흑대검과 비슷한 정도의 크기.

무게도 묵직해졌다. 이제 밀리지는 않을 것이다.

"왜 그러지? 자기 몸인데도 그렇게 놀라다니."

『너는 정말……, 이래서 폭식은…………, 아니, 이건 정말 폭식 스킬만의 힘인가……?』

"온다."

『뭐, 됐어. 지금은 네게 맞춰주마.』

엔비는 이 새로운 힘을 아직 제대로 이해하지 못한 것 같았다. 하지만 나는 왠지 이 무기의 능력을 이해하고 있다. 이 형태로 만든 게 나이기 때문인가? 아니면 다른 이유가 있을지도 모르겠다.

어차피 눈앞으로 다가오는 가짜 페이트를 쓰러뜨리고 나서 생각하면 된다. 지금은 싸움에 집중하자.

총구로 가짜 페이트를 겨눈 채, 머릿속에 떠오른 말을 외쳤다.

《카타스트로피 레인》.

흑총검 곳곳이 빛나기 시작했다. 막대한 에너지를 담고 있는 것이 느껴졌다.

충전은 한순간에 끝나고, 나는 거의 곧바로 방아쇠를 당겼다.

피처럼 붉은 총알이 비처럼 무수히 쏟아졌다.

흑총검은 지금까지 한 발밖에 쏘지 못하는 점 같은 공격을 했다. 그런데 지금은 산탄, 면 같은 공격이다. 바로 앞까지 다가와 있던 가짜 페이트에겐 피할 시간도, 간격도 충분치 않았다.

가짜 페이트도 얼굴을 찡그렸다. 허를 찔린 것이다.

"가짜가!"

그 녀석은 그 상태에서도 반응하며 흑대검을 방패처럼 내세워서 카타스트로피 레인을 견뎌내려 했다.

"끄아아아아아아."

어차피 급조한 방패다. 흑대검이 아무리 커다랗다 하더라도 진짜 방패는 아니며, 내 총알을 막아내기에는 부족하다.

붉게 빛나는 총알이 가짜 페이트의 어깨와 팔……, 다리 같은 곳을 꿰뚫기 시작했다.

대미지를 입힐 때마다 내 힘이 솟구쳤다. 수세에 몰려서 빼앗기기만 했던 내게 있어서 그건 기쁜 오산이었다.

"네 힘을 먹어주마."

"말도 안 돼……, 어째서지……, 가짜 주제에."

가짜, 가짜, 시끄럽다고.

"너야말로 가짜잖아!"

흑총검을 크게 휘둘러 원심력을 담은 뒤 그것을 가짜 페이트에게 부딪혔다. 날카로운 금속음과 함께 흑대검이 튕겨 나갔고, 가짜 페이트의 몸이 뒤로 크게 젖혀졌다.

"진짜는 나다. 폭식 스킬 안에서 잠들어 있어라."

곧바로 다시 베었다.

가짜 페이트는 백스텝으로 참격을 피했지만.

"끄아아아아악."

피한 줄 알았던 공격이 맞았다. 게다가 참격은 한 번뿐이었는데 가짜 페이트를 여러 번에 걸쳐 베었다.

그 녀석은 무슨 일이 일어난 건지 이해하지 못한 모양이었다. 좀 전까지 우리는 이어져 있었고, 서로의 공격을 훤히 내다보고 있었다.

하지만 흑총검 엔비의 형태 변화를 기점으로 마치 갈라선 듯이 연결고리가 사라진 것 같았다.

가짜 페이트에게 대미지를 입히자 내 힘이 더욱 강해졌다.

"아직……, 힘이 부족해. 아직……, 시간이 부족해. 얼마 안 남았는데……."

더 이상은 불리할 거라 눈치챈 가짜 페이트가 까만 덩어리로 변해 새하얀 지면을 물들이기 시작했다.

그러기 전에 베어버리겠어.

"어엇?!"

하지만, 발치의 하얀 지면이 흔들리기 시작했다. 가짜 페이트의 공격인가 싶어서 공격을 멈추고 거리를 벌렸다.

아래쪽뿐만이 아니다. 이 새하얀 공간 전체가 흔들리고 있다.

내가 공격에 나서지 못하는 사이에 검은 얼룩이 말을 남기고 사라져갔다.

"문이 열렸다……, 때가 되었다. 다음에는 너를……, 죽이겠……, 다."

큭! 놓쳤나.

가짜 페이트가 사라진 뒤에도 진동은 멈추지 않았다. 이 진동은 그 녀석이 일으킨 게 아니었던 모양이다. 그건 그렇고, 문이 열렸다니……, 설마?!

"엔비, 그쪽 세계는 어떻게 되었어?"

『네가 예상한 게 맞아. 제미니를 쓰러뜨리고 나서 상황이 완전히 바뀌어버렸지.』

"어째서 가르쳐주지 않은 거야?!"

『내가 말해주었다면 마음이 흔들려서 도저히 싸울 수 없었을 테니까.』

뭐라 따질 수도 없다. 이곳은 정신세계. 마음이 흐트러지면 가짜 페이트를 이길 수 없었을 것이다.

『제도가 본격적으로 가동되기 시작했다. 원래 기능을 되찾았지. 기천사나 방위 시스템 같은 건 시작에 불과했던 거야.』

"다들 무사해?"

『그건 네가 가장 잘 알고 있을 텐데. 그것보다, 우리가 지금 있는 곳이 더 위험해.』

새하얀 공간이 뒤틀리며 붕괴되기 직전이었다. 루나가 남겨준 세계, 폭식 스킬로부터 나를 지켜주는 세계가 사라지려 하고 있었다.

『마땅한 모습으로 돌아가려 하고 있는 것 같군.』

"돌아갈 방법은?"

『나는 몰라. 네가 알고 있을 줄 알았는데……, 보아하니 짐작이 빗나간 것 같네.』

하얀 지면이 군데군데 부서졌고, 우리가 발을 디딜 곳이 깎여나갔다. 징검다리처럼 변한 바닥을 차례차례 이동하며 시간을 벌었다.

"평소였다면 돌아갈 수 있었을 텐데."

『검은 세계가 흘러들고 있어……, 그야말로 한 치 앞도 안 보이는 상황이군.』

"앞으로 나아갈 수밖에 없는 건가."

나는 숨을 들이마셨다. 본능이 이 아래로는 가고 싶지 않다고 하고 있다.

그런 나를 보고 엔비가 깔깔대며 웃었다.

『너도 무서워하는 게 있었나? 이거 참 놀라운데.』

"당연하지!"

『폭식 스킬의 심연이라……, 설마 이 눈으로 보게 되는 때가 올 줄이야, 오래 살고 볼 일이군.』

"돌아가지 못할지도 모르는데 너무 느긋한 거 아니야?"

『나는 어차피 무기에 불과해. 결국은 네가 어떻게 하는지에 달렸지. 너는 이제 곧 돌아갈 수 있을지도 알지 못하는 세계에 도전해야만 하고. 나는 그저 방관자일 뿐이라고.』

"······방관자."

그 말을 들으니 쓸쓸해졌다. 나는 같은 말을 들은 적이 있다.

그리드가 최후의 힘을 쥐어짠 뒤 사라져갈 때 했던———. 그 말과 겹쳐 들리는 것 같았다.

대죄 무기로서 터무니없는 힘을 지니고 있는데도 채워지지 않았던 것. 그 이전에 그들은 그렇게 되는 걸 원했던 걸까?

만약에 원하지 않았다면······, 그렇게 생각하니 그건 이제 곧 뛰어들 곳과 똑같은 세계인 건지도 모르겠다.

『무서워진 거야?』

"너야말로."

『내게 그런 건 없어. 만약 망자들이 활보하는 세계가 이 아래에 펼쳐져 있다 해도 말이야. 장소가 다를 뿐, 큰 문제는 아니지.』

"······에리스가 기다리는 곳으로 돌아가자."

『그럴 수 있다면, 너를 인정해줄게.』

엔비가 그렇게 말한 직후, 마지막으로 남아 있던 발판이 산산조각 났다.

제17화 폭식 스킬

　신음 소리가 아래쪽에서 울려 퍼졌다. 그것은 귀에 달라붙으며, 등골이 오싹해질 정도로 듣기 괴로운 소리였다.

　『겁을 먹은 거야?』

　"설마, 너야말로 그런 거 아닌가?"

　『나는 즐기고 있어. 이곳이 폭식의 세계……, 끔찍하군. 에리스라면 울어버릴 것 같은데.』

　어둠 속에 피 같은 색이 약간 섞여 있다. 그것은 아래쪽으로 떨어질수록 선명해졌다.

　죽음의 예감. 본능이 더 이상 아래쪽으로 가지 말라며 경종을 울렸다.

　날개가 있다면 하늘을 날아서 이곳을 빠져나갈 수 있을 것 같지만……, 공교롭게도 내게는 불완전한 날개밖에 없다.

　그건 그렇고, 엔비는 좀 전에 에리스가 이곳을 보면 울어버릴 것 같다고 말했다. 수라장을 수없이 헤쳐나왔을 것 같은 그녀도 그럴 수 있는 건가…….

　『거짓말인 것 같아?』

　엔비는 늘 얼버무리던 평소와는 다른 말투로 내게 물었다. 그 말에는 묵직한 무게가 실려 있었다.

　『아래에 도착할 때까지 시간이 좀 걸릴 것 같은데. 그때까지 과거 이야기라도 할까.』

"네 자랑이 아니라면 말이지."

『그 걱정은 기우야.』

에리스의 과거라……. 나는 라이브라와 그녀 사이에 뭔가 있다는 건 알고 있지만, 자세한 내용은 모른다.

왕국에 남은 백기사들도 가르쳐주지 않았고, 에리스 본인도 별로 말하고 싶지 않은 듯한 낌새였기에 그녀가 라이브라 이야기를 꺼냈을 때도 깊게 파고들지는 않았다.

『에리스는 겁이 많거든. 싸우는 것에서 도망치고, 내게서도 도망치고, 혼자서 신세계로 도망쳤지……, 하지만 그곳에서 그제야 눈치챈 거야. 그곳에는 자신이 있을 곳조차 없다는 사실을.』

그럴지도 모르겠다. 나도 폭식 스킬의 진정한 힘이 깨어날 때까지 스킬 지상주의의 세계에서 계속 도망칠 수밖에 없었다. 그곳에는 내가 있을 곳이 없었던 것 같다. 만약 각성하지 못했어도 록시가 구해주었을지도 모르겠지만, 그것은 다른 사람이 준 것이니 역시 내가 있을 곳은 아닐 것이다.

어떤 형태든 정처 없이 계속 도망치기만 하면 처지가 악화될 뿐이다. 그 앞에 있는 것은 별로 바람직한 게 못 될 것이다.

『네게 흥미를 품게 되고 나서 조금씩이나마 변하기 시작하는 것 같았는데……, 안타깝지. 계속 도망쳤던 대가를 치르게 된 거야.』

"라이브라인가……."

『에리스의 창조주이자, 절대적인 주군이자, 키워준 부모.』

과거에 벌어졌던 라이브라와 에리스의 싸움……, 아니, 엔비의 이야기에 따르면 실제로 싸운 것은 케이로스다. 폭식 스킬의 전 보유자이자 흑검 그리드의 전 사용자.

나는 그를 한 번 만난 적이 있다. 과거에 사로잡혀 버린 마인을 데리고 오기 위해 그녀의 정신세계 안으로 들어갔을 때다. 왠지 모르겠지만……, 거기에 케이로스가 개입해서 길잡이가 되어 힘을 빌려주었다.

지금도 그의 혼은 내 안……, 아마 폭식 스킬 안에 있으면서 지켜봐주고 있을 거라고 한다. 케이로스가 헤어질 때 그렇게 말했다.

『케이로스는 동료들을 모아서 성수인들로부터 독립하기 위해 싸웠어. 누군가와는 달리 단독 행동을 거의 하지 않는 사람이었지.』

"시끄러워. 혼자 다니는 걸 좋아해서 미안하게 됐네."

『아니, 네가 보통이지. 대죄 스킬 보유자의 힘은 강하잖아. 하지만 성수인들과 싸우려면 혼자 일 순 없어. 너도 지금은 동료가 생겼잖아. 뭐, 케이로스는 성격이 밝고 다른 사람들을 잘 돌봐주었으니까 자연스럽게 사람들이 모여든 것도 있지만.』

성수인은 그렇게 많지 않아서, 동료들이 차례차례 늘어가는 케이로스의 세력 때문에 애를 먹은 모양이었다.

죽여도, 죽여도, 그들은 그 기세를 깎아내지 못했다. 오랫동안 쌓인 원한, 압정에 대한 반발은 성수인들이 존재하는 한 잠잠해지지 않았기 때문이다.

그들도 손가락만 빨고 있었던 것은 아니다. 그리고 이내 자신들의 손을 더럽히지 않고 해결할 수 있는 좋은 방법을 떠올렸다.

자신들의 인자를 인간에게 심어서 강력한 힘을 지닌 꼭두각시 같은 병사들을 마련한 것이다.

그것이 성기사의 시작이었다. 대량으로 생산된 그것은 강력한 스킬을 행사하며 케이로스가 이끄는 군세와 싸우게 된다.

전황이 뒤엎어지자 기분이 좋아진 성수인들은 더욱 연구를 진행해 나갔다. 그중에 그 연구에 가장 깊게 파고든 것이 라이브라였다.

더욱 강하고, 외모도 아름다운 성기사들을 교배시키자 정확도도 올라갔다. 성수인의 인자율이 높아지자 공격적인 성기사가 늘어났지만, 목줄을 채워서 꼭두각시 인형으로 만들었기 때문에 별다른 문제가 되지 않았던 모양이다.

『생산이 반복되던 와중에 성기사가 아닌 자가 태어났지.』

"그게……."

『에리스야.』

어둠을 향해 계속 낙하하던 내게 엔비가 그립다는 듯이 말했다.

『본 적도 없는 스킬을 지닌 갓난아이. 라이브라는 강한 흥미를 품었어. 그리고 곧바로 케이로스가 지닌 스킬과 같은 계열이라는 사실을 알고는 자기 전용 실험체로서 이용했지.』

에리스가 지닌 마안은 마물에게서 추출한 것을 이식했다고 했으니까. 그 밖에도 그녀는 신체를 강화하기 위해 이것저것 개조되었다.

『에리스는 인간이라기보다는 마물에 가까운 존재야. 그래서 어디에도 있을 곳이 없는 건지도 모르지. 구해준 케이로스도 사라져버렸고.』

"너는 에리스를 해방시킬 방법을 알아?"

『알았다면 네게 가르쳐줬겠지. 그리고 내가 기억하고 있는 건 케이로스가 에리스의 목덜미를 만지기만 했는데 그 종속의 목줄이 풀렸다는 것뿐이야.』

"만지기만 했는데도?"

『무슨 짓을 했는지는 모르지. 케이로스는 그대로 에리스를 두고 라이브라와 최후의 전투를 벌이러 가버렸으니까. 그 뒤에 어떻게 되었는지도 우리는 알지 못해. 해방된 에리스에게 남겨진 것은 붕괴되기 직전의 세계와 자아가 깨어난 성기사들뿐이었어.』

에리스와 엔비는 협력해서 세계를 부흥시키려 했다고 한다.

하지만 성격이 거칠고 자존심이 강한 성기사들을 한데 모으는 건 쉬운 일이 아니었다. 그 때문에 오랜 시간이 필요했던 모양이다.

그중에 신뢰할 수 있는 성기사가 나타났고, 권속으로 인연을 맺은 것이 왕도에 있는 백기사들이었다. 성기사가 그렇게 많이 있는데도 불구하고 인연을 맺은 것이 겨우 두 명이라니……, 그만큼 성기사를 다루는 게 어려웠던 것 같다.

나도 왕도에서 성기사로서 성에 드나든 적이 있었기에 얼마나 힘든지는 알고 있다. 아론에게서 가문을 물려받았다는 것을 보고할 때 알현실에서 내게 트집을 잡은 데다 칼까지 뽑아 들었으니까.

『새로운 왕국을 다잡기 위해서는 이해하기 쉬운 이치를 만들 필요가 있었어. 성기사들을 우대해주게 된 것도 다가올 싸움에 대비하기 위해서였고.』

"라이브라와의 싸움 말이야?"

『맞아. 스킬 지상주의라는 가혹한 환경을 만들고, 거기에서 생겨나는 원한을 이용해서 새로운 관인간———, 대죄 스킬 보유자를 만들어내려 했지…….』

하지만 에리스는 엔비를 남겨두고 나가버렸다. 그녀는 라이브라와 싸우기 위해서라고 해도 그런 짓을 할 수 없었기 때문이다.

『에리스는 라이브라에게 당한 것과⋯⋯, 똑같은 짓을 하면서까지 싸울 수가 없었던 거야. 예전에 내가 록시를 죽이려 했을 때, 에리스와 네가 만났었다면서?』

"그래, 그때는⋯⋯."

록시가 살해당하는 걸 방해하지 말라고 했었다. 그러자 내가 화를 냈던 게 기억난다.

『그녀답네. 그래 봬도 에리스는 서투른 구석이 있으니까.』

"그게 무슨 뜻이야?"

『자기가 막을 수는 없으니까. 네게 부탁한 거지.』

"아⋯⋯."

다시 말해, 에리스는 나를 화나게 만들어서 록시를 구하게끔 한 것이다.

"알아듣기 힘들다고."

『원래 그런 법이야. 소리 내어 하는 말과 진심이 다른 경우는 종종 있지. 그런 면에서 너는 정말 알아보기 쉬워.』

"칭찬하는 거야?"

『글쎄.』

"이 녀석이⋯⋯, 역시 너와는 잘 맞지 않는 것 같군."

망자들의 목소리가 한층 더 커지기 시작했다. 피부에 축축하게 달라붙은 기분 나쁜 분위기도 더욱 강해지는 느낌이었다.

나는 아래쪽을 보면서 흑총검을 다시 쥐었다.

『시간이 되었구나. 수다는 그만 떨자고.』

"그래, 이제야 종점인 모양이야."

우리는 폭식 스킬의 근원에 도달하려 하고 있었다.

제18화 **망자의 외침**

정신세계인데도 찌는 듯한 무더위를 느끼다니⋯⋯, 이상한 기분이다.

마그마처럼 타오르는 듯한 세계의 빛깔이 그렇게 만들고 있는 걸까. 아니면 우리들에게 덤벼드는 망자들의 열기가 그런 느낌을 부추기고 있는 건지도 모르겠다.

『정말 겁을 먹은 건가?』

"너야말로."

『나는 즐기고 있다니까. 여기가 폭식 스킬의 세계라니.』

끔찍하다⋯⋯. 그 말이 이만큼 어울리는 곳은 없을 것이다.

보답받지도, 도망칠 수도 없는 고통이 넘쳐흐르는 세계.

이 더위에 혼이 천천히 달궈져서 그을리는 것 같은 느낌이 들었다. 그리고 남은 것이 여기에서 꿈틀대는 망자들이다.

생물로서의 마음을 잃고 정신없이 내게 덤벼들려 하기에 흑총검으로 베어서 쓰러뜨렸다.

『끝이 없는데.』

"베어봤자 소용이 없나⋯⋯."

『애초에 죽은 상태니까. 저건 전부가 하나의 존재인 것 같은 느낌이 들어.』

"다시 말해⋯⋯."

『한두 마리 쓰러뜨린다 해도 얼마든지 재생하겠지. 쓰러뜨릴 방법이 있다고 한다면.』

"폭식 스킬의 세계까지 통째로 없애버릴 수밖에 없다."

『정답이야. 그러지는 못하겠지만.』

그 추측이 정확하다면 지금 눈에 보이는 망자들은 폭식 스킬의 일부에 불과하다는 뜻이다.

게다가 말단 같은 존재. 아무리 베어도 일어서서 덤벼들려 하고 있다.

『아비규환……, 인가.』

"그게 무슨……."

엔비가 한 말이 신경 쓰였다. 망자 중 몇 마리가 눈물을 흘리고 있는 것처럼 보이기도 했기 때문이다.

『괴로운 걸까, 아니면……, 뭐, 내 알 바는 아니지. 페이트, 준비는 됐어?』

"무슨 준비?"

몰려드는 망자에게 정신이 팔려 있었기에 엔비가 무슨 말을 하는 건지 이해할 수가 없었다. 하지만 그 녀석이 망자들을 휩쓸어버리며 다가오고 있었다.

악연. 내가 왕도에서 죽인 첫 성기사. 그로 인해 얻은 스킬로 나는 아론의 양자가 되었고, 그 대신 성기사가 되었다.

내가 다시 왕도로 돌아왔을 땐 나이트 워커로서 되살아나 빈 껍질이 되어서까지 증오를 쏟아내기도 했지.

내가 그 녀석의 모든 것을 빼앗았다. 스킬도, 스테이터스도……, 혼조차도.

폭식 스킬에게 먹힌 혼도 마찬가지였던 걸까. 증오가 폭식 스킬의 일부가 되는 것을 계속 거절하며 조용히 내가 여기로 오는 것을 기다리고 있었던 것 같다.

"정말……, 끈질긴 녀석이구나. 넌……."

이제 슬슬 끝을 내자. 물론……, 이건 내 형편에 불과하다.

하지만, 이번에도 밀어붙여야겠다. 나는 너를 위해 죽어줄 수가 없을 것 같다.

"하드 브레릭!"

"페이트으으으으으으으으으으으!!"

인간 형태가 아니었다. 나이트 워커였던 때가 그나마 나을 것 같을 정도로 추한 모습이 일그러졌고, 몸에서는 악취를 풍기며 통나무처럼 두꺼운 팔을 내게 내리쳤다.

주위에 퍼지는 악취. 나는 뒤쪽으로 물러나며 피했지만, 그것을 뒤집어쓴 망자들이 발버둥 치며 괴로워했다.

찐득찐득하게 녹아서 액체로 변해버린 망자들이 하드의 발치에 모여 빨려들어 갔다.

"먹은 거야?!"

『그런 것 같네. 저건 폭식 스킬의 힘 중 일부를 얻은 걸까, 아니면 흉내를 내는 걸까.』

하드는 더욱 추하게 성장했다.

"페……, 페이트……, 너를……, 먹어주마. 나를……, 내놓아라."

무차별적인 공격이 쏟아져나왔다.

그럴 때마다 망자들이 먹혔다. 부풀어 오른 증오가 하드의 몸을 당장에라도 찢어버릴 듯이 키우고 있었다. 내 이름을 부르는 목소리도 어느새 사라졌고, 망자들과 마찬가지로 신음 소리가 되어버렸다.

『이렇게 되어버리니 무참하기만 하군. 어떻게 할 거지?』

"그건……."

나는 흑총검을 들어 올리고……, 손에는 힘을 주고 있다.

하드는 지금도 망자들을 흡수하고 있다. 이제 나를 인식조차 하지 못하는지 점점 더 큰 고깃덩이가 되어가고 있었다. 그리고 내가 흑총검을 힘없이 내렸을 때는 말을 하지도 못하게 되었다.

『폭식 스킬의 힘을 제대로 다루지 못했던 것 같네. 고깃덩이로 변해서 먹히는 쪽이 된 건가? 먹을 거야?』

"그러지 마. 이걸로 진짜 작별이다……, 하드 브레릭."

이번에야말로 하드와 관계를 끊게 될 것이다. 이곳에서 영원히 잠들게 될 하드를 한동안 바라보고 있자니 또 들어본 적이 있는 목소리가 내 귀에 들렸다.

그 목소리는 고깃덩이 뒤에서 들렸다.

갈색 머리카락. 하드, 메밀과 똑같은 색. 브레릭 가문의 장남이자 왕도의 멸망……, 스킬 지상주의의 붕괴를 원했던 남자―, 라팔 브레릭이 천천히 내 앞에 나타났다.

"안녕, 이런 우연도 있네. 네가 이런 곳에 올 줄이야."

"라팔……."

성기사의 옷을 입고 있고, 인간 모습이다. 신의 힘에 의해 변질된 언데드, 아크 데몬이 아니었다.

라팔은 하드가 변한 고깃덩이를 걷어차면서 어이가 없다는 듯한 표정으로 말했다.

"하드는 정말, 마지막까지……. 네게 푹 빠져서 너를 애타게 그리워할 정도였어. 인기가 참 많구나."

"너는 어떤데?"

"나? 기분 나쁜 말은 지껄이지 말라고."

나는 경계하면서 흑총검을 라팔에게 겨누었지만 반응이 달랐다.

"싸워? 나와 네가? 어째서 싸워야만 하는 거지?"

"내가 너를 죽였으니까……."

"아니야. 나는 그때 이미 신에게 몸을 빼앗겨서……, 죽은 상태였어. 그걸 네가 먹었을 뿐이지."

"……."

"어찌 됐든, 싸움은 결판이 났어. 뭐, 결과적으로 내가 여기 갇혔지. 그리고 난 그걸……."

라팔은 씨익 웃었다.

그 웃음을 본 순간, 흑총검을 더욱 꽉 쥐었다. 하지만 그 녀석은 움직이지 않았다.

"참 즐기고 있지."

"뭐?!"

"바보 같은 표정을 짓고 있군."

"시끄러워."

이런 지옥 같은 곳에서 즐기고 있다고?! 너야말로 정신이 나간 거 아니냐?

"이곳은 먼 옛날에 폭식 스킬에게 먹힌 자들의 혼이 모여든 곳이야. 그리고 그자들이 얻은 지식도 여기 있지."

"지식?"

"그래. 나는 원래 고대를 연구하는 걸 좋아했거든. 하지만 태어난 가문의 사정 때문에 억지로 성기사가 된 거고."

그래서였나……, 라팔은 성기사가 된 이후로도 남몰래 고대 연구를 계속 했었고, 태고의 지층에 잠들어 있던 신을 발견해버린 모양이다.

"여기에서는 자유롭게 살아갈 수 있어. 조금 시끄럽긴 하지만."

망자들의 외침과 혼을 태울 듯한 더위가 조금?!

"별종이네."

"너도 마찬가지지. 내가 보기에 너도 상당히 특이해. 자신의 정체조차 모르니까."

"무슨 소릴 하는 거야?"

"이렇다니까……, 어이가 없어. 그러니 록시 하트조차 자기 것으로 삼지 못하고 있는 거지."

"뭐?"

"이런 녀석에게 졌다고 생각하니……, 나 자신이 한심해지는군."

"그거하고 이건 다른 이야기잖아!"

어째서 지금 록시 이야기가 나오는 건데.

앗?! 설마……, 이 녀석.

"훔쳐보고 있었던 거야?!"

"이제야 알았나? 어떤 사람이 추천하면서 재미있는 걸 볼 수 있다고 하길래 들여다보고 있었을 뿐이야. 매번 배꼽을 잡으며 웃어댔지. 여기에는 오락이 없으니까."

"오락 취급하지 말라고."

응? 방금, 어떤 사람이라고 하지 않았나?

내가 수상쩍어하며 라팔의 얼굴을 보자 그 녀석은 먼 곳을 바라보며 말했다.

"그는 내 은인이야. 그리고 너를 만나고 싶어 하고 있지."

"누군데?"

"금방 알 거야. 그러기 위해 내가 왔지. 이대로 내버려 두면 너는 시간이 아무리 오래 지나더라도 그의 곁에 도달할 수 없을 것 같으니까. 그가 부탁한 거야. 아무리 정말 싫어하는 너라도 거절할 수는 없지."

라팔은 일방적으로 그렇게 말한 다음, 망자들 사이로 걸어가기 시작했다.

망자들은 그 녀석을 신경 쓸 낌새도 보이지 않았다. 동료이기 때문인가?

한편, 뒤쫓아가는 내게는 제대로 덤벼들고 있다.

"늦어, 얼른 와라."

"이 상태를 보라고. 눈을 돌리지 마!"

"시끄럽다. 잠자코 따라와. 두고 가버린다, 이 바보 같은 녀석."

"이게······."

성격이 좀 둥글어졌나 싶었는데, 방금 생각했던 건 취소다.

역시 라팔은 짜증 나는 녀석이다.

제19화 **심연에서 기다리는 사람**

몰려드는 망자들을 떨쳐내고, 때로는 베었다.

『끝이 없군.』

"그러게."

『인기가 많아서 괴롭겠어.』

"……인기가 많다니, 그건."

문득 의문이 들었다.

어째서 망자들이 내게 몰려드는 거지?

앞서가는 라팔에게는 눈길도 주지 않는데, 망자들은 나만 보이는 것 같았다.

내가 아직 죽지 않은 존재———, 폭식 스킬에게 먹히지 않았기 때문인가?

아니면, 폭식 스킬 보유자이기 때문인가?

이 세계에서 해방되고자 내게 도움을 청하고 있다는 건가…….

『왜 그러지? 또 생각에 잠긴 거야?』

"망자들에 대해 생각하고 있었어. 너는 어떻게 생각해?"

『나는 알 수가 없지. 너야말로 뭔가 느낀 게 있는 거 아닌가?』

"그건……."

엔비는 코웃음 치며 계속 말했다.

『나는 네가 여기 오자마자 폭식 스킬에게 삼켜진 건가 생각했어.』

"……."

『왜냐하면, 여기는 폭식 스킬의 심연, 가장 영향을 크게 받는 곳이니까.』

"나도 그렇게 생각하긴 했지. 하지만⋯⋯."

지금까지 폭식 스킬에게 저항하며 괴로워했다. 그런데도 멀리 있는 것보다 다가와 있는 게 더⋯⋯.

『너는 매우 안정된 것처럼 보여.』

"이런 생각을 하고 싶진 않지만, 엔비 말이 맞는지도 모르겠네."

『설마 넌 네가 폭식 스킬의 제어에 성공한 건가?』

"그럴 리는 없지. 내 가짜가 위쪽 세계에서 덤벼들었잖아."

그 가짜 페이트는 폭식 스킬의 화신 같은 존재일 것이다. 설마⋯⋯, 그걸 물리쳤기에 이곳에 온 뒤에도 자아를 유지할 수 있는 건가?

아닌 것 같은 느낌이 든다. 가짜 페이트는 어디론가 도망쳐버렸다. 그 상황과 지금 상황을 한데 묶어서 생각하는 건 너무 안이한 발상인 것 같다.

"게다가 그 싸움은 아직 결판이 나지 않았어."

『아무리 추측해봤자 우리에게는 정보가 너무 부족해. 그리고 지금 어떤 상황인지도 파악하지 못했고.』

"얌전히 라팔을 따라갈 수밖에 없는 건가."

『망자들은 길을 양보해줄 생각이 없는 것 같군. 역시 너는 인기가 많은 모양이야.』

"교대할 수 있다면 그렇게 해주지 그래."

『사양하겠어.』

이런 인기는 나도 사양이다.

그렇게 생각하며 망자 하나를 베었다.

"어?!"

이게……, 뭐지?

머릿속에 다른 사람의 기억이 번개처럼 스쳐 갔다.

정상적인 인물은 아니다. 다른 사람들을 계속 죽이다가 마지막에는 폭식 스킬 보유자에게 먹힌 남자의 기억.

그 남자는 내가 처음으로 죽인 상대. 왕도의 성에 숨어들었던 도적이었다.

혐오감밖에 없는 기억이다. 하지만 내 안에 멋대로 머물러버렸다.

"구역질이 날 것 같은 기분인데."

『왜 그러지?』

"아무것도 아니야."

반드시는 아니지만, 그 현상은 때때로 일어났다.

내가 모르는 사람들의 기억조차 흘러들어 왔다. 이건 아마 폭식 스킬의 전임자인 케이로스가 먹은 자들일 것이다.

흘러들어와서는 내 안에 계속 머무른다. 그리고 나의 일부가 되려 한다.

『아무래도 이상한 것 같은데. 더 이상 앞으로 나아가지 않는 게 좋겠어.』

"그럴 순 없어."

라팔은 나보다 훨씬 앞쪽에서 나아가고 있다. 이대로 가다가는 뒤처져버릴 것이다.

"저 녀석은 기다릴 생각이 없어. 그리고 저 앞으로 가야만 할 것 같은 기분이 들거든."

『……너는 여전하구나.』

뛰어가기 시작한 내 눈앞에 마물이 망자들을 밀쳐내며 나타났다. 이건……, 열화되긴 했지만 고대의 마물이다.

제도에 도착하기 전에 잔뜩 쓰러뜨린 마물들 중 하나일 것이다.

상반신이 인간 모습이고, 하반신은 뱀처럼 보였다. 그림자처럼 새까맣게 변해버리긴 했지만, 라미아라 불리는 마물이었다.

『이거 거물인데.』

인간보다 마물을 더 많이 먹었을 것이다. 케이로스가 그랬는지는 모르겠지만, 적어도 나는 마물의 비율이 압도적으로 더 많다.

"착시인가?"

나는 눈앞에 있는 마물을 보고 눈을 의심했다. 왜냐하면 그 마물은 망자들이 부풀어 올라 형태를 이루고 있는 것처럼 보였기 때문이다.

어떻게 된 거지?

망자는 폭식 스킬이 먹은 인간일 텐데. 하지만———.

"아무래도 착각이 아닌 것 같군."

망자들의 형태가 차례차례 바뀌기 시작했다. 전부 본 적이 있는 마물 모습이었다. 그리고 그것들은 전부 새까맣게 물들어 있었다.

"망자가 마물이기도 한 건가?!"

『너는 아무것도 모르는 것 같구나. 아니면 눈을 돌리고 있었던 건가?』

엔비가 무슨 말을 하고 싶은지는 알겠다.

폭식 스킬이 발동하는 건 인간을 죽였을 때, 또는 마물을 죽였을 때뿐이다.

그 밖의 다른 경우에는 발동되지 않는다. 예를 들어, 동물에게는 전혀 반응이 없다.

『스킬, 스테이터스를 지니고 있는 건 인간과 마물뿐이야. 그 이유를 생각해본 적 있어?』

"신이 내려준 힘이잖아."

『그래. 그렇다면 어째서 마물에게도 줄 필요가 있었을까?』

"어차피 항상 그랬듯이 거대한 시련 같은 거겠지."

주어진 스테이터스를 키우기 위해 스킬을 사용해서 마물을 쓰러뜨리고 경험치(스피어)를 얻어 레벨을 올린다.

『그건 답이 되지 못해. 마물을 쓰러뜨리면 경험치를 얻을 수 있지. 인간을 죽여도 마찬가지야. 이유가 뭘까?』

지금도 눈앞에 있는 망자들———, 인간의 형태인 그것들이 마물로 바뀌어 가고 있다. 그것이 지니고 있는 의미는……

"마물이 인간이었다는 말을 하고 싶은 거야?"

『정답.』

능청스럽게 나를 칭찬하는 엔비. 나는 참지 못하고 욕설처럼 내뱉었다.

"저게 인간이라고?!"

『근본적인 부분은 그렇지. 너도 봐 왔을 텐데. E의 영역에 의한 붕괴 현상. 힘과 마음의 균형이 맞지 않으면 몸에도 그 영향이 발생해. 그건 스킬도 마찬가지였던 거야.』

"그런 이야기는 들어본 적도 없는데."

『당연하지. 지금 있는 인간들은 선별된 자들이니까. 스킬이 제대로 들어맞지 않았던 자들은 마물이 되어버린 거야. 그리고 수천 년이라는 세월이 흘러 다른 종으로 보일 정도로 변해버렸지.』

타고난 마음의 강도에 따라 얻을 수 있는 스킬이 다르다고 한다. 다시 말해 가지지 못한 자들이 약한 스킬을 지니고 있는 것에는 이유가 있고, 운이 아닌 모양이다.

만약 자기 분수에 맞지 않는 스킬을 가지게 되어버리면 곧바로 마물이 되어버린다. 엔비는 그것이 지금 내 눈앞에 있는 자들이라고 말한 것이다.

『그리드도 참 못됐군. 사실을 가르쳐주지 않았다니.』

그는 말버릇이 안 좋았지만, 그런 것들은 신경을 써주었다. 나를 생각해서 진실을 감추고 있었을 것이다.

"그 녀석답네."

『어떻게 할 거야? 죄책감 때문에 싸울 수가 없어?』

"아니, 예전부터 의문이었던 게 풀려서 다행이야."

계속 부자연스러웠다.

마물이 어째서 인간을 눈엣가시로 여기면서 덤벼드는 건지. 그리고 먹는 건지.

원망하고 있었던 건지도 모르겠다.

마물은 그 인자를 남기면서 인간과의 생존경쟁을 벌여온 거겠지.

덤벼드는 마물은 망자와는 달랐다. 아무리 베어도 기억이 흘러들지 않았다.

"마물이라는 다른 종이야. 혼 단계에서 인간과 다르다고."

『네가 그렇게 말한다면, 정말로 그런 거겠지.』

엔비는 왠지 쓸쓸해하는 것 같았다. 과거에 무슨 일이 있었는지도 모르겠다. 물어봐도 가르쳐주지는 않을 것이다.

나는 라팔을 쫓아가며 정신없이 마물들을 쓰러뜨려 나갔다.

쓰러진 마물들의 숫자가 늘어났고, 발치가 산처럼 부풀어 올랐다. 하지만 시간이 조금 지나자 검은 액체로 변해 땅바닥에 스며들었다.

시간이 얼마나 지났을까. 걸어온 길을 돌아보니 까만 선이 저편 멀리 이어져 있었다.

마물들은 사라졌고, 망자의 모습도 보이지 않았다.

타오르는 듯이 새빨간 세계에 라팔과 나뿐. 시끄러운 소리로 가득 차 있었는데, 지금은 잠잠해졌다.

앞서가던 라팔이 갑자기 등을 돌린 채 멈춰 섰다.

"여기가, 폭식 스킬의 중심이다."

"라팔……."

"시간이 되었어. 네게는 일단 고맙다는 인사를 해두지. 메밀을 돌봐줘서 고맙다."

라팔은 일방적으로 그렇게 말한 다음, 돌아섰다.

"……네가 다음에 아버지와 마주쳤을 때, 어떻게 할지……, 기대되는군."

"그게 무슨 소리지?"

라팔은 내 물음에 대답하지 않았다.

이제 그 모습은 그가 아니다.

사람을 홀리는 보라색 눈동자. 건강미가 느껴지는 갈색 피부,

입술 사이로 드러난 하얀 이가 보인다.

그리고 가장 인상적인 특징, 타오르는 것처럼 붉은 머리카락을 나부끼며 그는 내게 밝은 미소를 보였다.

"아, 페이트. 오랜만이야. 이런 곳에서 만나다니, 신기한 우연 인데. 아니, 기다리고 있었어."

손에는 흑검 그리드를 쥐고 있었다.

제20화 흑검사 케이로스

　작열의 지옥 같은 세계는 잠잠해졌다. 망자들은 먼 곳에서 숨을 죽인 채 우리에게 다가올 낌새를 보이지 않았다.

　"케이로스 씨."

　"우리 사이잖아. 케이로스 씨라고 부를 필요는 없어. 그건 그렇고."

　케이로스는 흑검을 내게 들이댔다.

　"놓치지 말라고 했을 텐데?"

　"그건……."

　그는 그리드 때문에 약간 화가 난 것처럼 보였다. 당연하다. 그는 내게 흑검 그리드를 맡겼으니까…….

　나는 그걸 지키지 못했다.

　"정말, 손이 많이 가는구나. 너희는."

　케이로스는 어이가 없다는 듯한 표정을 지은 다음, 천천히 흑검을 겨누었다.

　"두 번째다. 이번에는 간단히 넘겨줄 수 없지. 원한다면 내게서 빼앗아봐라."

　"싸우라는 뜻인가요?"

　그는 방긋 웃었다. 하지만 그 눈은 나를 똑바로 바라보고 있다. 진심이다.

　"이 세계의 방식이다. 네가 가장 잘 알고 있을 텐데."

"꼭 그래야만……, 하나요?"

"이 세계에 폭식 스킬 보유자는 두 명이나 있을 필요가 없지. 그렇다면 어느 쪽이 진짜인지 결판을 내야 하잖아?"

케이로스는 그렇게 말하며 나를 향해 뛰어들었다. 높게 들어 올린 흑검이 푸른 잔상을 그렸다.

"그리드도 그걸 원하고 있다."

날카로운 금속음이 울려 퍼졌다. 그것은 파문처럼 새빨간 세계로 퍼져나갔다.

겨우……, 흑총검으로 막아냈지만, 케이로스가 하는 말에 집중할 수가 없다.

"그리드도?"

"그래. 폭식 스킬과 마찬가지야. 흑검을 다루는 자도 두 명이나 있을 필요는 없지."

"확실히 해둬야 한다는 건가요."

"이도 저도 아니고 어중간한 게 제일 바람직하지 못하다는 뜻이다."

맞부딪히는 흑검과 흑총검. 불꽃을 튀기며 팽팽하게 맞서고 있었지만, 점점 흑검의 힘이 강해졌다.

이건……, 케이로스가 말한 것처럼 그리드도…….

케이로스는 그대로 흑총검을 밀쳐내며 소리를 질렀다.

"나와 그리드는 온 힘을 다해 싸울 거다. 자, 넘어서 봐라!"

미소는 이미 사라졌다. 그 대신, 몸을 꿰뚫을 것 같을 정도로 강한 살기를 뿜어내고 있다.

그가 말한 온 힘———, 그것은 이 싸움의 패배가 죽음이라는 의미다. 정신체의 죽음……, 그것은 존재의 소멸. 그는 그 정도의 각오를 다지고 내게 검을 겨누고 있다.

케이로스의 눈을 보니 그렇게 느낄 수밖에 없었다.

"꽤 하는데. 좋다고, 페이트."

자연스럽게 몸이 움직였다. 흑총검이 날아드는 흑검을 튕겨냈다.

지금까지 싸워온 경험이 몸에 배어 있기에, 정신체가 되어서도 그것을 활용할 수 있는 것이다. 그리고 이 세계에서 루나와 그리드가 단련시켜준 것도 내 힘이 되었다.

"멋진 눈이야. 대죄 스킬 보유자답게 새빨갛군. 더욱 붉고 밝게."

"케이로스!"

흑총검을 휘두르는 몸놀림이 가벼워지기 시작했다. 신기한 감각이다. 이렇게 무시무시한 세계라는 것도 딱히 상관없어졌고, 의식이 싸움만을 원하고 있는 것 같았다.

점점 나 자신이 이 세계에 동화되어가는 듯한 느낌이 들어서……. 그래서인지 이 세계에서 일어나려 하는 일을―――, 케이로스의 공격을 왠지 미리 예측해버릴 수 있는 것이다.

눈에 보이지도 않을 정도로 빠른 연속 공격을 쉽사리 흘려버렸다.

"익숙해지고 있구나. 역시 나와는 다른 모양이야."

"그게 무슨 뜻이죠?"

다시 검을 맞대면서 양쪽의 힘을 모조리 맞부딪혔다.

"너는 진정한 자신을……, 너무나도 모르고 있어."

"진정한 자신?"

"여기로 떨어졌는데도 자아를 유지하고 있지."

"그건, 당신도."

날아든 참격을 피하고, 날린 참격이 빗나가며 싸움이 평행선을 유지했다. 흑총검으로 날린 수많은 참격도 케이로스에게는 피하기 쉬운 공격인 모양이었다.

아직 그는 흑검 형태로만 싸우고 있다. 굳이 형태를 변화시킬 필요도 없다는 건가?

"아직도 이해를 못 한 것 같군. 나나 라팔이 이런 곳에서 자신을 유지할 수 있는 이유는 페이트……, 네 덕분이라고."

"그럴 리가."

"그리드에게 들었을 텐데. 나는 폭식 스킬에게 삼켜져 버렸어. 그게 무슨 의미인지, 네가 가장 잘 알고 있겠지."

"제가……."

"라팔도 마찬가지야. 붕괴 현상으로 자아를 잃었을 텐데도, 삼켜진 곳에서 원래 자신으로 돌아왔지. 그런 건 자신의 힘만으로는 불가능한 일이야. 그렇다면 누가 그렇게 한 거지?"

먹은 건 폭식 스킬이고 내가 아니다. 그런데 케이로스는 어째서 내가 그랬다고 하는 거지?

"이 세계를 만들어낸 폭식 스킬? 아니야. 그것과는 다른 힘의 영향이라고."

깜짝 놀란 내게 케이로스가 계속 말했다.

"너다. 페이트. 너밖에 없어. 네가 그렇게 원했기에 우리는 독립된 존재로서 자아를 되찾을 수 있었다."

그런 건가? 라팔은 붕괴 현상으로 인해 사람이 아닌 존재가 되었다. 쓰러뜨리고……, 먹을 때 내가 지금부터 하는 일을 지켜봐

달라고 생각했다.

그렇다면, 케이로스는?

과거에 사로잡힌 마인을 구하기 위해 힘을 보태 달라고 원했기 때문에 폭식 스킬 안에서 잠들어 있던 케이로스를 불러내 버린 건가?

이야기를 들으며 짐작 가는 구석이 생겨났다.

"하지만 이것저것 한계가 왔지. 너도, 나도 말이야. 일시적으로 나마 원래대로 돌아오더라도 언젠가는……."

"당신은 대체?"

"나를 이용해서 자신을 이해해라. 진정한 자신을 말이야."

케이로스는 씨익 웃은 다음, 나를 튕겨냈다.

"앗……."

그의 모습에 이변이 생겼다. 붕괴 현상과 비슷하게———인간이 마물화한 것 같은———머리에서 날카로운 뿔이 돋아났다. 그 두 뿔은 뱀처럼 또아리를 틀면서 끄트머리를 내게 향하고 위협했다.

"페이트, 이게 네가 두려워하던 거다. 폭식 스킬에게 삼켜져서……, 자아를 잃고……, 그저 먹는 것밖에 하지 못하는 파멸의……, 존……, 재……."

"케이로스!"

내가 다가가려 하자 엔비가 말렸다.

『그만둬라. 저렇게 되어버리면 쓰러뜨릴 수밖에 없어. 아니면 네겐 케이로스가 말한 것처럼 원래대로 되돌릴 수 있는 힘이 있는 건가?』

"그건⋯⋯."

없다. 케이로스는 나를 과대평가하고 있다.

그럴 수 있다는 건 폭식 스킬을 장악할 수 있다는 거나 마찬가지다. 그랬으면 이곳에 떨어지지도 않았을 것이다.

나는 예전부터 이 스킬에게 휘둘리고 있다. 지금도 마찬가지다.

그럴 텐데⋯⋯, 케이로스는 아니라고 한다. 그는 자신을 이용해서 진정한 나 자신을 이해하라고 하는데, [진정한 자신]이라는 게 뭐지?

나는 딘 그래파이트의 아들이자, 성수인과 인간 사이에서 태어난 존재. 그리고 수많은 스킬 중에서 폭식이라는 무시무시한 대죄 스킬을 얻어버렸다.

내가 모르는 폭식 스킬과의 관계? 우연히 얻은 것에 더 이상 뭐가 있다는 거야.

『온다. 준비하라고, 페이트.』

"크윽."

느긋하게 생각하고 있을 여유는 없다. 변신을 마친 케이로스가 흑검을 휘두르며 다가왔다. 그 모습은 마인이라고 해야 할까. 강대한 마력이 한데 모여 인간의 형태를 이룬 것처럼 보였다.

저것을 생물이라고 해도 될지조차 의문이다.

"지금은 이런 생각이 드네. 천룡과 싸웠을 때⋯⋯, 저렇게 되지 않아서 정말 다행이라고."

『그렇긴 하지.』

"남 일처럼 말하지 마! 그때는 네가 원인 중 대부분을 만들었잖아."

『아하하.』

웃으면서 얼버무리기는! 원래 세계로 돌아가면 에리스에게 확실하게 혼을 내달라고 해야겠다.

하지만, 무기로서는 믿음직스럽다.

마인 케이로스가 시야에서 사라진 다음 순간, 흑검이 내 목덜미에 다가와 있었다.

그것을 인식하기도 전에 흑총검이 막아냈다.

불꽃을 튀기며 두 자루의 검이 거리를 벌렸다.

『이 세계에 꽤 익숙해졌군. 네 오른손을 잠깐 빌렸어.』

"엔비……, 너."

『나는 사용자의 몸을 조종하는 솜씨가 좋거든. 알고 있었지? 이야기가 나온 김에 말하자면, 정신을 빼앗는 솜씨도 좋아.』

"쓸데없는 정보를 가르쳐줘서 고마워. 전투에 협력해주는 건 고맙지만, 정신세계에서 정신을 빼앗진 말아줘. 그런 짓을 당하면, 아마……."

『죽겠지.』

"이 녀석……, 하필이면 이럴 때."

『농담이야. 너 혼자서는 너무 부담되는 상대라고. 싫긴 하지만 함께 싸워줄게. 고마워하라고.』

눈에 보이지 않는 공격이 날아들었다. 그것을 엔비가 내 몸을 조종해서 대처해 주었다.

아직 방어하는 것만으로도 벅차서 반격에 나서지 못하고 있다. 마인 케이로스의 공격 정확도가 너무 높은 것이다. 아무렇게나 날리는 공격이 아니다.

일격 일격이 즉사급이다. 진짜로 자아를 잃은 건지 의심스럽다.

참격이 통하지 않는다는 걸 눈치챈 마인 케이로스는 흑검을 변화시키기 시작했다.

"그것까지 쓸 수 있는 거야?!"

『이거……, 큰일인데.』

흑궁이다. 그것도 오의를 날리려 하고 있다.

"그냥 내버려 둘 순 없지."

나도 곧바로 흑총검으로 마인 케이로스를 겨누고는 방아쇠를 당겼다.

그와 동시에 식물처럼 성장해서 무시무시한 모습으로 변한 흑궁으로부터 검은 번개가 해방되었다.

맞부딪히는 카타스트로피 레인과 블러디 터미건.

수많은 붉은 총알이 갈라져 나온 검은 번개와 맞부딪혀서 쌍소멸을 일으켰다. 그럴 때마다 내 안에 정체를 알 수 없는……, 무언가가 흘러들어오는 게 느껴졌다.

이대로 마인이 되어버린 케이로스와 계속 싸워도 되는 건가? 그 너머에 있는 것이 언제나 한 가지밖에 없다는 걸 우리는 알고 있다.

진 쪽이 먹히는 것.

왜냐하면 우리는 폭식 스킬의 사용자이기 때문이다. 그 본질로부터는 벗어날 수가 없다.

제21화 진정한 나 자신

폭식 스킬의 세계.

이곳에는 루나가 지켜주던 하얀 공간과는 달리 내 정신을 좀먹는 듯한 압박감이 있었다. 그러나 그것도 익숙해지기 시작했다.

이제는 마그마처럼 새빨갛게 물들었고 무시무시한 곳인데도……, 마음속 어딘가가 약간 차분해지는 듯한 느낌이 들었다.

착각이라면 좋겠지만, 내가 천천히 이 세계에 적응해서 하나가 되려 하는 건지도…….

『뭐 하고 있어! 다음 공격이 온다고.』

엔비의 목소리를 듣고 그 감각에서 깨어났다. 마인 케이로스와 싸우는 와중이었지.

"젠장."

완전히 집중하지 못하는 자신 때문에 짜증이 났다.

『상태가 이상한데. 나는 네가 전투에 집중해졌으면 좋겠거든.』

"나도 알아."

마인 케이로스와 싸우면 싸울수록, 의식이 이 세계———, 폭식 스킬 쪽으로 끌려간다. 일부러 그러는 것은 아니다.

억지로 그렇게 되게끔 조작당하고 있다는 게 더 정확할 것이다.

엔비가 내 몸을 조종해주지 않았다면 나는 이미 예전에 당해버렸을 것 같다.

원래 능력을 발휘하지 못하는 나를 보고 엔비도 짜증이 난 모양이었다.

『이런 곳에서 너와 함께 임종을 맞이하는 건 사양하고 싶은데. 어서 에리스에게 돌아가야만 하니까.』

엔비는 원래 세계에 엄청난 일이 일어났다고 했다. 쓰러뜨린 기천사들과 성수보다 더 위험한 존재 때문인 것 같다. 이야기를 들으면 내가 전투에 집중할 수 없게 된다고 하는데, 그게 대체……, 어떤 적이지?

마인 케이로스가 날린 블러디 터미건을 겨우 요격하고 생겨난 폭음 속에서 엔비가 조용히 입을 열었다.

『너에게 살해당해버릴 거야.』

"뭐?!"

그럴 리가 없……지는 않았다.

의식이 폭식 스킬의 세계에 와 있다면 저쪽 세계에 있는 몸은 어떻게 되었을까? 루나가 있어주었을 때는 안전한 곳, 새하얀 세계가 지켜주었기에 몸은 잠들어 있었다.

이번에는 상황이 전혀 다르다. 몸은 확실하게 깨어있고, 눈을 뜬 상태다.

『제도의 기능이 본격적으로 기동된 건 틀림없어. 방위 시스템의 가동률도 올라갔고. 전투는 더욱 치열해졌지. 하지만 그 이상으로 너라는 존재가 다른 일행들의 목숨을 위험하게 만들고 있어.』

"설마……, 저쪽의 나는……."

『폭주했지. 내가 말했을 텐데. 우리는 여기 있는 게 더 위험하다고.』

기아 상태가 되어서 누구든 아랑곳하지 않고 혼을 먹기만 하는 괴물.

계속 두려워했던 존재가 되어버린 모양이다.

『네가 성수를 쓰러뜨린 뒤에 괴물이 되어버려서 그 땅으로 통하는 문을 신경 쓸 때가 아니었거든. 게다가 제도까지 깨어나 버렸고.』

엔비는 에리스를 걱정하고 있으면서도 마치 재미있다는 듯이 그렇게 말했다.

『에리스가 괴물 안에서 너를 느껴서 말이야. 실낱같은 희망을 걸고 여기로 나를 보내준 거라고.』

"지금, 그녀는."

『……홀로 싸우고 있어.』

에리스는 지원 계열 능력을 지니고 있다. 그런 그녀가 괴물이 된 나와 대등하게 싸울 수 있을 것 같지는 않다.

"록시나 마인은?"

『내가 알기로는 합류하지 못했어.』

버티고 있는 건가……, 에리스.

라이브라에게 조종당하고 있다고는 해도 함께 싸우는 와중에 그녀에게서 저항하려는 마음을 느꼈다. 아마 지금도 그것들과 싸우고 있을 것이다.

거기에 나까지.

평소에는 아무런 거리낌도 없이 떠들면서도 중요한 것은 누구에게도 말하지 않고 떠안아 버리는 사람이 그녀다.

"자기 일에도 벅찰 텐데, 나까지."

테트라에서 그녀에게 힘이 되어주겠다고 했는데, 여전히 의지하고만 있네.

『너는 어떻게 할 거야? 나아갈 건가? 멈춰 설 건가?』

"당연한 거잖아."

『그러셔야지. 내가 여기로 온 의미가 없어져 버리니까.』

날아오는 블러디 터미건을 베었다. 마인 케이로스는 손을 멈추지 않고 오의를 연달아 날렸지만, 물러나자는 생각은 들지 않았다.

벨 때마다 정체를 알 수 없는 것이 내게 흘러들어왔다. 그럴 때마다 내게 부족했던 것———, 결여되어 있던 것이 들어맞기 시작하는 게 느껴졌다.

그런 것들도 이제 두렵지 않았다.

힘이 강해진다. 이 세계와 하나가 되는 듯한 감각이 더욱 뚜렷해진다.

마인 케이로스는 흑궁을 흑토시로 변형시켰다.

공방일체의 무기. 흑토시의 손가락 끝에서 날리는 흑사는 벨 수 없는 강도를 지니고 있다. 그리고 셀 수 없을 정도로 분열을 거듭하기에 마치 사용자를 지키는 방패처럼 보이기도 했다.

다루어본 적이 있는 나는 그 강력함을 잘 알고 있다.

함부로 거리를 벌리면 일방적으로 계속 공격을 당하게 되고, 주위로 점점 밀려드는 흑사가 거미줄처럼 먹잇감을 붙잡으려 들 것이다.

『페이트!』

"가자! 엔비!"

흑사가 늘어나기 전에, 우리가 피할 곳이 사라지기 전에, 나아갈 뿐.

흑토시의 사용자———, 마인 케이로스의 품속으로.

파도치며 다가오는 흑사를 흑총검으로 튕겨냈다. 그 너머에 여러 겹으로 떠오른 흑사를 향해 발포.

멀리 튕겨나간 흑사들. 그 공방 중에도 내 힘이 강해지는 게 느껴졌다.

이제 곧 마인 케이로스에게 다가갈 수 있다. 그 사실은 상대방도 알고 있다.

마인 케이로스는 귀를 찌를 듯이 큰 목소리로 포효했다. 그러자 흑사가 황금색 빛을 뿜어내기 시작했다.

『이거……, 정말, 위험한데.』

"그래도, 간다."

물러설 수 없다. 지금 제5위계의 오의———, 디멘션 디스트럭션이 완전히 전개되어버리면 우리는 어떻게 해볼 방법이 없다.

아직은 방법이 있을 것이다. 길이 있을 것이다.

폭식 스킬의 세계를 찢어발기며 내게 다가오는 흑사들. 맞서 싸우기 위해 흑총검으로 《카타스트로피 레인》을 날렸지만, 수적으로 밀렸다. 흑사가 압도적으로 더 많았고, 여전히 증식을 거듭하고 있었다.

[이쪽이다.]

내 안에서 목소리가 들렸다. 그 목소리가 가리킨 방향으로 뛰어들자 마인 케이로스에게 다가갈 수 있는 길이 나타났다.

나는 정신없이 뛰어갔다. 그 길도 점점 흑사에게 침식당하고 있었다.

[내달려라.]

정겨운 목소리다. 듣지 못하게 된 이후로 시간이 그리 오래 지나진 않았을 텐데, 먼 과거처럼 느껴진다.

그 목소리에 이끌리듯 내 다리가 움직이기 시작했다.

마인 케이로스에게 단숨에 뛰어든다. 이렇게 가까운 거리에서는 흑사를 제대로 다루지 못할 것이다. 너무나도 강력한 위계 무기이기 때문에 섬세한 컨트롤이 힘든 것이다.

이만큼 다가가면 사용자 자신도 잘게 썰릴 수 있다.

다시 소리를 지른 마인 케이로스는 오의를 취소하고 흑토시를 흑순으로 변형시켰다. 발동시키려 하던 오의를 취소했다고?!

그럴 수가 있는 거야? 게다가 연달아 다른 오의로 이어나갔다. 역시 무기를 다루는 숙련도는 나보다 뛰어난 것 같다.

제3위계의 오의————, 리플렉션 포트리스. 흑순으로 받아낸 상대방의 공격을 몇 배로 되돌리는 기술.

그래도. 나는 흑총검을 하단으로 겨누었다.

[날려버려라.]

또 목소리가 들렸다. 나는 잘 알고 있다. 항상 잘난 척하긴 하지만, 여차할 때는 믿음직스러운 녀석.

[지금의 너라면 할 수 있다……, 그렇지? 페이트.]

항상 그랬다. 그 말을 들으면 힘이 솟구친다. 굳이 말하지 않더라도……, 해주겠어.

"우오오오오오오오오옷."

마인 케이로스를 가로막고 있는 흑순 쪽으로 온 힘을 다해 참격을 때려 넣었다.

아무리 철벽의 수비라 하더라도 밀어붙여 주겠어. 그리드의 사용자는 나뿐이라고.

맞부딪힌 반동은 상상을 초월했고, 충격파만으로도 내 몸 곳곳을 찢겨나갔다. 내가 가지고 있는 모든 것을 여기에 담았다.

반사되어 돌아오는 힘을 휘감아서, 다시 흑순을 향해 부딪혔다.

"들린다! 네 목소리가! 돌아와, 그리드."

《리플렉션 포트리스》를 밀고 튕겨냈다.

우리를 중심으로 땅울림이 일어나며, 폭식 스킬의 세계를 강하게 뒤흔들었다.

하늘 위에는 마인 케이로스의 손에서 떨어져 나간 흑순이 높게 떠올라 있었다.

제22화 그리드의 귀환

그리드를 잃은 뒤에도 마인 케이로스는 멈추지 않았다.

들어 올린 손. 그 손톱이 날카롭게 뻗어서 나를 찢어발기기 위해 날아들었다.

『페이트! 위쪽이다.』

공격을 피하며 엔비의 목소리를 듣고 위쪽을 보았다.

그곳에는 흑순 형태였던 그리드가 흑검으로 변형되어 있었다. 그것도 제2위계의 오의———. 데들리 인페르노를 발동시키며 무시무시한 형태로 바뀌어 가는 도중이었다. 손에서 놓친 상태로도 저렇게 할 수 있는 건가…….

저것 또한 내가 모르는 사용 방식이다.

그리고 저 오의는 스치기만 해도 즉사한다. 아버지는 쉽사리 막아냈지만, 나는 아직 그럴 수가 없다.

『어서 숨통을 끊어라.』

"……케이로스."

이제 와서 망설임이 생겨버렸다. 이곳에서……, 이 정신세계에서 그를 쓰러뜨려 버려도 되는 걸까.

케이로스에게 있어서 돌이키지 못하는 사태가 벌어질지도 모른다.

하지만 데들리 인페르노는 기다려 주지 않는다. 멋대로 빠르게 회전하기 시작하며 나를 향해 다가오고 있었다.

『페이트!』

엔비가 내 이름을 부르며 재촉했다.

허공을 가르는 소리가 바로 근처까지 다가왔다. 나는 마인 케이로스와 마주 보고 있었다.

"……케이로스 씨."

다음 순간, 그의 심장을 꿰뚫은 것은 흑총검이었다. 약간 늦게 내 바로 뒤를 흑검이 아슬아슬하게 스친 다음, 땅바닥에 깊숙이 파고들었다.

마인 케이로스의 모습이 무너지기 시작했다. 나를 위협하던 뿔도, 날카로운 눈빛도, 살을 찢어발길 듯한 손톱도……, 하늘로 빨려 들어가듯 무너지기 시작했다.

그 순간, 머릿속에 그의 기억이 되살아났다. 아니, 기억이 아니다. 나 자신이 체감하는 듯한 감각이다.

예전에 마인을 과거로부터 해방시키기 위해 체험했던 것보다 어렴풋하고―――, 희미하면서 많은 부분들이 뿌옇게 가려져 있었다. 매우 단편적이고 확실하지 않은 부분이 많은 감각.

그럼에도 그곳에서 직접 느꼈다고 생각하게 되어버리다니. 마치 내가 케이로스가 되었다고 해야 하나…….

"이제야……, 이어졌군."

"케이로스! 이건……."

그는 마인 모습에서 원래 모습으로 돌아와 있었다. 하지만 붕괴는 끊임없이 이어지고 있었고, 이번에는 그 자신이 무너져내리는 중이었다.

나는 모래처럼 형태를 잃는 그에게 아무것도 해줄 수가 없다.

"슬퍼할 필요는 없다. 나는 원래 죽은 몸이니까. 그리고⋯⋯."

케이로스는 힘없는 손으로 내 가슴에 손가락을 가져다 댔다.

"나는 언제나 여기에 있을 거라 했잖아. 그건 앞으로도 마찬가지다."

예전에도 들었던 말이다. 우리는 폭식 스킬을 통해 이어져 있다는 뜻인 걸까.

하지만, 케이로스는 조용히 고개를 저었다.

"너는 둔감한 녀석이로구나. 아니, 그렇기 때문인가? 그러지 않았다면 여기까지 오지도 못했겠지. 그리드가 버거워할 만도 하겠어."

케이로스는 흑검 형태로 돌아온 그리드를 보면서 힘없이 웃었다.

"나는 다시 네 안으로 돌아간다. 그때는 이해할 수 있을 것이다."

"⋯⋯케이로스 씨."

"그렇게 부를 필요는 없다고 했잖아. 넌 정말 이럴 때까지⋯⋯, 진짜⋯⋯, 이번에야말로 그리드를 놓치지 마라."

"네."

"전부 네게 맡기게 되어서 미안하다. 하지만 그러지 않았다면 너는 태어나지 못했을 테니까⋯⋯, 정말로⋯⋯, 알 수가 없군."

나는 그가 한 말을 완전히 이해할 수가 없었다. 하지만 케이로스는 금방 알게 될 거라고 말했다.

여기까지———, 폭식 스킬의 세계까지 와서 거짓말을 할 이유는 없을 것이다.

"잘 있어라, 페이트."

"⋯⋯또, 만나요."

그는 살짝 놀란 표정을 지은 다음, 사라져갔다.

"케이로스 씨……."

모래가 된 그는 빛의 입자로 변해 내 안으로 빨려들어 왔다. 융합……이라기보다는 감각으로 따지면 결여되어 있던 것이 원래 있어야 할 곳으로 돌아온 것 같은데…….

머릿속에 번개가 스쳐 갔다. 나도 모르게 숨을 쉬는 것조차 잊어버릴 정도로 강한 충격이 내 머릿속을 맴돌았다.

"……그런 거였구나."

이럴 수가. 그래……, 그렇구나…….

그 가짜 페이트가 나를 그렇게까지 증오하던 것도 이해가 된다. 케이로스가 내 안에 있을 거라 했던 말도 이해가 되어버렸다.

그리고, 라팔에게 나와 싸울 이유가 없어져 버렸다는 것조차도…….

전부……, 전부.

이 세계에서 내가 자아를 유지할 수 있는 것도 그렇다.

……전부.

"나는……, 나는."

『그런 거다. 페이트.』

정겨운 목소리가 나를 불렀다.

약간 떨어진 위치에서 땅바닥에 박혀 있던 흑검 그리드다.

그는 사람 형태로 모습을 바꾸고 내게 다가왔다.

"기다리게 하고 말이야."

"미안."

"뭐, 됐어. 또 그 녀석이랑 차분하게 이야기를 나눌 수 있었으니까."

느긋하게 기지개를 켜던 그리드의 옆구리에 팔꿈치를 먹여주
었다.

"너 말이야……, 왜 그때 그런 무모한 짓을 한 거야!"

"그것밖에 방법이 없었기 때문이다. 하지만 이렇게 돌아왔지."

"이 녀석!"

다시 한번 팔꿈치를 먹여주자 이번에는 제대로 맞아서 그런지
그리드가 땅바닥에 쓰러져 몸부림쳤다.

"무슨 짓을 하는 거야! 이게 소중한 파트너에게 할 짓이냐!"

"말은 잘하네!"

아무리 생각해도 그리드와 감동적인 재회를 하는 장면은 떠오
르지 않는다.

뭐, 그게 우리다워서 좋을 것 같다는 생각도 든다.

『사이좋게 지내는 건 좋은데, 나는 슬슬 원래 세계로 돌아가고
싶거든?』

엔비가 어이없다는 목소리로 우리에게 말했다.

그는 에리스가 걱정되는 모양이다. 저쪽 세계에서는 폭주한 내
가 마구 날뛰고 있다. 그로 인해 에리스가 궁지에 처했다.

하지만 폭주는 이미 멈췄을 것이다. 눈을 감으면 바깥 세계를
볼 수 있기 때문이다. 그것을 통해 내가 움직임을 멈추고 가만히
서 있다는 정보를 알 수 있었다.

잠잠해졌다고는 해도 무방비한 건 마찬가지다. 서둘러 돌아가
는 게 좋을 것 같다.

그렇게 생각하던 내게 그리드가 말을 걸었다.

"돌아갈 수 있겠냐? 도와줄까?"

"아니, 혼자서도 돌아갈 수 있어. 길은 이제 아니까."

"그래……, 그럼, 이 몸도."

그리드가 손을 내밀었다. 아, 그립네.

이렇게 돌아간 적도 있었다.

우리가 살아있다는 걸 느낄 수 있는 세계로.

"함께 돌아가자."

나는 그리드의 손을 맞잡았다.

나는 현실 세계에서 아버지에게 물어보고 싶은 게 잔뜩 있다. 아버지라고 불러도 되는 걸까……, 그런 망설임도 있긴 하지만, 물어볼 수밖에 없다.

진정한 나 자신. 마음에 여유가 없었던 예전이었다면 받아들이지 못했을지도 모르겠다. 하지만, 알아버린 지금은 왠지 차분한 마음을 유지할 수 있다.

그런 힘을 준 동료들의 유대나 자상한 마음에 고맙다는 말을 하고 싶다.

현실 세계로 인도하는 듯한 빛이 우리에게 내리쬐었다.

그 빛과 몸이 동화되기 시작했다. 그리고 나는 점점 형태를 잃고 새빨간 세계에서 하늘을 향해 떠올랐다.

그 아래쪽에서는 잠잠하던 망자들이 우리를 쫓아오며 몰려들고 있었다. 멀어지는 신음 소리를 들으며 한동안 바라보고 있었다.

저것 또한 내 일부다. 결코 잊어선 안 된다. 앞으로 폭식 스킬로 생명을 먹을 때마다 떠올릴 것이다.

이곳은 나라는 혼의 고향이다.

돌아가야 할 방향을 바라보았다. 피처럼 새빨간 과거의 세계가 아니라 푸르고 눈부신 미래가 있는 세계를.

나는 그런 세계에 희망을 품고……. 어머니를 대가로 바쳐서 태어난 존재니까…….

제23화 에리스 해방

흑검이 에리스의 목덜미에 닿기 직전에 멈춰 있었다.

엔비가 초조해하던 이유가 바로 그것 때문이었다. 정말로 아슬 아슬했구나.

시야에는 그녀가 힘없이 쓰러져 있고, 내게 돋아나 있던 뿔이 떨어져서 잔해가 되어 있었다.

아마 나도 케이로스처럼 마인이 되었던 것 같다. 압도적인 마력을 몸에 두른 괴물이 되어 흑검을 휘두르며 에리스에게 덤벼든 것이다.

정신세계에서 맞섰던 마인 케이로스는 현실 세계의 나를 비추는 거울이었던 건지도 모르겠다.

흑검을 거울삼아 내 모습을 보았다. 두 눈은 여전히 꺼림칙할 정도로 새빨갛게 물들어 있었다.

"에리스."

대답은 들리지 않았다. 하늘을 올려다보니 새까만 큐브가 수없이 떠다니고 있었다. 저게 새로운 제도의 방위 시스템인가.

덤벼들 낌새는 보이지 않았기에 다행이라 생각하며 에리스를 안아 들었다. 몸을 숨길 수 있는 곳으로 이동하는 게 나을 것이다.

록시와 마인의 기척은 아직 느껴지지 않았다. 그녀들이 늦게 올 것 같지는 않으니 뭔가 오지 못하는 이유가 생겼는지도 모르겠다.

"아버지……."

큐브는 기하학적인 문양을 그리기 시작하고 있었다.

그것은 마법진처럼 보이기도 했다.

"어디 괜찮은 곳이."

건물은 대부분 무너졌다. 기천사, 성수와 벌인 전투……, 그리고 마인화한 나로 인해 지혜의 극치인 듯한 건물들이 무참한 모습으로 변해버렸다.

『페이트, 저 건물은 어떠냐?』

그리드는 그중에서 반쯤 무너지기만 한 건물을 발견했다. 표면의 외벽이 크게 갈라져서 그곳을 통해 안으로 들어갈 수 있을 것 같다.

에리스를 다시 안아 들었다. 그녀는 정신을 잃은 채로도 흑총검 엔비를 꼭 쥐고 놓지 않았다.

『기특하군.』

"무슨 소리야?"

『넌, 정말……. 그러니까 말이다. 그 정신세계로 엔비를 보내기 위해 에리스가 힘을 보태준 거다. 손에서 놓아버리면 네가 싸우는 데 필요한 무기를 잃어버리겠지. 그리고 마인화한 너와 계속 싸움으로서 그 연결고리가 끊기지 않게끔 했던 거다.』

내가 돌아올 거라 믿고 나라는 괴물과 싸워주고 있었구나. 지원 계열이라 전투에 적합하지도 않으면서…….

"에리스……, 미안해."

옷의 색이 진해서 눈치채지 못했다. 그 옷은 그녀의 피로 인해 색이 천천히 더 진해지고 있었다. 옷 안에 출혈이 꽤 심할지도 모르겠다.

『서두르자.』

"나도 알아."

건물 안으로 들어간 다음, 에리스를 눕혔다. 곧바로 그리드를 흑장 형태로 변형시켰다.

『미리 말해두는데, 정말 괜찮은 거냐?』

"상관없어."

『그럼 가져가마. 네 스테이터스를!』

제4위계의 오의———, 트와일라잇 힐링. 이 오의는 대량의 스테이터스를 필요로 한다. 회복 마법이 존재하지 않는 이 세계에서는 이치를 어기는 금기의 힘이기 때문일 것이다.

역시 심한 부상이었기에 지금 지니고 있는 스테이터스 중 80퍼센트를 소비할 필요가 있었다. 스테이터스 중 대부분을 잃게 되는 건 위험부담이 크다.

이제 곧 아버지를 만나야만 하니까……. 하지만 쓰지 않는다는 선택지는 없었다.

흑장이 빠져나가는 힘에 맞춰 무시무시한 형태로 변하기 시작했다. 평소에는 모든 것을 태워버리는 파괴의 불꽃. 하지만 오의는 정반대다. 죽은 자를 소생시키는 것 이외의 모든 것을 치유하는 불꽃.

나는 그 하얀 불꽃을 에리스에게 해방시켰다.

불꽃은 그녀를 감싸고, 옷 안에 생겨났을 수많은 상처를 눈 깜짝할 새에 태워서 치유해 나갔다.

그리고 또 하나. 그녀의 주박도 타올랐다.

『그렇지. 이것 때문이기도 했지.』

"그래. 이 오의가 에리스를 해방시킬 열쇠였어."

정신세계에서 케이로스가 내 안으로 사라질 때 보았던 경험 같은 기억. 그중에 트와일라잇 힐링으로 에리스의 꺼림칙한 목줄을 태워버리는 광경이 있었다.

케이로스는 언제나 참견을 잘하는 사람이다. 마지막으로 확실하게 에리스를 구하는데 필요한 답을 내게 남겨주었다.

하얀 불꽃이 잠잠해졌을 때는 라이브라의 주박이 이미 사라진 상태였다.

에리스의 얼굴은 평소처럼 혈색을 되찾았다. 이제 괜찮을 것이다. 안심한 내게 천천히 눈을 뜬 에리스가 말했다.

"나를 위해서 오의를 사용했구나. 또 중요한 시기에 쓰게 만들어버렸어."

"그렇지 않아."

에리스는 나를 빤히 보고 있었다. 나도 마찬가지다.

"왜냐하면 지금이 그 중요한 시기니까."

"……페이트."

"그리고, 그 왜, 테트라에서 약속했잖아. 지켜주겠다고. 그런데 계속 당하기만 하고, 폐도 잔뜩 끼쳐서……, 미안해."

"그렇긴 했지. 진짜로 힘들었다니까! 마인화는 이제 안 돼."

보아하니 라이브라에게 조종당하던 기억도 있는 모양이다. 역시 그렇게 인형이 된 상태로도 에리스의 마음은 확실하게 존재했다. 마구 화를 내는 듯한 에리스. 하지만 입가에는 미소가 드리워져 있었다.

"나도 잔뜩 폐를 끼쳐버렸으니까 쌤쌤이네."

"그렇게 말해주면 고맙고."

"그리고 말이지. 잠깐 손을 내밀어줄 수 있을까?"

"응? 이렇게?"

"맞아, 맞아. 그대로, 그대로."

에리스는 신이 난 것 같다. 손을 내미는 것만으로 기뻐해 준다면 얼마든지 해줄 수 있지만……, 이유가 뭔지 알 수가 없다.

그녀는 내 손목을 잡고는 자기 목덜미 쪽으로 끌어당겼다.

"설마 라이브라에게 두 번이나 종속되어버리다니……, 너무 큰 실수지. 그렇게 되지 않기 위해서 지금까지 이런저런 연구를 해왔는데……. 페이트 잘못이야. 전혀 기회를 안 주니까."

"그게 무슨 소리야?"

"그래도 잘된 거지. 지금은 록시도 없고 마인도 없으니까. 이게 바로 전화위복이라는 거야."

"잘된 거라고?"

"아, 내가 그렇다는 거니까 페이트는 신경 안 써도 돼."

에리스는 나를 무시하고 뭔가 중얼거리기 시작했다. 들어본 적이 없는 언어다.

그리고 그녀의 목덜미에 많이 본 문양이 떠올랐다.

"야, 이거……, 혹시?!"

"종속의 목줄이야."

"어째서?!"

"라이브라가 다시 채우지 못하게 하기 위해서야. 이건 덮어씌울 수 없거든."

"아니! 아니! 아니! 그러니까."

당황한 내게 에리스가 방긋 웃었다.

"이제 나는 완전히 페이트의 소유물이 되었다는 거지."

"뭐?"

"이제 어쩔 수 없어. 계약을 해버렸으니까. 저는 앞으로 계속 페이트와 함께 살아야만 하게 되어버렸습니다. 정말 곤란하네."

에리스는 나를 끌어안으며 이제 연을 끊을 수 없는 관계가 되어버렸다고 했다.

좋아, 트와일라잇 힐링을 한 번 더! 라고 하고 싶지만 스테이터스가 더 떨어지면 위험하다. 그리고 에리스가 다시 라이브라의 손아귀에 떨어지는 것도 곤란하다.

결국, 그대로 둘 수밖에 없었다.

록시에게 어떻게 설명해야 할까. 전장 한복판에 있는데도 다른 의미로 골치가 아프다!

"페이트, 내게 절대복종하라는 명령을 내릴 수 있어. 어떻게 할래? 그런 거나 저런 것도 할 수 있는데."

에리스가 섹시한 포즈를 취하며 말했다.

다시 한번 말하지. 여기는 전장이라고요.

"정말……, 그러면 명령할게."

"두근두근."

"이제 목숨을 걸면서 터무니없는 짓은 하지 말아줘."

"……꽈앙."

"야!"

왜 그렇게 충격을 받은 척하는 건데.

에리스는 이런 사람이다. 종잡을 수 없는 듯하면서도 아무렇지도 않게 무리를 해버린다. 그녀에게는 이 정도 명령이 딱 좋다.

그녀가 들고 있던 엔비도 나와 똑같은 생각을 하는 것처럼 보였다.

"자."

떠들썩하고 활기찬 곳에서 너무나도 조용해진 바깥을 바라보았다. 건물 틈새로 보이는 하늘 위에는 여전히 큐브들이 불길하게 떠 있었다.

하지만 좀 전까지와는 상황이 달랐다. 검은 면에서 방전하는 것 같은 빛을 내뿜고 있고, 큐브들이 각각 이어지면서 움직이기 시작했다. 바로 지금 그 땅으로 통하는 문이 완전히 열리려 하고 있다……, 그런 예감이 들었다.

제24화 비파괴 속성

공중에 떠돌고 있는 수많은 블랙 큐브.

모든 것이 규칙적으로 뭔가 목적을 지니고 움직이는 것처럼 보인다.

이대로 상황을 지켜보고 있을 수는 없다. 나는 그리드를 흑궁으로 변형시켰다.

"에리스도."

이번에는 원거리 공격이 가능한 흑총검의 힘도 빌리고 싶다.

하지만 그녀의 반응은 별로 신통치 않았다.

"이 애는 지원 계열이니까……, 저걸 어떻게 해볼 순 없을 것 같은데."

그녀는 내게 마탄을 날려서 능력을 상승시켜주었다. 그리고 쓴웃음을 지었다.

나는 그런 에리스를 보다 못해.

"이쪽으로 와."

내 곁으로 오라고 불렀다. 그리고 흑총검 엔비를 들고 있던 그녀의 손에 내 손을 겹쳤다.

정신세계에서 얻어냈던 그 모습을 상상했다.

"어……, 페이트?"

"조금만 더."

그녀는 조용히 형태가 바뀌어 가는 흑총검을 바라보고 있었다.

"어설트 모드라는 거지. 괜한 참견이었나?"

"그렇지 않아. 괜찮은 느낌이야."

에리스는 큼직하게 변한 흑총검을 가볍게 어깨에 걸치고는 포즈를 취했다. 그와 동시에 나를 보며 뭔가 납득한 듯한 표정을 짓고 있었다.

"목줄을 해제하고 엔비를 바꾸는 힘……, 이제 확신이 들어. 너는 이제야 각성했구나. 진정한 자신을."

폭식 스킬의 심연 안으로 들어가 케이로스와 싸움으로써 나는 나 자신을 다시 마주 볼 수 있었다. 이제야 이 스킬을 받아들일 수 있게 되었다.

"에리스는 알고 있었어?"

"물론이지. 내가 말했잖아. 너를 계속 보고 있었다고."

"그렇구나……, 마인도?"

그녀도 에리스와 마찬가지로 나를 알고 있었기 때문에 접촉해 온 건가?

왠지 계속 그녀들 손바닥 위에서 놀아나고 있었던 것 같은 기분이다.

내가 토라지자 에리스가 웃으며 말했다.

"설마, 마인은 몰라. 네가 자신과 마찬가지로 대죄 스킬 보유자라는 것 정도밖에 모르지."

"어? 그래?"

"너도 알고 있을 텐데. 마인이잖아."

그 말을 들으니 이해가 되어버렸다. 함께 여행을 하면서도 그녀가 뭔가 깊게 생각한 적은 없었다. 유일하게 그랬던 적은 잃어버린 동료들에 대한 것뿐이었다.

"뭐, 마인은 원래 내가 어땠는지 같은 건 신경 쓰지 않을 테니까."

"그렇긴 하지."

마인의 얼굴을 떠올렸다. 나도 모르게 에리스와 동시에 웃어버렸다.

"마인……, 그리고 록시도 아직 여기에 오지 못한 것 같네."

"괜찮을 거야. 그 두 사람이 지는 모습은 상상도 안 된다고. 그러니까 우리는 지금 할 수 있는 걸."

"해야겠지!"

나는 흑궁, 에리스는 흑총검을 겨누었다.

표적은 블랙 큐브.

둘이서 마력을 끌어올린 다음, 동시에 마법 화살과 마탄을 날렸다.

두 공격이 공중에서 뒤섞여서 더욱 강해진 다음, 블랙 큐브들과 부딪혔다.

"단단해!"

블랙 큐브는 멀쩡했다. 땅바닥으로 떨어지지도 않고 공중에 떠 있었다.

그 모습을 본 에리스는 나와 똑같은 생각을 한 모양이었다.

"저 색과 형태……, 설마."

"우리 대죄 무기와 같은 소재로 이루어져 있어."

어렴풋이 느끼고 있긴 했다. 하지만 하늘을 뒤덮을 정도로 많은 숫자.

그것들이 대죄 무기와 마찬가지로 파괴 불가능한 것이라고는 생각하고 싶지 않았다.

『허풍을 떨어놓고 손도 못 쓰는 거냐?』

그리드가 보다 못해 말을 걸었다.

파괴하지 못한다면 마인이 항상 쓰던 방법으로 갈 수밖에 없다. 나는 흑궁을 블랙 큐브 쪽으로 겨누었다.

"부술 수 없다면 멀리 날려버리면 되지."

"아……, 마인의 영향이구나."

에리스가 어이없어하며 이마에 손을 댔다.

잘 아는구나. 맞아.

스테이터스는 폭주하는 동안에 적을 꽤 많이 먹은 건지 여유가 있었다. 우선 그중 10퍼센트를 소비해서 오의인 블러디 터미건을 날린다.

『이 몸이 보조해줄 필요가 있냐?』

"오랜만에 부탁할게."

『그렇게 나오셔야지.』

그런 우리 모습을 에리스가 방긋방긋 웃으며 지켜보고 있었다. 기대에 부응하기 위해서라도 저 블랙 큐브의 움직임을 막아주겠어.

흑궁이 내 스테이터스를 제물로 삼아 성장해나갔다. 힘이 빠져나가는 것을 느끼며 무시무시한 모습으로 변하는 흑궁을 보고 있었다.

역시 그리드가 있어야겠구나. 혼자서 오의를 사용했을 때보다 몸의 부담이 적다는 걸 눈치챘다. 말버릇이 안 좋은 녀석이긴 하지만, 그래 봬도 항상 나를 신경 써준 모양이다.

『준비는 다 됐다. 왜 그러냐? 페이트.』

"아니……, 해치워주자고."

『그럼 겨누어라. 조준해.』

소용돌이치고 있는 블랙 큐브의 중심.

그곳에 마법 화살을 겨누고 마력을 덧붙였다. 화염탄 마법을 폭식 스킬로 변이시켜 호염 마법으로.

블러디 터미건은 붉게 타올랐고, 더욱 환하게 빛났다. 황금빛 불꽃이 되어 주위가 녹아내릴 정도로 높은 열량을 뿜어내기 시작했다.

"아뜨뜨! 페이트, 얼른 쏴."

에리스가 뒤로 뛰어서 물러나며 내게 따졌다. 하지만 나는 제대로 조준했다.

블랙 큐브의 움직임을 예측하며 화살을 날렸다.

"가라아아아아아아아!"

하늘을 꿰뚫을 듯한 기세로 불꽃을 흩뿌리며 일직선으로 표적을 향해 날아갔다. 블랙 큐브는 파괴할 수 없다. 하지만 저 마법진 같은 움직임을 방해하면 지금 뭔가 하려는 것을 막을 수 있을 것이다.

『페이트!!』

"그래……, 나도 알고 있었어."

그리드가 놀란 듯한 목소리로 내 이름을 불렀다. 에리스도 눈앞에서 일어난 현상을 보고 놀란 기색이었다.

그렇게 높은 열량을 지니고 있던 것이 불꽃까지 통째로 얼어버리다니……, 놀라지 않는 게 더 이상할 정도다.

그걸 가능하게 만든 사람이 있다.

……아버지. 딘 그래파이트다.

그는 블랙 큐브 위에서 우리를 내려다보고 있었다.

손에는 흑창 배니티. 저걸로 내가 날린 블러디 터미건을 불꽃째로 얼린 것이다.

우리에게 과시하듯, 지금도 창끝에서는 서리가 흩날리고 있다. 싸움을 선택한다면 봐주지 않겠다고 하는 것 같다.

"아버지!!"

나는 한껏 큰 목소리로 외쳤다. 아버지는 표정 하나 바뀌지 않고 창끝을 내게 겨누었다.

"오지 말라고 했을 텐데."

얼굴에 희미하게 붉은 무늬가 떠올라 있다.

성각이다. 저것은 신이 내린 하늘의 계시라고 한다. 성수인이 지닌 힘의 근원이자 신과 맺은 절대적으로 준수해야 하는 계약. 그것은 본인의 의지로 어떻게 해볼 수 없는 것이라고 한다.

아버지는 대체……, 어떤 계약을 맺은 걸까.

아들인 내게는 하늘의 계시가 없다. 피의 절반이 인간이기 때문인가?

아니, 이미 그 답은 케이로스와의 전투를 통해……, 알고 있다.

아마 내 예상이 맞을 것이다. 답을 맞춰봐야만 한다.

"막으러 왔어. 물러날 순 없지. ……그리고 물어보고 싶은 게 있어."

아버지는 내 눈을 빤히 바라보고 있었다. 그리고 하늘 쪽으로 고개를 약간 돌렸다.

"세상에는 모르는 게 더 나은 것도 있다. 더 행복할 수 있지. 네가 물어보려 하는 건 그런 거다."

"그래도."

아버지는 뭔가 중얼거리며 다시 흑창을 내게 겨누었다.

"말을 안 듣는 아이에게는 벌을 줘야지, 막고 싶다면, 알고 싶다면, 뭘 해야 할지는 알고 있을 텐데. 어찌 됐든, 나는 이것 때문에 멈출 수가 없다."

성각이 더욱 붉게 물들었다. 우리를 장애물로 인식한 모양이었다.

그와 동시에 아버지의 힘이 강해지는 게 느껴졌다. 너무나도 강한 압박감에 중력이 몇 배로 늘어난 듯한 느낌까지 들었다.

흑궁을 세게 쥐면서 에리스에게 부탁했다.

"블랙 큐브를 부탁해도 될까?"

"너는 어떻게 하려고?"

"나는 아버지와 싸울 거야."

그녀는 내 어깨에 손을 얹고 나를 억지로 자기 쪽으로 돌려세웠다.

"혼자보다는 둘이서 싸우는 게 나을 텐데."

"미안. 이건 우리 부자간의 문제야. 그러니까……."

이번만큼은 양보할 수 없다. 그런 나를 보다 못한 건지 에리스가 끌어안았다.

"그래. 페이트 마음대로 해. 나도 기쁘니까."

"어?"

예상치 못한 그녀의 말 때문에 나는 목소리를 내버렸다.

"너는 항상 누군가를 위해서 행동하기만 했으니까. 언젠가는 자신을 위해서 싸울 수 있게 되었으면 했어."

"……에리스."

"말했을 텐데. 나는 계속 너를 보고 있었어. 블랙 큐브는 내게 맡겨. 이 힘도 받았으니까."

내게서 물러난 에리스는 어설트 모드인 흑총검을 보여주고, 고개를 끄덕이며 나를 보내주었다.

무너져가는 건물을 뛰어 올라가며 아버지를 향해 달렸다. 그런 내게 그리드가 어이없다는 듯한 목소리로 말했다.

『세계의 앞날을 걸고 벌이는 부자 싸움이라니……, 말도 안 되는군.』

뒤쪽에서는 에리스가 블랙 큐브를 향해 총격을 가하기 시작했다.

공격이 맞을 때마다 그려진 마법진의 흐름이 일시적으로 저해되고 있다. 시간은 잘 벌고 있는 것 같다.

나는 흑궁 시위를 당기고 마법 화살을 아버지에게 날리면서 그리드에게 대답했다.

"진짜 그렇다니까."

만약 이렇게 되어버린 것이 누군가가 처음부터 꾸민 거라면……, 그리드 말이 맞을 것이다.

제25화 아버지와 아들이란

내 공격은 아버지에게 닿지 않는다.

이대로는……, 딘 그래파이트가 있는 곳으로 갈 수가 없다.

"힘을 빌려줘, 케이로스."

『페이트……, 이 힘은…….』

하우젠에서 마인과 싸울 때, 나는 폭식 스킬 안에 있던 기천사(루나)의 힘을 끌어냈다. 그때, 눈치챘어야 했다.

어째서 그럴 수 있었는지를……. 그때 이유를 좀 더 생각했어야만 했다.

이제 와서 무슨.

케이로스는 내 가슴을 손가락으로 가리키며 이렇게 말했다.

나는 언제나 거기 있다고. 앞으로도 변함이 없을 거라고.

내가 철이 들기 전부터……, 태어난 순간부터 그는 계속 곁에 있어 주었다. 폭식 스킬로 먹은 자들을 데리고…….

그리드는 아마 내 안에 케이로스가 있다는 걸 알고 있었을 것이다. 언젠가 이런 때가 올 테니 느긋하게 지켜봐 주고 있었던 건지도 모르겠다.

"있지, 그리드는 언제부터 내 안에 케이로스가 있다는 걸 알고 있었어?"

『네가 이 몸을 처음 쥔 순간부터다.』

"여전하네."

『케이로스가 그걸 원했다. 진정한 폭식이니까. 신중할 수밖에 없지.』

"그래서 그렇게 무리를 한 거야?"

하우젠을 습격한 성수 아쿠에리어스. 그리드의 존재를 대가로 바쳐 제5위계의 오의 해방으로 동귀어진했을 때에 대해 물어보았다.

『너는 우리 희망이었다. 그리고 이 몸이 그렇게 하고 싶었지. 무리한 건 너도 마찬가지고.』

그 말을 듣고 나도 모르게 웃음이 새어나와 버렸다.

무리해도 상관없다. 우리 싸움은 언제나 그걸 넘어왔으니까.

케이로스의 힘이 몸 전체에 맴돌았다. 그가 겪은 수많은 싸움의 기억까지 함께 떠올랐다.

『원래 형태로 한 발짝 더 다가섰군.』

"아직 멀었어."

오라가 몸을 뒤덮으며 뿜어져 나왔다. 그 색은 케이로스의 인상적인 붉은 머리카락을 연상케 했다.

"이제부터는 함께 가자."

내 안에 있던 케이로스를 불렀다. 그 목소리에 호응하듯 힘이 더욱 솟구쳤다.

『할 수 있겠나?』

"물론이지."

마력을 끌어올려 흑궁의 시위를 당겼다. 표적은 아버지.

내 공격을 거절하는 듯한 동결의 힘. 그것을 뛰어넘지 못하면 물어보고 싶은 것조차 물어볼 수 없다.

새빨간 오라가 마력으로 변해서 불꽃이 되어 타올랐다.

그걸, 한 줄기 화살로 집약시켜 날렸다.

아버지는 흑창을 휘둘러 떨쳐내려 했다. 주위의 공기조차 한순간에 얼려버리며 진홍의 화살과 맞붙었다.

화살은 얼지 않고 타올랐다. 하지만 흑창에서 뿜어져 나온 냉기도 약해지지 않았고, 상반되는 힘이 계속 팽팽하게 맞섰다.

"아버지!"

나는 건물 위로 뛰어올라 아버지가 있는 블랙 큐브 위로 올라탔다. 곧바로 달려가며 접근했다.

흑궁으로 진홍의 화살을 한 발 더. 그다음 곧바로 흑검으로 변형시켜 날린 화살을 쫓아갔다.

아버지도 불타오르는 화살을 두 발 막아내면서 흑창의 냉기를 유지하는 건 힘든 모양이었다. 주위의 한기가 약해지는 것이 느껴졌다.

흑검에도 붉은 오라를 두르고 휘둘렀다.

진홍의 화살 두 발, 그리고 진홍의 참격. 그렇게 아버지를 블랙 큐브 위에서 떨어뜨릴 수 있을 것……이라고 생각했지만.

"이제 끝이냐? 페이트."

"크윽."

아버지는 진홍의 화살뿐만 아니라 내 참격도 튕겨냈다. 그때, 아버지의 등에 돋아난 검은 날개에 눈길을 빼앗겼다. 그와 동시에 내 불완전한 날개가 욱신거렸다.

"그 날개는……."

"나는 아직 완전한 힘을 쓰지 않고 있는데, 어떻게 할 거지? 계속할 테냐?"

"언제까지 어린애 취급할 건데."

"그렇다면, 와라."

내 힘은 강해졌을 것이다. 그럼에도 불구하고 아버지의 힘 또한 비례하는 듯이 커졌다.

자세를 다시 잡고 아버지를 향해 진홍빛으로 물든 흑검을 휘둘렀다.

흑창이 그 공격을 쉽사리 막아냈다. 좀 전에 날린 공격보다는 위력이 떨어지긴 했다. 그럼에도 불구하고 참격에는 지금까지보다 더욱 강한 힘을 주었다.

좀 전까지는 팽팽하게 맞서고 있다는 느낌이었다. 그런데 왠지 모르겠지만 아버지가 더 우위에 선 듯한 느낌이다.

아버지가 그 한순간 만에 더욱 강해진 건가?

『페이트, 저 녀석의 날개를 봐라!』

이건……. 칠흑의 날개에 변화가 생겼다.

날개 끄트머리가 붉게 물들었는데?! 게다가 나무뿌리가 물을 빨아들이듯이 범위가 넓어지고 있었다.

그 붉은 부분이 커질수록, 아버지의 공격이 강해졌다. 그 색은 내가 두르고 있는 오라와 매우 비슷했다.

"설마……, 내 힘을."

아버지는 내가 놀란 것도 아랑곳하지 않고 흑창을 가로로 휘둘렀다. 뒤에는 블랙 큐브가 있기 때문에 피할 수 없이 받아내야만 했다.

흑검과 흑창이 맞부딪히며 푸르스름한 불꽃을 튀겼다.

"나와 너의 힘은 매우 비슷하다. 페이트는 힘을 먹지. 나는 힘을 흡수한다. 하지만 차이는 있다."

"이런……."

힘이 빠져나간다. 의식해서 보고 있기 때문일까. 이번에는 확실하게 볼 수 있었다. 내가 두른 오라가 아버지의 날개에 빨려 들어가고 있다.

"발동 조건의 차이다. 너는 상대방의 생명을 빼앗아야만 하지."

"……힘이."

"나는 마음만 먹으면 항상 발동시킬 수 있다. 이제 곧 서 있지도 못하게 될 거다."

아마……, 내 마력이 흡수당하고 있는 것 같다. [감정]으로 내 스테이터스를 확인했다. 역시 스테이터스의 최대치는 변화가 없지만, 현재 마력이 점점 떨어지고 있었다.

이대로 가다가는 서 있지도 못하는 데다 말라비틀어져 버릴 것이다.

"젠장."

그렇다면, 이건 어떨까!

여기로 오면서 가리아 대륙에서 싸우며 얻은 새로운 스킬. 고대의 마물들이 지니고 있던 강력한 힘———, 상태이상 계열 [독 공격]이다.

흡수할 수 있다면 해보라고.

왼손을 흑검에서 떼어낸 다음, [독 공격]이 담긴 스트레이트 펀치를 아버지에게 날렸다.

"어이쿠."

아버지는 뒤로 뛰어서 물러나 피했다. 그 순간, 힘이 빠져나가는 감각이 사라졌다.

"상태이상 계열을 껄끄러워하는 모양이네."

"누구나 그럴 텐데. 어디서 그렇게 위험한 스킬을 주워 온 거지?"

"아버지를 만나러 오면서 겸사겸사."

"바닥에 떨어진 걸 주워 먹지 말라고 잘 타일렀을 텐데."

"아버지처럼 편식을 하지는 않거든."

"듬직하게 컸구나."

흑검에 [독]을 두르자 아버지가 내 마력을 흡수하지 않게 되었다. 이제 시간을 벌면서 회복되기를 기다리고 싶지만…….

"그럼, 나도 공격을 해볼까."

아버지는 흑창 끄트머리를 내게 겨누었다. 본 적이 있는 자세다. 어디선가…….. 나는 알고 있다.

(바보가……, 도약한다.)

머릿속에 라팔의 목소리가 들렸다. 의외로 참견을 좋아하는 녀석이구나.

나는 그가 무슨 말을 하려는 건지 곧바로 이해할 수 있었다. 의식을 집중해서 흑창의 움직임을 예측했다.

온다.

내가 오른팔을 노린 일격을 아슬아슬하게 피했다. 아버지는 내가 있는 곳에서 약간 떨어진 위치에 선 채 움직이지 않았다.

하지만 흑창은 그렇지 않았다. 창끝부터 손 근처까지 절반쯤 사라진 상태였다.

어디로 갔냐고?

좀 전에 내 오른팔을 꿰뚫기 위해 공간 도약했다.

"감이 좋구나."

"어째서……, 그걸?"

"이 대죄 무기의 특성이다. 사용자의 마음의 형태를 읽어내서 현실에 구현시키지. 그리고 만약 과거의 사용자가 더욱 강한 마음을 담았다면 그 힘이 흑창에 계속 남게 된다. 이 공간 도약을 만들어낸 사용자는 무슨 생각을 했던 걸까."

내 안에서 라팔이 혀를 세게 찬 것 같은 느낌이 들었다.

"그렇다면 동결의 힘도 다른 누군가의 힘이야?"

공간을 뛰어넘어 날아드는 흑창을 피하며 아버지에게 물었다.

"이건 내 힘이다. 어떤 것이든 동결시킨다. 그것이 지금 내 마음의 형태인 모양이군. ……예전과는 정반대야. 나 또한 변해버렸다."

아버지는 왠지 쓸쓸한 표정을 지으며 마력을 끌어올렸다. 짓뭉개질 것 같은 착각이 들 정도로 위압적인 마력이 뿜어져 나왔다.

"죽지 마라, 페이트. 슬슬 이것 때문에 힘 조절을 할 수 없을 것 같다."

아버지가 손가락으로 가리킨 것은 더욱 환하게 빛나기 시작한 성각. 피처럼 선명한 붉은색으로 물들어 있다.

"하늘의 계시가 기어코 너를 장애물로 인식한 모양이다……, 이제 억누를 수가 없구나."

"아버지."

"막고 싶다면, 죽일 생각으로 덤벼라."

"……그건."

"내 특성은 가르쳐주었다. 이제 이해했겠지. 그러지 못하면 너도, 동료들도, 여기서 죽게 될 거다."

아버지가 칠흑의 날개를 펼치자 갈라지며 숫자가 늘어났다. 두 장이 네 장……, 그리고 여덟 장이 되었다. 머리에는 모든 빛을 빨아들이는 듯한 새까만 천사의 고리가 떠 있었다.

아버지의 얼굴은 이미 사라졌다. 풀페이스 철가면을 쓴 것처럼 아무것도 없다. 있는 건 새빨갛게 빛나는 성각뿐이다.

흑창 또한 그에 호응하는 것처럼 변화해, 길이가 두 배로 늘어나면서 창끝이 더욱 날카로워졌다.

한순간 정적이 스친 뒤, 인간의 언어와는 다른 소리로 외치며 아버지였던 자가 내게 덤벼들었다.

죽음을 관장하는 천사가 있다고 한다면 바로 저런 느낌일 것이다.

제26화 죽음을 관장하는 천사

새까만 얼굴에선 이성을 찾아볼 수 없었다. 신에게서 받은 하늘의 계시만을 따르며, 그것을 본능으로 삼아 방해하는 자는 어떤 수단을 동원해서라도 없애는 자.

새빨갛게 물든 성각이 나를 표적으로 인식하고 있는 것 같았다.

"아버지, 항상 나만……, 어째서 그렇게까지……, 나는 아버지의 진짜……."

내 목소리는 흑천사가 된 아버지에게 닿지도 못하고 제도에 불어든 바람으로 인해 멀리 날아가 버렸다.

『페이트! 온다.』

흑천사의 모습이 사라졌다.

성수 제미니가 사용했던 공간 도약?! 그런 생각이 들 정도로 빠른 이동이었다.

날개가 여덟 장이 되어서 얻은 추진력인가?!

눈으로는 파악할 수가 없다. 보이는 것은 잔상이고, 본체는 한참 멀리 떨어져 있을 것이다.

흑순으로 변형시켜서 몸을 지키는 것만으로도 벅찼다. 흑천사는 멈추지 않고 길게 뻗은 흑창 끝을 내질렀다.

"무거워."

들고 있던 흑순이 삐걱거렸다. 이 공격은……, 예전에 하우젠의 지하도시 그란돌에서 싸웠을 때 마인이 사용했던 느와르 디스트럭트에 필적한다. 스피드와 더불어 파워까지 겸비하고 있는 건가.

블랙 큐브 위에서는 발치가 불안정했기에 매우 쉽사리 날아가 버렸다. 건물을 여러 개 관통하며 땅바닥에 꽂혔다.

입으로 피를 잔뜩 토했다. 흑순으로 막아냈을 텐데도 그 여파가 관통해서 내 안쪽에 대미지를 입힌 것 같았다.

쌓인 잔해를 밀쳐내고 기어 올라갔다.

흑천사는 블랙 큐브의 움직임을 억제하는 에리스의 마탄을 신경 쓰고 있는 것 같았다. 마법진을 그리려 할 때마다 마탄이 그것을 가로막았기 때문이다.

흑천사가 흑창을 휘둘렀다.

"에리스!"

내 목소리와 함께 공간이 얼어붙었다. 몸이 움직이지 않는다.

겨우 고개를 돌려서 주위를 둘러보았을 땐, 제도가 얼음 세계로 감싸여 있었다.

몸 안쪽까지 얼어붙은 것은 아니었다. 마력을 끌어올려 열기로 바꾼 다음, 얼어붙은 표면을 녹여나갔다.

"에리스가……."

그녀는 흑천사 바로 밑에 있었다. 나와는 비교도 되지 않을 정도로 강한 냉기를 뒤집어썼을 것이다.

『괜찮아. 걱정할 필요 없다. 저 녀석은 네가 생각하는 것보다 더 튼튼해. 그렇게 만들어졌으니까.』

누가 그녀를 그렇게 만들었는지……, 그리드는 말하지 않았다. 이미 알고 있는 사실이다. 라이브라는 지금도 녹색 대계곡에서 얌전히 있을까. 만만치 않은 녀석이니 내 예상을 뛰어넘을 것 같다.

『너는 네 걱정이나 해라. 또 올 거라고.』

제도를 얼어붙게 만들 정도로 엄청난 마력을 보여준 흑천사는 다시 표적을 나로 정한 모양이었다.

방해하던 에리스의 마탄이 사라지자 블랙 큐브는 공중을 떠다니며 마법진을 다시 구축하기 시작했다.

흑천사가 잔상을 그리며 덤벼들었다. 흑순으로 막아내려 했지만, 추위 때문에 손이 얼어서 힘이 제대로 들어가지 않았다.

날카로운 금속이 맞부딪혔다.

이번에는 밀려나지 않고 흑창과 팽팽하게 맞섰다.

『정말, 너는 항상 그렇다니까.』

내 입으로 그리드가 말하고 있었다.

『혼자서 싸우고 싶다고 하길래 보고만 있었더니 이 꼴이지.』

『그리드……, 너, 억지로 크로싱을.』

『페이트는 이 몸의 파트너다. 그리고 이렇게 하면 일심동체고.』

『그렇지?』

그래, 그리드 말이 맞아. 지금까지 혼자서는 하지 못했던 것들도 둘이서 싸워왔으니까. 진짜로 이제 와서 할 말은 아니지.

『네가 있고, 이 몸도 있다. 그리고 케이로스까지 있잖아.』

『최고 아니냐?』

지금은 그리드와 혼이 겹쳐져 있기에 확실하게 알 수 있다. 그는 진심으로 이 상황을 즐기고 있다.

세계를 걸고 벌이는 부자 싸움이라고 야유하던 주제에 말이야.

『지금부터 반격이다.』

흑순으로 흑천사를 밀어낸 다음 흑검으로 형태를 변형시키고, 독 스킬을 부가해서 휘둘렀다.

흑천사는 우리의 행동이 이미 뻔히 보인다는 듯이 흑창으로 응전했지만.

『우리를 얕보지 마라.』

몸을 비틀어서 흑창을 피한 다음, 품속으로. 흑창은 길이가 너무 긴 무기다. 이렇게 해버리면 우리가 훨씬 유리하다.

흑천사는 날개를 움직여 피하려 했지만, 이미 늦었다.

크로싱으로 인해 정확도가 올라간 우리의 움직임에는 군더더기가 없다. 흑검 끄트머리가 흑천사의 옆구리를 스쳤다.

『꽤 하는데.』

타이밍은 정확했다. 옆구리를 찢어발길 예정이었지만, 흑천사는 흑창의 손잡이를 재주 좋게 움직여서 흑검의 궤도를 어긋나게 만들었다.

그는 이번에야말로 공격에 나섰지만, 몸의 이변을 느꼈는지 우리에게서 거리를 벌렸다.

독 스킬이 바로 효과를 나타낸 모양이었다.

스치기만 했는데도 저 위력. 아버지가 싫어할 만도 한 것 같다.

우리를 상대로 접근전은 바람직하지 못하다. 그렇게 인식한 흑천사는 흑창을 내게 겨누고 냉기를 뿜어냈다.

이 제도를 통째로 얼릴 수 있는 힘을 집중시킨 것이다. 우리에게서 멀리 떨어져 있는 건물에도 영향이 나타날 만큼 엄청난 한기가 밀어닥쳤다. 얼어붙은 건물이 냉기의 파도에 삼켜져서 산산조각 났다.

쥐고 있는 흑검에서도 손이 저릿할 정도로 싸늘한 느낌이 들었다.

제대로 맞는다면 저 건물처럼 먼지가 되어 흩어져버릴 것이다.

그럼에도 불구하고, 우리에게 도망친다는 생각은 없었다.

스테이터스를 한없이 써댈 정도로 많이 쌓아두지는 않았다. 이번에 끝낼 마음가짐이 없다면 저것을 막을 수가 없다.

흑검을 흑토시로 바꾸고, 우리가 지니고 있는 최고의 한 수로 맞서 싸운다.

『디멘션 디스트럭션.』

기합과 함께 제5위계의 오의를 외쳤다.

황금색 빛을 뿜어내는 흑사가 수없이 갈라지며 극한의 냉기와 맞부딪혔다.

흑사는 냉기를 공간까지 통째로 찢어발겼다. 그렇게 뻥 뚫린 이공간에 냉기가 끌려 들어갔다.

할 수 있어! 이 오의는 냉기와 상성이 좋다. 이대로 밀어붙여주마.

그때, 흑천사가 괴상한 소리를 냈다. 뿜어져 나오는 냉기의 양이 단숨에 늘어났다.

오의로도 억누를 수 없을 정도다. 두 팔에 지금까지 느껴본 적이 없는 무게가 실렸다.

냉기가 점점 흑사를 얼려 나갔다. 아버지의 마음은 이 정도로 강한 건가…….

『그래도!』

아들이라고 불러주는 이상, 그 마음에 부응하고 싶다. 상반되는 힘을 부가했다.

내 일부──, 케이로스가 호응하며 힘이 흘러들어 왔다. 진홍의 불꽃이 흑토시를 감싸듯 타오르며 흑사의 황금빛과 뒤섞였다.

냉기를 증발시키며 무효화. 그리고 찢어발긴 이공간으로 몰아넣는다.

이거라면 다시 밀어붙일 수 있다. 아버지의 마음을 받아낼 수 있다.

흑사가 흑창 끄트머리에 날아든 순간, 이변이 일어났다.

『반전했다!』

냉기가 싸늘한 색을 띤 불꽃으로 바뀌었다. 이건……, 지금까지 보았던 냉기와 비교하는 게 바보 같아질 정도다.

아버지가 가르쳐준 흑창으로 다루는 힘은 냉기와 공간 도약이었을 텐데. 그것 말고도 다른 게 있었나?

아니, 아버지는 이렇게 말했었다. 예전에는 정반대의 힘을 사용했었다고.

성각으로 인해 저런 모습이 되어서도…….

『아직 힘을 조절하고 있었군.』

이젠 그것도 끝나 원래 흑천사가 다루는 불꽃으로 바뀌었다.

모든 것을 얼어붙게 만들던 그 힘은 저 흑천사로 돌아가고 싶지 않다는 마음이 정반대로 나타났던 건지도 모르겠다. 아버지에게 물어봐도 가르쳐줄 것 같지는 않지만 말이다. 이번 전투를 통해 그렇게 느끼게 되었다.

푸르고 싸늘한 불꽃의 기세가 계속 강해졌다. 진홍의 불꽃이 깃든 오의를 연료로 삼아 더더욱 타오르는 것이다.

너무 강한 열량으로 주위 일대의 대기가 미쳐 날뛰었다.

오의는 아직 발동 중이다. 아직 싸울 수 있다. 하지만, 푸른 불꽃은 계속 팽창하며 계속 다가왔다.

너무 강한 압력 때문에 두 팔이 날아가 버릴 것 같다. 다가오는 푸른 불꽃 때문에 옷에서 연기가 피어오르기 시작했다.

『크으으으으윽.』

혈액이 끓어오르는 듯했다. 몸이 불타고 있는 건가?

이제 억누를 수가 없다. 그렇게 생각한 순간, 누군가가 내 두 팔을 받쳐주었다.

(뭐 하고 있나. 너희들에게는 또 하나의 불꽃이 있을 텐데.)

케이로스의 목소리가 들렸다. 그것은 자상하고 또렷한 목소리였다.

(내 힘이 아니라, 누구도 끌 수 없는 너희들만의 불꽃을.)

설마……, 그걸 지금 할 수 있나?

이렇게 제5위계의 흑토시 형태로 불러내서 제대로 다룰 수 있을까?

(나와는 다르지. 너희들이라면 할 수 있을 거다. 내게 보여다오……, 페이트, 그리드.)

『우오오오오오오오.』

크로싱한 우리의 혼은 한데 겹쳤다. 제4위계———, 흑장의 힘을 지금 소환한다.

흑토시의 손가락 끝에서 파직파직 소리를 내며 검은 불꽃이 태어나서 울음소리를 내기 시작했다.

제27화 열린 문

흑토시에서 흑염이 끊임없이 흘러넘쳤다. 사용자에게는 열기가 느껴지지 않는 불꽃. 하지만 그것 이외에는 모조리 태워버릴 때까지 꺼지지 않는다. 나는 아직 흑염이 내 의지 이외로 꺼진 모습을 본 적이 없다.

『가라아아아아아아아앗!』

흑염은 마치 살아있는 것처럼 파도치면서 팽팽해진 흑사를 타고 나아갔다. 그리고 흑천사가 뿜어낸 싸늘한 청염과 서로 표면을 맞부딪혔다.

흑염이 청염을 침식했다. 일시적으로 밀려나도, 더 강해진 기세로 밀어붙였다. 흑염은 탐욕스럽게 청염을 먹어치우고는 드디어 흑창에게까지 날아들었다.

흑천사는 다시 소리를 지르며 칠흑의 가면을 내게 향하고 성각을 더욱 붉게 빛냈다.

이런 상황에서도 아직 싸울 생각이다. 하늘에서는 블랙 큐브가 마법진을 발동시키는 단계에 들어가 있었다. 시간이 별로 남지 않았다.

『그건 이미 알고 있어!』

뒤쪽에서 조용히 날아든 흑천사가 공격했다. 공간 도약을 이용한 원거리 기습. 그것도 연달아 내 심장을 노리고 있다.

하지만 좀 전까지 그렇게 많이 배웠으니, 미리 대비하고 있으면 피하는 것도 손쉽다.

오히려 이제 흑창의 창끝이 내 쪽에 있기에 다른 공격은 하지 못할 것이다. 할 수 있다면 예전에 복합 공격을 날렸겠지. 기술 하나하나가 사용자의 생각을 통해 구현되는 힘이기에 여러 개는 동시에 사용할 수 없는 걸지도 모르겠다.

흑천사는 기사회생할 방법을 잃었다. 다시 말해, 지금은 무방비한 상태다.

『지금 단숨에 밀어붙인다.』

흑염은 우리 목소리에 호응하며 타올랐다. 공중에 뜬 흑천사를 감싸자 불기둥이 십자 형태로 솟구쳤다.

흑천사는 폭염으로 인해 날아가 버린 뒤 떨어지기 시작했다. 날개는 타서 그을렸고, 온몸을 흑염이 계속 침식하고 있었다.

내 안에서 그리드가 말했다. 어서 저 블랙 큐브도 날려버리라고.

하지만……, 옆에서는 흑천사가 땅바닥을 향해 계속 떨어지고 있다. 칠흑의 가면은 불탄 채 붉게 빛나는 성각에도 큰 금이 갔다. 약간 깨진 가면 안쪽에서 아버지의 괴로워하는 얼굴이 보였을 때는 이미……, 그리드가 말리는 것도 뿌리치고 몸이 멋대로 뛰어가기 시작하고 있었다.

블랙 큐브의 마법진은 태양 같은 빛을 뿜어내고 있었다.

나는 그 눈부신 빛을 쬐며 아버지를 안아 들었다. 어느새 그리드와의 크로싱이 풀렸다.

"아버지!"

"……뭐 하고 있는 거냐. 나 말고, 더 중요한 것을……, 뭐 하러 온 거냐."

나는 흑염을 떨쳐내며 소리쳤다.

"이 멍청아아아아아아!"

아버지는 아무런 대답도 하지 않고 조용히 고개를 끄덕였다.

그때, 성각이 칠흑의 가면과 함께 무너져내렸다. 드러난 아버지의 얼굴에는 이제 성각이 남아있지 않았다.

"내 천명은 이루어졌다."

그 말이 신호가 된 것처럼 제도 위쪽에 있던 하늘이 크게 갈라지고 다른 세계가 고개를 내밀고 있었다. 블랙 큐브는 역할을 다 이루었다는 듯이 비처럼 쏟아져 내리며 차례차례 지면에 박혔다.

"결국, 이렇게 되어버리는 건가……, 크윽."

아버지의 몸은 지독한 상태였다. 흑염과 독으로 인한 대미지도 있지만, 그것보다는 흑창을 너무 많이 사용한 대가로 보였다. 그것은 사용자의 피를 원하는 성질을 지니고 있으니까.

사용자가 흑창을 억누른다 하더라도 완전히 억누르는 건 힘들 것이다. 그것도 그리드와 마찬가지로 대죄 무기이니 간단한 일은 아니다.

"지금 당장 치료를."

흑토시를 흑장으로 변형시켰다. 그리고 트와일라잇 힐링을 발동시키려 했지만.

"그만둬. 낭비하지 마라. 아직 끝나지 않았다."

아버지는 갈라진 하늘을 바라보며 말했다.

"그러면……, 아버지가."

"말했을 텐데. 죽일 생각으로 덤비라고. 그리고 나는 한참 전에 죽었다."

이미 죽었다……, 나는 그 말을 듣고 굳어버렸다. 아버지가 죽었을 때의 기억은 선명하다. 하지만 아버지가 어째서 죽게 된 건지, 그 이유는 오늘 폭식 스킬과 마주하고서야 알게 되었다.

페이트라는 존재는 두 명 있다. 이중인격이라고 해야 하나. 나와 다른 한 명이 있었다.

그 녀석은 매우 공격적이고, 때때로 고개를 내밀어서 내게 영향을 끼쳤다. 정체를 알 수 없이 밀어닥치던 그 분노는 정신세계에서 퇴치했던 가짜 페이트가 지니고 있던 것이었다. 그 녀석은 지금도 나를 증오하며 덮칠 기회를 노리면서 집어삼키려 하고 있다.

원래는 내가 아니라 그 녀석이 페이트가 될 예정이었다.

그것을 용납하지 않았던 것은 아버지였다. 케이로스와의 전투를 통해 원래 나 자신을 알게 되자 결여되어 있던 기억이 보완되어서 떠올릴 수 있었다. 나는, 폭식 스킬에게 먹힌 혼들이 한데 모인 존재다.

아버지는 힘없는 손을 내 볼에 가져다 댔다.

"너는 어머니를 닮았다. 정말 많이 컸구나, 페이트."

"아니야, 나는……."

"너는 착각하고 있다."

"아버지의 아들이 아니라, 폭식 스킬이 만들어낸 가짜고……. 진짜 아들은 지금도 폭식 스킬 안에 갇혀 있고……."

좀처럼 말할 수 없었던 이야기를 꺼낸 나를 보고 아버지가 고개를 저었다.

"너는 분명히 내 아들이다. 폭식 스킬에 갇힌 페이트는 내 힘을 이어받은 성수인이고. 너는 폭식 스킬이 만들어낸 가짜가 아니다. 어머니의 힘을 이어받은 인간이야. 하지만 평범한 인간에게 폭식 스킬은 너무 강력했지. 태어나자마자 인간으로서의 페이트는 스킬에 삼켜져 버렸다."

"……하지만 나는 지금 여기 있잖아. 설마……."

"그래. 네 엄마는 너를 낳기 위해 죽은 게 아니다. 폭식 스킬로부터 구하기 위해 혼을 바친 거지. 그때 그럴 수 있었던 건 물리적으로 이어져 있던 어머니밖에 없었다."

아버지는 그렇게 말하며 내 배꼽을 손가락으로 가리켰다. 막 태어난 갓난아이는 배꼽을 통해 어머니와 이어져 있다. 그때는 어머니도 폭식 스킬과 이어져 있었던 것이다.

"대가를 치르고 너를 폭식 스킬로부터 건져냈다. 하지만 그때는 이미 폭식 스킬에게 먹힌 자들의 혼과 뒤섞여버렸지. 끊을 수 없을 정도로 깊게 말이다. 네 엄마는 더 이상 폭식 스킬과 섞이지 않게끔 벽이 되어 너를 계속 지켜주기로 한 거다."

"지켜준다고? 그건."

나는 폭식 스킬이 처음 발동되었을 때를 떠올렸다. 왕도 세이퍼트에서 문지기로 근무하면서 성에 숨어들었다가 부상을 입은 도적을 쓰러뜨렸을 때다.

억누르고 있었던 것이 해방된 느낌이 들었다. 그리고 무기질적인 목소리와 함께 힘을 얻었다.

"어머니는 네가 평범한 사람으로 살아가기를 원했다. 하지만 이곳은 스킬 지상주의지. 가지고 태어난 스킬로 인해 모든 인생이 정해져 버린다. 그건 노력으로 뒤엎을 수 없는 것이고. 봉인되어 무능한 스킬을 지닌 자가 살아가기 힘든 세계였을 거다."

아버지는 죽을 때까지 나를 걱정했다.

"내가 죽은 뒤에 네가 폭식 스킬을 각성해버리는 것은 쉽게 상상할 수 있었다. 하지만 내 예상은 절반만 들어맞았던 모양이구나."

"절반?"

"넌 각성한 뒤로도 폭식 스킬에 삼켜지지 않고 균형을 유지하고 있다. 괜찮아, 네 근본적인 부분은 확실하게 인간이다. 한데 모여 생겨난 가짜가 아니야. 그리고 네 엄마는 지금도 너를 지켜주고 있다."

"아버지······."

안전한 곳에 아버지를 눕히고 있자니———.

"동료가 온 모양이군."

이 기척은······. 돌아보니 에리스가 서 있었다. 만신창이가 된 상태라 어딜 봐야 할지 곤란하다. 그 동결 공격을 겨우 버텨낸 모양이었다.

"시끌벅적한 부자 싸움이었어. 그래도 다행이네. 화해한 모양이라······. 그동안 쌓인 이야기도 많겠지만, 지금은 저걸 어떻게든 해야 하거든."

공간의 균열이 천천히 퍼져나가고 있다. 뻥 뚫린 구멍에서 새빨간 빛이 흘러나오기 시작했다. 왠지 폭식 스킬의 세계———, 망자들이 꿈틀대던 곳과 비슷해 보였다.

적어도 저 너머에 있는 세계가 살아있는 자들에게 편안한 세계일 것 같지는 않다.

제28화 제6위계

저걸……, 어떻게 해야 하지?

세계가 상처를 입고 붉은 피를 흘리는 것처럼 보인다. 손을 써볼 수도 없을 만큼 치명적이라는 느낌이 들었다.

멍하니 서 있던 내게 아버지가 말을 걸었다.

"저렇게 되면 모든 것이 끝날 때까지 닫히지 않는다."

아버지는 남 일인 것처럼 말했다. 왜냐하면 자기가 한 행동이 자신의 의지에 따른 것이 아니기 때문이다.

성각으로 인해 강제로 그 땅으로 통하는 문을 열었을 뿐. 아버지에게는 선택의 여지가 없었다.

그리고 내게는 기회가 있었다. 그럼에도 불구하고 그것을 버리고 아버지를 선택해 버렸다.

아버지는 지금 일어나려 하고 있는 일을 보지 않고 나만을 보았다.

"페이트, 그래도 갈 테냐?"

"그러기 위해 왔어. 아버지가 말리더라도 갈 거야."

"그럼, 이걸 가지고 가라."

아버지가 힘없는 손으로 내게 건넨 것은 흑창 배니티였다.

묵직한 흑창을 들었다. 아버지의 마음의 무게를 나타내는 것 같았다.

사용자에 따라 모습을 바꿔온 무기. 지금은 흑천사가 들고 있던 무시무시한 장창이 아니라, 아버지가 몇 번이나 내 앞에 나타나서 힘을 휘둘렀던 익숙한 모습이었다.

"너는 여기에 뭘 비출 거냐. 어떤 힘을 원하지?"

"나는……."

예전에는 나 자신만 생각하곤 했다. 그때의 나였다면 아마 흑창을 있는 그대로 다루는 것을 선택했을 것이다.

하지만 지금은 그렇지 않다. 록시와 마인, 에리스, 그리고 아론……, 아니, 그뿐만이 아니라 바르바토스 가문을 섬겨주는 사람들, 영지의 주민들……, 많은 동료들이 있어주기에 함께 걸어가는 것이 얼마나 멋진 것인지를 배웠다.

그러니까, 너도…….

"우리 곁으로 와."

흑창 배니티가 형태를 잃어갔다. 자그맣고 까만 입자가 되어 흑검 그리드에게 빨려 들어갔다.

『이건……, 페이트. 그래, 그런 거였나! 저질러주셨군.』

"배니티의 힘을 빌려서, 케이로스가 열지 못했던 모습으로."

『그래, 그렇지. 우리의 새로운 힘──, 제6위계가 되어주겠어.』

지금까지 경험했던 것들 중에서 가장 마음이 편안한 위계 해방. 탐욕스러운 파트너도 이 순간만큼은 대가를 요구하지 않았다. 흑창 배니티가 넘쳐나는 힘을 제공해주었기 때문이다.

점점 형태를 이루어 나가는 제6위계. 그 모습은 물론 이미 정해져 있다.

아버지가 들고 다니던 것보다 날카롭게. 하지만 흑천사가 다루던 모습만큼은 아니다. 우리에게 더할 나위 없이 잘 어울리는 모습으로.

제6위계의 형상은 흑창이다. 그리고 내가 원했던 것은 지금 열려버린 문을 다시 닫을 힘. 그리드가 가장 싫어하는 사용 방식이 되어버리겠지만, 이번만큼은 납득해줘야겠다. 본인은 아직 형태가 바뀐 것 때문에 놀라고 있어서 눈치채지 못한 것 같지만…….

때가 되면 이해해줄 것이다.

잘 될지는 해봐야 안다. 저 구멍이 뻥 뚫린 곳으로 가야 한다는 거다.

아버지는 새로운 그리드의 모습을 만족스러운 듯이 보다가, 곧바로 진지한 표정을 지으며 말했다.

"페이트, 네 안에 있는 또 하나의 너를 조심해라."

"폭식 스킬 안에 있는 나?"

"그래. 그건 위험하다. 불안정한 데다 흉폭하고, 계속 봉인되어 있었기 때문에 원한이 쌓였다. 네가 폭식 스킬을 사용하며 이어질 때마다 너와 뒤바뀌려 할지도 모른다."

정신세계에서 맞섰던 또 하나의 페이트를 떠올렸다. 아버지가 말한 대로 싸울 때마다 나에 대한 증오를 모으고 있었다. 아무래도 도저히 서로 이해할 수는 없을 것 같다. 원래는 둘이서 한 명의 존재였을 텐데……. 내 문제는 전부 해결된 것이 아니다.

"어떻게든 해볼게. 항상 그랬으니까."

"여기까지 온 너라면……, 쓸데없는 걱정이었군. 나는 이제 괜찮다."

"아버지……."

"더할 나위 없이, 충분히 구해주었어."

아버지가 일부러 괜찮은 척하고 있다는 건 알고 있다. 어렸을 때는 그것도 눈치채지 못하는 와중에……, 아버지가 죽어버렸다. 그 씁쓸한 기억이 되살아났다.

그런 불안을 떨쳐주려는 듯, 아버지가 나를 보며 활짝 웃었다. 그 표정은 어렸을 때 봤던 것과 똑같아서 이제야 아버지가 생각의 속박에서 해방되었다는 사실을 이해하게 해주었다.

"다녀오거라. 자, 가라……, 페이트!"

"다녀오겠습니다!"

주먹과 주먹을 부딪힌 다음, 아버지에게 등을 돌렸다. 그런 내게 에리스가 기쁜 듯한 표정을 지으며 다가왔다.

"다행이야. 한때는 벌벌 떨었다고. 실제로 얼어서 벌벌 떨기도 했지만."

"보기와는 달리 튼튼하구나."

"그렇지? 좀 더 칭찬해도 돼."

"너, 정말……."

나는 어이없어하면서 하늘을 올려다보았다.

"가고 싶어? 저곳으로."

"제대로 된 날개가 있다면 단숨에 날아갈 수 있을 텐데 말이지."

"그럼, 내가 데려다줄게."

"어?"

"두 사람이 싸우는 걸 보고 이런 생각이 들었거든. 나도 굴레를 벗고 마주 봐야 할 것 같다고."

"에리스? 무슨."

"라이브라가 말했지? 나는 마물을 한데 모아 만든 존재라고……,

가능하다면 이런 모습이 되어도 지금까지처럼 대해주면 기쁠 것 같은데."

그렇게 말하면서 에리스의 모습이 변하기 시작했다. 커다란 날개가 여덟 장이나 달렸고, 하얀색의 거대한 몸집이 붕괴한 대지에 내려앉았다.

설마……, 이건. 형태가 완전히 똑같지는 않지만, 나는 이 백룡을 잘 알고 있다.

살아있는 천재지변. 너무나도 강했기에 신앙의 대상으로 삼은 자들조차 있다.

에리스가 변한 모습은 천룡이었다. 그것도 나와 싸웠던 녀석보다 세련된 모습.

"어때?"

에리스는 몸집도 커다란 주제에 왠지 쑥스러워하는 것 같았다.

나는 그녀 위로 올라타면서 머리를 쓰다듬었다.

"너무 멋있어서 깜짝 놀랐는데. 설마 천룡을 탈 수 있는 날이 올 줄이야."

"네가 쓰러뜨린 천룡은 나와 마찬가지로 라이브라가 실험체로 만든 자의 말로야. 사람의 모습을 잃고 되돌아오지 못한 채 마음조차 점점 잃어갔지. 옛날에는 그런 사람들이 잔뜩 있었거든. 다들 죽어버렸지만……."

"그렇구나……."

"그래도 다행이야. 이럴 줄 알았다면 좀 더 일찍 밝힐 걸 그랬네."

"우리는 비슷한 처지니까."

"몸과 마음이라는 차이가 있긴 하지만, 그렇긴 하지. 자, 가자.

꽉 잡고 있어."

나는 날아오르기 전에 뒤를 돌아보았다. 아버지는 지금까지도 나를 보고 있었다.

서로 고개를 끄덕인 다음, 최후의 이별을 마쳤다. 더 이렇게 있고 싶었지만, 아쉬워져 버릴 것 같았기 때문이다.

에리스는 날개를 펼치고 새빨갛게 물든 하늘을 향해 날아올랐다.

점점 멀어져가는 아버지. 알고 있기는 했지만……, 눈물이 저절로 흘러내렸다.

"페이트……, 너희 아버지의 마력이……."

"나도 알아. 예전부터 항상 그랬거든. 내 앞에서는 언제나 그랬어."

"그래도, 이대로 가면."

"그건 우리 둘이서 정한 일이야."

아버지의 마력이 꺼져가는 촛불처럼 일렁이고 있었다. 바람이 살짝 불기만 해도 사라져버릴 것처럼…….

하지만, 이제 돌아보지는 않는다. 아버지와 한 약속이다.

에리스의 뿔을 쥔 손에 힘이 들어가 버렸다. 그녀도 그걸 느꼈는지 아무런 말도 하지 않게 되었다.

앞으로 나아가던 우리에게 마지막 마력의 등불이 파동으로 변해 스쳐 갔다.

"아버지……."

그리고 들린 무기질적인 목소리는 지금까지 중에 가장 비정한 것만 같았다.

《폭식 스킬이 발동됩니다.》

아버지의 힘이 내 안으로 흘러들어왔다. 이런 결말을 원하던 게 아니었다.

하지만 나는 폭식 스킬의 사용자이기에 싸우면 이렇게 되어버린다. 그것도 목숨을 걸고 벌인 싸움이라면 더더욱 그렇다.

스테이터스가 얼마나 올랐는지는 아무래도 상관이 없었다.

거기에 남은 것은 아버지를 먹어버렸다는 사실뿐이다.

(……페이트.)

아버지의 목소리가 희미하게 들린 것 같은 기분이 들었다.

그 목소리에 답답한 마음을 억누를 수가 없어졌고.

"으아아아아아아아아아아아악."

나는 들고 있던 흑창을 혼신의 힘을 다해 하늘에 열린 그 땅으로 통하는 문을 향해 던졌다.

제29화 끝을 자아내는 자

흑창은 검은 번개를 뿜어내며 일직선으로 그 땅으로 통하는 문을 향해 돌진했다. 그대로 저 새빨간 세계까지 통째로 뚫어버리겠어.

"가라아아앗."

이제 막 열린 직후이니 아직 늦진 않았을 것이다. 저곳에서 천천히 흘러넘치려 하는 이질적인 기척. 아직 시작되지는 않았다.

지금 이 순간이라면……, 아버지에게 물려받은……, 이 흑창이라면.

"어째서!"

약속했잖아.

"어째서 방해하는 건데!"

침묵하고 있던 블랙 큐브가 하늘에 떠올라 흑창을 가로막으려는 듯이 여러 겹으로 겹쳐서 방패를 이루기 시작했다.

맞부딪히는 흑창과 블랙 큐브.

양쪽 다 파괴 불가능 속성을 지니고 있다. 이쪽이 최강의 창이라면 저쪽은 최강의 방패.

나는 그렇게 만든 자를 바라보았다. 시원스러운 표정으로 하얀 머리카락을 나부끼고 있었다. 입고 있는 신관복에서는 황폐해진 대지와 어울리지 않는 청렴한 느낌이 들었다.

날개가 없는데도 그 땅으로 통하는 문 앞에 떠 있는 자의 이름을 외쳤다.

"라이브라!"

저 녀석은 이런 사태를 원하지 않았을 텐데. 그런데도 나를 가로막는 거냐!

공격을 늦추지는 않는다. 이대로 밀어붙여 줄 것이다.

내 스테이터스를 바치마. 가지고 가.

"그리드! 꿰뚫어라……."

흑창은 더욱 날카롭게……, 크게……, 길게 변하기 시작했다. 그리고 검붉은 번개를 뿜어내기 시작했다.

번개에 닿은 블랙 큐브가 모래처럼 무너져내렸다. 그리고 마지막에는 먼지조차 남지 않고 사라졌다.

아무리 파괴할 수 없다 하더라도 이 제6위계 오의, 《리볼트 브류나크》 앞에서는 의미가 없다.

존재 소멸의 힘을 지닌 흑창은 어떠한 방패라 하더라도 반드시 꿰뚫는다. 그 땅으로 통하는 문을 없애버릴 것을 바라며 형태를 이룬 이 힘은, 이제 라이브라조차 막을 수 없다.

여러 겹으로 겹친 블랙 큐브가 만들어낸 성벽 같은 방패를 없애나갔다. 그럼에도 불구하고 라이브라는 초조한 기색을 보이지 않았다.

항상 그랬듯이 종잡을 수 없는 표정.

상관없어. 너까지 함께 꿰뚫어서 끝을 내주지.

흑창을 다루는 힘을 더욱 강하게 담으려 하자, 라이브라가 손가락을 튕겼다.

"페이트! 멈춰!"

"뭐라고?"

에리스의 목소리. 나도 알고 있다. 닿기 직전에 흑창의 진로를 변경. 그대로 호를 그리며 내 손으로 되돌렸다.

『그렇게 나오나……, 여전히 기분 나쁜 녀석이군.』

돌아온 그리드가 짜증 난다는 듯이 욕설을 내뱉었다.

그곳에는 빛의 십자가에 매달린 천사가 있었다. 정신을 잃은 모양인지, 반쯤 붉게 물든 금발만이 바람에 나부끼고 있었다.

"록시……."

라이브라는 내가 노려보고 있는데도 아랑곳하지 않았다. 그는 남은 블랙 큐브를 등진 채 입을 열었다.

"훌륭하군. 이걸 소멸시킬 줄이야. 예상하지도 못했어."

"라이브라!"

"하지만 말이야. 최강의 방패라는 건 이런 거라고."

그는 록시에게 경의를 표하듯 인사를 했다.

"마인은 어디 있지?"

아마 그녀들은 성수 조디악 제미니와 싸운 뒤 라이브라에게 습격당했을 것이다. 우리가 제도로 진입할 때까지 시간을 벌어주었으니 매우 지친 상태였을 테고, 그 빈틈을 찔린 것이다.

록시의 저 상태를 보고 무사하다고 해도 될지는……, 모르겠지만, 척 보기에는 큰 부상을 입지 않은 것 같다. 걱정되는 건 마인이다. 록시가 끌려가는데 그녀가 잠자코 보고 있었을 리가 없다.

"너야말로 어때?"

라이브라는 내 물음을 무시하고 멋대로 계속 말했다.

"친아버지를 먹은 느낌이?"

"크윽."

"감상에 젖어 있었나? 아니면 맛있었어?"

"너어어어어어어어어어어!"

"보아하니 정곡을 찌른 것 같군."

나를 비웃는 목소리가 쏟아져 내렸다.

흑창을 쥔 손에도 힘이 들어가 버렸다.

『진정해라, 페이트. 마음이 흔들려봤자 더 불리해질 뿐이다.』

"그리드……."

라이브라는 뭔가 생각난 듯이 품속에서 꺼내 던졌다.

"선물. 마음에 들면 좋겠는데."

에리스의 등에 떨어진……, 그것을 바라보았다.

"이건…………, 설마."

들어서 형태를 살펴보았다. 새까만 뿔이다. 나는 그 뿔을 한 번 본 적이 있다.

전귀화한 마인의 뿔이다.

"대답이 늦어서 미안하군. 이제 이해했나?"

"……왜 이런 짓을."

"얌전히 있으라고. 에리스도 마찬가지야. 네 괴물 모습은 싫다고 했을 텐데. 이 덜떨어진 녀석."

천룡 형태인 에리스의 커다란 몸집이 살짝 떨렸다. 나는 안심시키려는 듯이 살며시 쓰다듬고 나서 라이브라를 계속 바라보았다.

"그에 비해 그녀는 정말 멋지단 말이지. 양식은 못 쓰겠어. 역시 자연산이 최고지. 가능성의 선택지 차이인가? 너도 그렇게 생각하지? 페이트."

"대체 무슨 말을 하고 싶은 거지? 뭘 하려는 거야?"

"상황을 보면 예상이 될 것 같은데."

내가 노려보자 라이브라가 씨익 웃었다.

"문 건너편으로 가는 거야. 그녀의 에스코트를 받으면서 말이야."

"록시!"

라이브라는 붉은 세계 앞으로 십자가에 매달린 록시를 이동시켰다.

"원래 여기부터는 혼만이 통행 허가를 받을 수 있지. 하지만 성수인과 융합할 수 있을 정도의 혼이라면."

"꺄아아아아아아아아아아아아악."

록시의 비명을 듣고 흑창을 날리려 했지만, 에리스가 선회했기 때문에 그러지 못했다.

"괜찮아. 라이브라는 록시를 필요로 하고 있어. 기회는 아직 있다고. 지금은 참아야 해."

"그래도."

『페이트, 에리스 말이 맞다.』

그리드까지 그렇게 말하니 그저 바라보고만 있을 수밖에 없는……, 건가.

새빨간 세계의 색에 변화가 생겼다. 록시의 머리카락 같은 황금빛이 섞이기 시작했다.

"이 앞으로 갈 수 있는 자……, 선택받은 자가 모든 것을 손에 넣을 수 있지."

라이브라의 얼굴에서 성각이 붉게 빛나고 있었다. 저 녀석이 지금부터 하려는 행동은 아버지와 똑같은 하늘의 계시인가?

그것이 무엇인지는 아직 모르겠지만, 저 문 건너편에는 거부할 수 없는 저 녀석의 숙명이 있는 것 같다.

"자, 그녀에게 길 안내를 부탁해야겠어. 동행자가 되면 나도 안으로 들어갈 수 있고. 너는 어떻게 할 거지?"

도발하는 듯이 내려다보는 라이브라.

갑자기 블랙 큐브들이 원을 그리기 시작했다. 무언가를 소환하려는 건가?

그 정체는 곧바로 알 수 있었다. 허공에서 거대한 몸집이 네 개 나타났다. 이건……, 이 기척과 압박감은…….

"여기까지 와서 아껴두진 않을 거야. 내가 가지고 있는 모든 성수로 맞서주지."

"……라이브라."

"너는 선택해야만 해. 많은 것이 뒤섞여 있는 너라면 여기를 통과할 수 있겠지. 하지만 남겨진 에리스는 죽을 거야. 내가 먼저 들어간 뒤에 네가 그 땅으로 통하는 문을 그 흑창으로 소멸시키면 록시는 두 번 다시 돌아올 수 없어. 자, 선택하라고."

"너는……."

흑창을 라이브라에게 겨누려 했지만, 그는 다시 록시를 방패처럼 내세웠다.

"너는 그렇게 올려다보기만 하는 게 잘 어울리는군."

라이브라가 손을 내리자 성수 네 마리가 움직이기 시작했다.

"페이트, 나는 괜찮아."

"그럴 리가……."

에리스는 라이브라에게 큰 트라우마를 떠안고 있다. 지금도 극

복했다고는 할 수 없다. 그 트라우마는 다른 성수인이나 성수까지도 마찬가지라는 걸 알고 있다.

성수는 우리를 포위하려는 듯이 달려들었다. 아마 각각 터무니없는 능력을 지니고 있을 테고……, 남겨진 에리스가 괜찮을 리가 없다.

"젠장."

"남을 거야? 그렇다면 모든 것이 끝날 때까지 여기 있도록 해."

십자가에 매달린 록시와 함께 라이브라가 그 땅으로 통하는 문을 통과하려던 순간, 성수 한 마리가 크게 기울었다.

엄청난 충격에 큰 소리가 울려 퍼졌다.

라이브라는 그렇게 만든 사람을 쓸쓸한 눈초리로 바라보았다.

"끈질기군. 완벽한 기습이었는데도 불구하고 살아있었을 줄이야……. 역시 전귀라고 해야 하나."

한쪽 뿔을 잃은 상태로도 힘은 건재하다. 바람에 흔들리는 하얀 머리카락이, 제도의 새까만 건물들의 잔해와 대비되어 눈에 잘 띄었다.

커다란 흑부를 들어 올린 그 위풍당당한 모습.

"마인!"

"문제없어. 나도 괜찮아."

전귀 모습이 되었는데도 마인은 자아를 유지하고 있다. 그녀는 과거와의 해후를 거쳐 더욱 강해진 모양이었다.

"여기는 나와 에리스가 맡을게. 페이트는 페이트가 할 수 있는 일을 해."

마인은 일격을 가한 성수를 추격하기 시작했다.

라이브라는 그 행동이 마음에 들지 않았는지 크게 한숨을 쉬었다. 그리고 아무 말도 없이 록시와 블랙 큐브를 데리고 그 땅으로 발을 내디뎠다.

"에리스, 난 갈게."

"그렇게 나오셔야지. 그럼 저기까지 데려다줄게. 마인, 원호 부탁해."

"알겠어."

높게 뛰어오른 마인이 에리스의 머리 위에 착지했다.

흑부를 겨누고 바라본 곳은 그 땅으로 통하는 문.

"페이트는 아무것도 안 해도 돼. 아껴둬."

"맞아."

"반드시, 보내줄게."

"알겠어. 맡길게."

우리 앞을 성수들이 막아섰다. 한 마리는 마인의 공격으로 인해 뒤처진 상태였다.

저 세 마리를 밀쳐내면 저기로 갈 수 있다.

에리스는 날개 여덟 장을 퍼덕이며 급상승한 뒤 앞쪽을 향해 포효를 날렸다.

그리고 기세를 그대로 살리며 몸을 피하는 성수 중 한 마리에 달라붙은 다음, 더욱 고도를 높여갔다.

"뒷일은 부탁할게. 마인."

날뛰는 성수가 날개 한 장을 잘라냈지만 에리스는 멈추지 않고 다른 성수 한 마리를 향해 돌진했다.

쿠웅, 묵직하고 큰 소리가 울려 퍼졌다.

"……뛰어, 페이트."

그 땅은 코앞에 있다. 에리스는 그 말을 남기고 성수 두 마리와 함께 뒤얽히며 땅으로 떨어지기 시작했다.

나와 마인은 높게 뛰어올랐다.

그 앞을 마지막 성수가 방해하려는 듯이 막아섰지만 마인은 그 것을 처음부터 예상하고 있었다.

흑부의 형태는 이미 바뀐 채 거기에 담긴 막대한 힘이 검은 빛이 되어 흘러넘쳤다. 마인은 흑부를 성수 쪽으로 내리쳤다. 오의, 《느와르 디스트럭트》다.

"먼저 가!"

"……고마워."

"그런 말은 돌아와서 하고."

"그래, 다녀올게."

강력한 일격을 맞은 마지막 성수가 마인을 태운 채 땅바닥으로 떨어지기 시작했다.

나는 마인과 스쳐 지나가며 하이파이브를 한 다음, 성수를 도약의 발판으로 삼았다. 그리고 두 사람을 곁눈질하며 그 땅으로 뛰어들었다.

마인, 에리스가 성수들과 싸우는 소리가 점점 멀어져갔다.

제30화 혼의 바다

내 이름을 부르는 목소리가 들린다. 들어본 적도 없는 목소리. 하지만 왠지 그립고……, 왠지 슬퍼진다.

"페이트, 페이트……, 일어나렴. 언제까지 자고 있을 거야!"

그곳은 내가 어렸을 때부터 살던 집이었다. 상인의 도시 테트라에서 서쪽으로 산을 몇 개 넘어간 곳에 있는 작은 마을. 땅이 메말라서 채소도 제대로 키우지 못한다. 하지만 약초만은 어떻게든 키울 수 있었기에 그것을 수입원으로 삼아 근근이 살아가고 있다.

일어나려 하자 몸 이곳저곳이 아팠다. 보아하니 어제 밭일을 하다가 퍼져버린 모양이다.

"아야야……, 왠지 기분이 이상한데."

어떤 고치에 감싸여 있는 듯한, 또렷하지 않은 감각이 답답하게 느껴졌다.

뭔가 중요한 것을 잊고 있는 것 같은데……. 목에 가시가 걸린 것처럼 마음을 차분히 가라앉힐 수가 없다.

"페이트! 아직 멀었니?"

"지금 갈게."

옷을 갈아입고 내 방의 문을 열었다. 거기에는 아버지와 낯선 여자가 있었다.

그녀는 나를 보고 의아하다는 듯한 표정을 지었다.

"뭐 하고 있어? 모처럼 아침밥을 차렸는데 다 식어버리잖아."

"미안, 엄마."

어……, 내가 방금 뭐라고 했지? 엄마?!

"정말 왜 그러는 거야. 딘도 뭐라고 좀 해."

"아직 잠이 덜 깨서 그렇겠지. 페이트, 여기 앉아라."

아버지는 미소를 지으며 손짓했다. 나는 시키는 대로 낡은 테이블로 갔다. 그리고 아버지 맞은편에 앉았다.

그러자 좀 전에 든 의문이 사라졌다.

"자, 먹을까. 호화롭지는 않지만 엄마가 차려준 아침밥이다."

"맛있겠네."

방금 구운 호밀빵. 호밀 향기가 기분 좋게 느껴졌다. 약초를 넣고 끓인 수프는 약간 쓴맛이 났다.

그게 흑빵과 잘 어울려서 금방 먹을 수 있었다.

"먹고 나서는 밭일을 하자. 요즘은 사냥만 해서 신경을 많이 못 썼으니까."

"마물 사냥만 하고, 걱정되네."

"당신은 걱정이 많군. 이것도 일이야. 요즘 마물이 늘어났다고 촌장이 시끄럽게 구니까."

"그래도, 딘만."

아버지는 어머니를 끌어안으며 말했다.

"이 마을에서 싸울 수 있는 건 나뿐이니까. 괜찮아."

"페이트도 있잖아. 그치?"

"……나?"

내가 싸울 수 있다고? 어라? 어떤 스킬을 가지고 있었더라?

"아버지와 마찬가지로 창술 스킬이 있지? 아직 잠이 덜 깼니?"

"그랬나."

"너도 참."

아버지가 머리를 마구 쓰다듬었다. 이러면 되는 건지도 모르겠다……, 아직 뭔가 잊고 있는 것 같다는 느낌이 들었다.

"자, 아침밥도 다 먹었으니. 밭일을 하자고."

"가자, 페이트."

아버지와 어머니가 밖으로 나갔다. 혼자 남은 나는 현관문에 손을 댄 채 움직이지 못했다. 내 안에 있는 무언가가 거부하고 있었다.

바깥에서 먼저 나간 두 사람의 목소리가 들렸다.

"페이트, 아직 멀었어?"

"얼른."

문 너머인데도 목소리가 바로 옆에서 들리는 것처럼 느껴졌다.

"나는…….."

그리고 이상하다. 어머니의 얼굴이 아까부터 계속 뚜렷하지 않다.

안개가 낀 것처럼 뿌옇게 변해서 보이지 않는다. 이유가 뭘까, 나는 어머니의 얼굴을 알아볼 수 없다. 아니, 모른다.

위화감이 커졌다. 대체 뭐지, 이게……, 모처럼 좋은 상황일 텐데.

몸을 웅크리고 머리를 감싸쥔 내게 무기질적인 목소리가 들렸다.

잘 알고 있는 목소리다. 몇 번이나, 몇 번이나 이 목소리를 들어왔다. 싫증이 날 정도로…….

하지만 싫지는 않았다.

내게 뭘 말하고 있는 것인지까지는 알 수가 없다. 어차피 항상 말하던 내용이겠지.

폭식 스킬이 발동됩니다, 라면서…………, 으응?!

그것을 계기로 기억이 선명하게 흘러들어왔다. 그래, 그랬지.

여기는 어디지? 고향 마을은 이제 어디에도 없다. 가고일과 벌인 전투로 인해 전부 타버렸다. 그러니 존재할 리가 없다.

내가 위화감을 눈치채자 세계가 소리를 내며 무너지기 시작했다.

어렸을 때 살던 집이 모래처럼 사라져갔다. 그 벽 건너편은 새빨간 세계였다.

『페이트! 정신 차려라! 이대로 가다가는 이 세계에 흡수되어버릴 거다!』

그리드의 목소리를 듣고 눈을 떴다. 보아하니 나는 그 땅으로 뛰어든 뒤에 곧바로 의식을 잃은 것 같았다.

주위 일대는 온통 새빨개서 폭식 스킬의 세계와 비슷했다. 똑같다고 해도 될 정도다.

『걱정 끼치기는.』

"시간이 얼마나 지났어?"

『모르겠다. 이곳은 우리가 있던 세계와는 다르니까.』

"마인하고 에리스는 무사할까?"

『그 녀석들이 간단히 당할 리가 없지. 그런 것보다는 네 걱정이나 해라. 무슨 일이 있었냐?』

"어렸을 적 꿈을 꾸고 있었어. 아니, 꿈이라기보다는."

현실 같았다. 어머니가 살아있고, 아버지도 건강하고……, 나는 폭식 스킬 보유자가 아니었다.

검소하고 평범한 생활이었지만, 나쁘지는 않은 세계였다.

『이 세계가 너에게 간섭해서 현실 같은 꿈을 꾸게 만든 건지도 모르겠군.』

"뭐?"

『세계를 구성하고 있는 자들이 만들어낸 꿈이겠지. 폭식 스킬을 지니고 있는 너는 특히 민감할 테고.』

자들이라니……, 마치 사람을 지칭하는 표현 같잖아. 내 몸을 둘러싸고 있는 붉은 빛이 설마?

그중 하나에 닿자 누군가의 기억이 머릿속을 스쳐 갔다. 단편적이라 전부 이해할 수는 없었지만, 남자 무인의 기억이다. 그것도 마물과 싸우다가 잡아먹힌 최후의 기억. 들여다본 내게 그 아픔까지 전달되었다.

"윽……."

『꽝을 보았군. 그건 멀쩡히 죽지 못했던 모양이다.』

"이 세계에 넘쳐나는 모든 것들이 인간의 혼이라는 거야?"

『아니, 그뿐만이 아니다. 저걸 들여다봐라.』

방금 그것보다 커다란 혼에 닿았다.

큭! 이건 인간이 아니다.

압도당할 정도로 강한 증오가 흘러든다. 인간이 밉다, 인간이 밉다, 죽이고 먹어주마, 그런 마물의 기억이었다.

원래 구역에서 벗어나 정신없이 인간을 습격하고는 잡아먹는다. 떠돌이 마물의 혼이었다.

떠돌이 마물이 무리에서 벗어나 단독으로 방랑하는 이유는 지금까지 알려지지 않았는데, 이해가 되는 것 같은 느낌이 들었다. 그 녀석들은 본능 단계에서 인간을 미워하고 잡아먹고 싶다는 욕구가 다른 마물들에 비해 매우 강한 것이다.

하지만 무인들로 인해 궁지에 처하게 되고, 마지막에는 성기사에게 퇴치당해버렸다. 목숨을 잃은 순간까지도 그 떠돌이 마물은 증오로 가득 차 있었다. 다 본 다음에도 그 자취가 내게 달라붙었다. 기분이 불쾌하기만 했다.

『어땠지?』

"최악이야."

『마물은 보통 그런 사고방식을 지니고 있다. 수천 년이라는 세월이 지난 뒤에도 인간에 대한 증오가 사라지지 않았지. 증오에 빠져서 이성조차 잃어버린다. 이성이 없는 자와는 평생 서로 이해할 수 없다고.』

"그래서 인간이 마물과 싸우는 건가?"

『그렇게 되게끔 처음부터 짜여 있다면, 너는 어떻게 할 거냐?』

"말도 안 되는데. 서로 죽이게 해서 무슨 의미가 있다고."

『그 성과가 지금 네가 보고 있는 세계다.』

그리드의 말을 듣고 주위를 둘러보았다.

이곳은 그냥 공간이라는 규모가 아니다. 한없이 펼쳐진, 또 하나의 세계.

이렇게 자잘한 혼들이 엄청나게 모여서 이 세계를 구성하는 의미가 뭘까.

『너라면……, 폭식 스킬을 지니고 있는 너라면 알 텐데.』

그리드는 내가 대답하기를 조용히 기다리고 있었다.

나는 혼에 닿았을 때를 떠올렸다. 닿은 순간에 폭식 스킬이 욱신거리는 게 느껴졌다.

"설마……, 이 모든 혼에는……."

『스테이터스, 그리고 스킬이 내포되어있다.』

폭식 스킬의 세계와 비슷할 만도 했다. 다시 말해, 이곳은 그 세계가 규모를 엄청나게 키운 곳이라는 건가?

어째서 이런 짓을 하는 건데.

『페이트, 너는 농사를 지어본 적이 있냐?』

"당연하지."

어렸을 때는 마을에서 약초와 약간의 농작물을 키웠다. 단단한 흙을 갈고, 씨를 뿌리고, 물과 비료를 준다. 때로는 자라기 시작한 농작물이 천재지변이나 병으로 인해 말라버리기도 한다.

끈기가 필요한 작업의 반복, 때로는 아무리 신경을 써줘도 살려내지 못하는 경우조차 있다.

『만약에 스킬이라는 씨앗을 뿌리고, 스테이터스라는 작물을 수확하고 있다면.』

"……그리드."

『여기가, 이 세계가 수확한 혼을 모아서 보관하는 곳이라면.』

무인과 마물이 스킬을 이용해 싸우고, 레벨을 올리고, 스테이터스를 키운다. 그 행위가 작물을 키우는 것과 마찬가지라고?!

생물은 언젠가 죽는다. 마물과 싸우다가 죽기도 하고, 수명이나 병, 예상치 못한 사고까지 예를 들자면 끝이 없다. 죽은 다음에 스킬은 단련된 스테이터스와 함께 혼이라는 그릇에 담겨 여기에 모인다. 그리고 계속 보관되며 세계가 비대해진다.

『그 땅으로 통하는 문이 열림으로써 그중 일부의 혼이 역류해 버려서 부활이라는 현상을 일으켰다.』

"그러니까, 그건."

『완전히 열린 지금, 그건 원래 흐름으로 돌아가려 하고 있다. 게다가 문이 열려 있기 때문에 기세가 엄청나지.』

그리드의 말이 맞았다.

지금까지 흐름이 없었던 세계에 변화가 찾아왔다. 혼들이 빨려 들어가듯 천천히 움직이기 시작했다.

『갈까. 이 흐름 끝에 라이브라, 그리고 록시도 있을 거다.』

"그래, 가자."

나는 흑검을 꽉 쥐고 혼들이 모여들고 있는 중심을 향해 갔다. 문득, 머릿속에 스친 무기질적인 목소리가 신경 쓰였다.

어째서 이 세계에 사로잡히려 하던 나를 깨우려 해준 걸까. 평소에는 폭식 스킬의 발동을 알릴 때만 말을 했었는데. 무기질적인 목소리에 대해서는 폭식 스킬의 심연을 들여다본 지금도 알 수가 없다. 이 목소리는 대체 어디서 들리는 걸까.

제31화 혼이 가는 곳

앞으로 나아가보니 거대한 잔해가 잔뜩 공중에 떠 있었다. 생김새를 보아하니 가리아의 건물 같았다.

불안정한 세계이기 때문인지 갑자기 눈앞에 바닥이 보이지 않는 균열이 크게 생겨나기도 했다. 그것을 피하는 데 떠다니는 잔해가 도움이 되었다.

가장 큰 잔해 위로 올라타며 앞을 내다보았다. 혼들이 지평선 저편에서 흘러가고 있다. 그 광경은 새빨간 세계를 선명한 색으로 장식하고 있었다. 혼들이 맞닿으면 푸른색과 노란색, 녹색 등 다양한 색이 뿜어져 나오는 모양이었다. 그것들은 모이고 닿는 횟수가 늘수록 더욱 강하고 뚜렷한 색이 되었다.

지평선 저편에 보이는 것은 그것들이 서로 뒤섞여서 만들어내는 무지개였다.

새빨간 세계에 걸린 거대한 무지개는 내가 있던 세계에서는 있을 수 없는 광경이다. 나도 모르게 넋을 잃고 바라볼 정도로 환상적이었다.

"이 잔해는 예전에 벌어진 싸움 때문에 여기 오게 된 거야?"

『그렇지. 열리려 하다가 멈추긴 했지만, 많은 것들을 빨아들였다.』

"그럼, 이번에는?"

『완전히 열려버리면 이런 것과는 다른 것을 빨아들이겠지. 원래 수확해야 할 것들을 말이야.』

씨앗(스킬)을 뿌렸으니 자라난 농작물(스테이터스)을 수확해야만
한다. 보통은 천천히 시간을 들여서 스킬이 성장할 때까지 기다
렸다가 목숨을 잃었을 때 받아들인다. 그리드는 그렇게 자연에
맡기던 것을 억지로 앞당기는 것 같다고 했다.

죽지 않았더라도, 혼을 여기로.

『지금은 원래 이 세계에 모였던 혼들이다. 이 흐름이 끝나면 다
음에는 바깥에서 빨아들이기 시작하겠지.』

"그게 정말이야?"

『지금까지 이 몸이 했던 말은 미쿠리야의 가설이었다. 하지만
이렇게 들어맞는 걸 보니 아무래도 사실이었던 것 같군.』

미쿠리야? 분명……, 케이로스와 친하게 지내던 여성 연구자
였던 것 같은데.

과거에 사로잡힌 마인을 구하기 위해 그녀의 정신세계로 들어
갔을 때다.

중간에 케이로스의 도움을 받았고, 우연히 그 과정에서 그의
단편적인 기억을 들여다보게 되었다. 그때 알게 된 것이 미쿠리
야다. 미쿠리야는 그 땅으로 통하는 문에 대해 조사했던 것 같다.

케이로스의 기억에 따르면 미쿠리야는 그의 손에 죽은 듯했다.
하지만 미쿠리야의 혼은 폭식 스킬 안에 없다.

다시 한번 감각을 예민하게 만들었지만, 들여다봐도 그녀는 없
는 것 같았다.

"그녀는 지금 어디 있지?"

『미쿠리야는 폭식 스킬에 먹히지 않았다. 스스로 목숨을 끊음

으로써 그 땅으로 여행을 떠났지.』

"스스로?"

『그래. 폭식 스킬에 삼켜지는 것은 케이로스가 원하는 바가 아니었고, 그래서 그녀는 스스로 죽음을 선택했다. 하지만 그녀는 알고 있었을지도 모르겠군. 이런 때가 올 것을.』

"이 빛은……."

다른 혼과는 다른 색이 내 곁으로 다가와 있었다. 흐름을 거스르며 내 주위를 빙글빙글 돌았다.

내 안에 있는 케이로스의 목소리가 들렸다.

(미쿠리야인가……, 이런 형태로, 이런 장소에서 다시 만나게 될 줄이야.)

케이로스의 말에 호응하는 듯이 금빛 혼이 빛을 뿜어내며 인간 모습을 이루기 시작했다.

"폭식 씨. 안녕, 나는 미쿠리야야."

"안녕하세요……."

설마 방금 화제로 나왔던 사람이 눈앞에 나타날 줄이야……. 내 안에 있던 케이로스도 놀란 모양이었다.

멍하니 있자니 미쿠리야가 곤란한 듯한 표정을 지으며 설명했다.

"미안해, 케이로스. 이럴 수밖에 없었어. 역시 우리는 육체를 지닌 채 여기로 올 수가 없으니까. 그 대신, 혼만 남겨서 여기에 올 수 있었지. 그 덕분에 여러모로 연구를 진행할 수 있었어."

"연구하기 위해서?!"

연구를 위해 죽었다고?! 연구자들 중에는 특이한 사람이 많다.

내가 알고 지내는 라이네도 연구를 위해서라면 무슨 짓이든 할 법한 사람이라 근처에 있는 걸 산산조각 내는 경우가 많이 있었다. 아버지인 무간은 그럴 때마다 속이 매우 쓰리다고 할 정도였다.

미쿠리야는 그런 라이네보다 더 강렬한 연구자의 기적을 뿜어내고 있다.

"이런 곳까지 와서 놀라게 만들지 않았으면 좋겠는데……."

"나는 당신을 기다리고 있었어."

"나를?"

"그래, 나는 그러기 위한 보험이야. 언젠가는 오게 될……, 케이로스의 후계자를 위해서. 당신의 이름을 가르쳐줄래?"

"페이트 바르바토스."

"그래. 딘은 아들의 이름을 그렇게 지었구나. 페이트……, 딱 들어맞는 이름이야."

"아버지를 알고 있어?"

아버지를 이름만으로 부를 정도로 친한 사이였다는 건 추측이 된다. 성수인인 아버지와 대죄 스킬 보유자인 케이로스의 지인.

미쿠리야는 나를 똑바로 바라보며 말했다.

"나도 성수인이니까. 아……, 뭐야, 안 놀라네. 아쉬워."

"그렇지 않을까 생각하고 있던 참이라서."

"그렇다면 이야기하기도 편하겠네. 죽어서 혼이 된 나는 성각에 얽매이지 않아. 몸에 새겨진 그건 혼까지 미치지 않는다는 게 증명되었지. 죽어서 자유로워질 수 있다니, 신기하지 않아?"

죽었는데도 불구하고 미쿠리야는 왠지 속이 시원하다는 표정을 짓고 있었다. 아버지가 성각으로부터 해방되었을 때 보여준 표정과 비슷했다.

그만큼 성수인에게 있어서 성각이라는 하늘의 계시가 절대적인 존재인 걸까.

내게는 그 하늘의 계시가 발현되지 않는다. 아마 그것을 떠맡은 것은 또 하나의 나일 것이다. 그 녀석이 성수인으로서의 힘을 이어받았다. 그리고 나는 인간으로서 폭식 스킬과 뒤섞이게 되어 버렸다.

이 순간에도 폭식 스킬 안에서 또 하나의 내가 내 자리를 차지하기 위해 호시탐탐 기회를 노리고 있을 것이다.

"페이트, 만약에 이 모든 것이 미리 정해진 틀 안에서 일어난 거라면 당신은 어떻게 할 거야?"

"케이로스가 싸운 것부터 지금까지 일어났던 모든 일이 그렇다고?"

"그래, 그런 뜻이 되겠지."

"여기서 당신하고 이야기하고 있는 것조차도?"

"나는 저항이지만 자그마해. 이 정도로는 결코 뒤엎을 수가 없어. 막아봤자 흐름 자체를 막지 않는 한, 언젠가는 다시 흘러넘치겠지. 그냥 시간을 버는 거나 마찬가지야. 우리는 그런 것과 싸우고 있고."

혼들이 흘러가는 쪽을 보며 미쿠리야가 그렇게 말했다.

"그렇다 해도 나는 마지막까지 싸울 거야. 케이로스가 그랬던 것처럼 시간 벌기일지라도, 다음으로 이어나갈 수는 있으니까. 만약에 내가 해결하지 못하더라도 다음 사람에게 맡길 수 있어."

케이로스가 내게 흑검 그리드를 맡긴 것과 마찬가지로, 언젠가는 내게도 그때가 올 것이다.

"어떤 사람하고 약속했거든. 반드시 돌아오겠다고 말이야. 라이브라를 막고, 록시를 데리고 원래 세계로 돌아갈 거야. 불가능하다 해도 말이지."

왕도에서 기다리고 있는 아론의 얼굴을 떠올렸다. 그는 왕도를 지키기 위해 계속 싸우고 있을 것이다.

혼의 수확이 왕도에까지 미치면 돌아가지도 못하게 된다. 어찌됐든, 이제 돌이킬 수는 없다.

"당신은 케이로스를 많이 닮았구나. 안심이야."

"내가 케이로스를?"

전혀 다른 타입인 것 같은데. 그리드에게도 물어보았지만, 똑같은 대답이었다.

『많이 닮았지. 끈질긴 구석이 말이야.』

"맞아! 어떤 상황에서도 맞서려는 게 특히 그래."

"저기……, 그거, 칭찬하는 거야?"

"나도 그걸 본받아서 여기에 와서 기다리고 있었던 거야. 계속, 목이 빠질 정도로 계속 말이지."

미쿠리야는 손을 천천히 들어서 내 이마에 가져다 댔다.

"여기서 얻은 혼의 지식을 사용해서 혼을 다시 짜 맞출 거야. 당신의 족쇄를 벗기겠어."

"족쇄?"

"인간이면서 폭식 스킬과 뒤섞인 당신과 성수인으로서의 또 하나의 당신. 인간, 대죄 스킬, 성수인을 가지고 태어난 이레귤러. 원래 하나여야 했는데도 세계의 시스템에서 벗어났기 때문에 제 힘을 발휘할 수 없는 거야. 내 혼을 써서 보완할게."

이렇게 된 이상, 미쿠리야를 말릴 수는 없다.

과연 나는 또 하나의 자신과 통합될 수 있을까? 그 녀석하고는 도저히 제대로 이야기를 나눌 수 있을 것 같지 않은데.

제32화 검은 날개

미쿠리야가 형태를 잃어갔다. 그 대신, 내 주위에 그녀의 혼의 파편이 소용돌이치기 시작했다.

어떻게 되려나 생각하며 지켜보고 있었는데, 아무래도 내 혼의 재구성은 생각했던 것보다 편한 과정이 아니었던 것 같다.

그녀의 혼의 파편이 바늘처럼 날카로워졌다.

"설마……, 그걸."

예상은 들어맞았다.

셀 수 없을 정도로 많은 바늘이 된 혼이 내 몸에 꽂혔다. 아프다는 수준을 넘어서서……, 괴롭다.

몸 표면에서 내장까지 엉망진창으로 헤집어놓는 것 같다.

그야말로 한번 부수고 다시 짜 맞추는 것. 혼의 아픔이 몸에도 확실하게 반영되어서 폭식 스킬의 굶주림과는 다른 느낌으로 위험했다. 그리고 혼의 변화는 몸에도 나타났다.

등에 돋아난 불완전한 날개가 겉옷을 뚫고 자라나기 시작했다. 두 날개가 세차게 하늘로 뻗으며 크게 펼쳐졌다.

예쁜 칠흑의 날개 두 장. 거기서 끝인 줄 알았더니 그 뒤를 이어 아래쪽에 날개 두 장이 딸려 나왔다. 불완전한 날개는 원래 두 장이었는데, 돋아난 것은 네 장이었다.

천사화한 록시와 같은 네 장의 날개. 색이 정반대로 칠흑인 것은 아버지의 아들이라는 증거일 것이다.

"어라, 내가 그대로 남아있네."

정신은 아무것도 바뀐 것이 없다. 또 하나의 나는 어디에도 없었다.

(또 하나의 당신은 하나가 되는 걸 원하지 않았어. 나는 그 길을 이어줬을 뿐이야. 지금부터는 당신이 해야 해.)

"미쿠리야."

(괜찮아. 당신이라면 할 수 있어. 왜냐하면 원래 하나의 존재였으니까⋯⋯, 또 하나의 자신을 믿어줘.)

"나하고 그 녀석이 서로 이해할 수 있을 것 같지는⋯⋯."

(나도 케이로스와 마찬가지로 당신을 지켜볼게⋯⋯, 자, 그 날개로 서둘러 가. 모든 것이 끝나버리기 전에⋯⋯.)

미쿠리야의 목소리가 들리지 않게 되어버렸다. 하지만 아직 그녀의 혼이 남긴 따스함은 내 안에 머물러 있다. 그것이 그녀가 한 말을 증명해주고 있었다.

『갈까, 페이트.』

"그래, 이 날개로."

날개 네 장을 넓게 펼쳤다. 그때, 머리가 약간 아파졌다.

마치 또 하나의 내가 반항하는 것 같은 감각이다. 아니, 실제로 그럴 것이다.

하지만 날개는 움직일 수 있다. 미안하지만 네 성수인으로서의 힘을 써야겠다.

날개를 퍼덕이자 발이 땅바닥에서 떨어졌다. 신기하게도 나는 방법을 알 수 있었다. 본능적이라고 해야 할까.

새가 나는 방법을 배우지 않더라도 날갯짓하는 것처럼, 나도 어떻게 해야 하는지 몸이 이미 이해하고 있는 것이다.

『날 수 있는 거냐?』

"당연하지."

단숨에 솟구쳤다. 몸의 무게가 순식간에 느껴지지 않게 되었고, 바람과 일체화한 것 같았다.

나아가야 할 길은 지평선 저편———, 혼들의 종착지. 건물의 잔해 사이를 이리저리 빠져나가며 날아갔다.

좀 더 빠르게……, 좀 더 빠르게, 빠르게.

건물의 잔해를 빠져나가자 소용돌이치는 혼들이 나타났다. 원래 흐름에서 벗어나 다른 흐름을 만들어내고 있다. 근처를 지나치려던 혼들을 그것이 삼키고 있었다.

그 중심에서 빠르게 회전하는 것은 블랙 큐브였다. 게다가 소용돌이를 만들어내는 건 하나가 아니었다.

"저건?!"

『뭔지는 모르겠다만, 기분 나쁜 기척이군.』

"라이브라가 발목을 잡으려고 준비해둔 건가……, 쳇."

『그렇겠지……, 온다!』

블랙 큐브를 코어로 삼고 혼들을 소재로 삼아 형태가 이루어지기 시작했다.

실체 없는 것———, 붉고 투명한 혼을 피와 살로 삼은 마물.

『추하고 끔찍한 모습이로군.』

"마물들의 혼을 한데 모은 건가……."

각각 불규칙적이고 정해진 형태가 없었다. 마물의 코어를 중심으로 억지로 이어붙인 듯한 모습이다.

머리, 팔, 다리, 몸통이든 잔뜩 달려 있지만 눈들만은 전부 나를 보고 있다. 싸워야 할, 쓰러뜨려야 할 상대가 나라고 공통적으로 인식하는 것 같았다.

나는 흑검을 흑궁으로 변형시켜 마법 화살을 날리며 견제했다.

"쳇."

『상대는 혼이다. 실체가 없다고.』

"그러니까, 공격은 효과가 없다는 뜻이야?"

『그런 것 같군. 그렇다면 저것을 구성하고 있는 코어를 파괴해야겠다만…….』

블랙 큐브는 흑검과 마찬가지로 파괴 불가능 속성이다.

그런 코어를 부술 수 있는 방법이라면 그것밖에 없다.

"제6위계의 오의……, 리볼트 브류나크밖에 없어."

『하지만, 네 스테이터스가 현저하게 떨어질 거다.』

라이브라와 싸우기 전에 그럴 순 없다. 지금 그걸 쓰면 남은 스테이터스로는 라이브라에게 아무것도 못 할 것이다.

아마……, 라이브라도 그 사실을 알고 이렇게 혼의 마물을 마련해두었겠지.

혼의 마물은 눈에 보이는 범위 안에서 센 것만으로도 서른 마리 이상은 있다. 뒤쪽에서도 기척이 느껴진다. 더 많을 것 같다.

모든 방향에서 포위된 건가.

"죽은 뒤에 혼이 되어서까지……, 이런 식으로 이용당해버리다니."

『……페이트.』

"슬프지."

마물을 가엾게 여긴 건 처음일지도 모르겠다. 근본을 거슬러 올라가면 저 혼들도 인간이었다고 한다.

스킬이라는 씨앗이 심어져서 혼이 버티지 못하고 인간의 형태가 무너진 존재. 싹튼 씨앗으로 인해 혼이 변이하고, 그에 맞는 모습으로 바뀌어버렸다. 인간으로서의 혼————, 마음을 잃고 스킬에 적응한 인간에 대한 증오만이 남아버렸다.

인간의 세계에는 가진 자, 가지지 못한 자라는 식으로 스킬 지상주의에 따른 격차가 있었다. 하지만 그보다 더 큰 피해자는 마물이 되어버린 사람들일지도 모르겠다. 저 혼의 마물들은 이제 그 사실조차 이해할 수 없겠지만……, 그래도.

『온다! 어째서 움직이지 않는 거냐.』

나는 그리드의 목소리를 무시하고 덤벼드는 혼의 마물들을 바라보고 있었다.

저것은 살아있는 생물이 아니다. 상대가 육체에서 해방된 혼이라면 폭식 스킬의 힘으로 먹는 것도 가능하지 않을까.

그리고 폭식 스킬과 동화한 나라면 그 이상도 해낼 수 있을 것 같다. 이 혼으로 가득 찬 세계에 와서, 그리고 미쿠리야의 도움을 거쳐서, 왠지 지금까지 느껴보지 못한 감각을 얻어가고 있는 것 같다.

나는 어느새 눈앞으로 다가온 한 마리를 향해 손을 내밀고 있었다. 닿은 순간, 머릿속에서 무기질적인 목소리가 들렸다.

혼의 마물은 순식간에 흩어졌고, 블랙 큐브만이 남았다. 그리고 해방된 혼들은 지평선 반대쪽 방향으로 떠나갔다.

『페이트. 폭식 스킬이 발동된 것처럼 보이던데, 무슨 짓을 한 거냐?』

그리드가 묻자 나는 차례차례 몰려드는 혼의 마물들을 해방시키며 대답했다.

"혼은 먹지 않고 스킬하고 스테이터스만 먹어본 거야."

『재주도 좋군그래.』

마물이 되어버린 원인을 만든 건 스킬이다. 그리고 스테이터스도 스킬이 키워낸 부산물이다.

혼에게 영향을 주는 그것들만 제거하면 힘을 잃고 블랙 큐브의 속박에서 해방될지도 모르겠다고 예상했다. 만약에 해방에 실패하더라도 힘이 없는 혼이라면 위협이 되지 않을 것이다.

『혼에서 스킬과 스테이터스만 먹을 수 있단 말이지. 그렇다면 저기 있는 모든 혼에서 힘을 얻어서.』

"그럴 순 없어."

『어째서지?』

"동의가 없으면 먹을 수가 없는 것……, 같거든."

내게 덤벼든 혼의 마물은 블랙 큐브로 인해 억지로 싸웠을 뿐이다.

그 혼의 마물들은 분명 증오가 담긴 눈빛을 보내고 있었지만, 그와 동시에 폭식 스킬에게 사로잡힌 망자들과 매우 비슷하기도 했다.

구원을 원하고 있다는 것이다.

나는 먹는 것으로 스킬과 스테이터스라는 무거운 짐을 없애주었을 뿐이다.

"이 힘이 뭘 나타내는 건지는 아직 잘 모르겠지만."

스킬과 스테이터스를 먹힌 혼들은 흐름을 거스르며 우리가 온 방향으로 날아갔다.

그 모습을 보고 있던 그리드가 고개를 끄덕였다.

『그렇군……, 너는 혼의 해방을 해낸 거다.』

"혼의 해방?"

『기억나냐? 녹색 대계곡.』

가리아의 마물들이 죽을 장소를 찾는 듯 모여들었다는 곳이다. 그곳에는 먼 옛날부터 셀 수 없이 많은 마물들이 잠들어 있었다.

제33화 **최후의 사도**

지평선을 향해 도망치는 블랙 큐브들.

나는 그것을 쫓아가며 그리드의 이야기를 듣고 있었다.

『녹색 대계곡은 케이로스와 라이브라가 마지막으로 싸운 곳이었다.』

"역시……, 그랬구나."

그곳에만 가리아에서는 있을 수 없는 광경이 펼쳐져 있었으니까. 평범한 곳이 아니라는 것쯤은 처음 갔을 때부터 알고 있었다.

『그리고, 케이로스가 폭식 스킬에 삼켜진 곳이기도 하지.』

왠지 분한 듯이 그렇게 말하는 그리드. 말투를 보니 별로 떠올리고 싶지 않았던 것 같다.

그럼에도 불구하고 그리드는 좋은 기회라며 가르쳐주었다.

케이로스가 폭식 스킬에 삼켜지면서 날린 최후의 참격이 녹색 대계곡을 만들었다. 그 힘을 통해 라이브라에게 치명상을 입히고, 나아가서는 대지에 신기한 현상을 새기고 남긴 것이다.

그곳은 풀과 나무가 자라고, 마물들이 구원을 찾으며 모여드는 장소가 되었다. 그 모습은 나도 보았고, 지금도 여전히 계속되고 있다.

내 안에 있는 케이로스와 이어짐으로써 혼의 해방이라는 힘을 쓸 수 있게 된 걸까.

『케이로스는 뭐라고 하는데?』

"아니, 아무 말도……."

케이로스에게 물어보았지만, 대답은 없었다. 그리고 라팔의 기척도 느껴지지 않았다.

이 세계에 오고 나서 그들이 나를 지켜봐 주는 듯한 감각이 사라졌다. 뭔가 방해하고 있는 것 같았다.

『목소리가 안 들리는 거냐?』

"그래. 혼의 해방에 대해서 그리드가 더 알고 있는 건?"

『이 몸이 알고 있는 건 단 하나. 그 힘이 라이브라에게 맞설 수 있는 유일한 수단이라는 거다.』

라이브라에게는 혼의 해방만 통하는 건가? 그렇다면 아슬아슬하게 습득해서 다행이다. 안심하고 있자니 그리드가 웃었다.

『그건 케이로스가 쓰던 거다. 네가 똑같이 될 필요는 없어.』

"그리드……."

『그 힘은 분명히 라이브라에게 통했다. 하지만 쓰러뜨리는 결정타가 되지는 못했지.』

그리드는 그게 가장 중요하다고 조용히 말했다.

『케이로스도 네게 기대하고 있는 거다. 그 녀석은 여러모로 돌봐주는 주제에 중요한 건 말하지 않지. 왠지 알겠냐?』

"그야, 우리를……."

『믿고 있는 거야.』

그리드는 자기가 하기에 어울리지 않는 말이라 생각한 건지 약간 쑥스러워하는 듯했다.

죽음을 관장하는 흑천사가 된 아버지와 싸울 때는 어떻게 할 것인지를 가르쳐주는 게 아니라 우리가 나아가야 할 길을 이끌어주는 듯한 도움을 받았었다. 그리드 말대로 그런 사람인 것 같다.

『드디어……, 보이는군.』

"저기가, 세계의 중심."

그리드도 나와 마찬가지로 처음 본 곳.

그곳은 태양처럼 찬란하게 빛나고 있다. 그런데 신기하게도 눈이 부시지 않는다. 흘러든 수많은 혼들이 그 거대한 빛에 빨려 들어가고 있다.

삼켜질 때마다 표면에 파문과 혼의 붉은색이 뒤섞이지만, 황금빛이 이겨서 혼의 색이 사라져버린다. 그 모습은 마치 존재조차 부정당하고 부품 취급당하는 것 같았다.

폭식 스킬에 먹힌 혼들도 저런 취급을 당하진 않는다. 각자 개별적인 존재를 허락받기 때문이다.

"얼마나 많은 혼을 얻어서 이런 크기까지 성장한 거지?"

『4000년에 걸쳐 조금씩 커졌겠지. 우리 상상을 뛰어넘은 건 분명하다.』

다가가면 다가갈수록, 그 크기에 주눅이 들었다. 하늘에 뜬 두 달을 근처에서 본 적은 없지만, 만약에 그럴 수 있다면 이 정도 크기일지도 모르겠다.

"이봐, 그리드."

『왜 그러지?』

"만약에, 이 달 같은 걸 먹으려 한다면."

『바보 같은 소리……, 어떻게 될지는 너 자신이 가장 잘 알고 있을 텐데.』

그리드는 어이없어하는 것 같으면서도 왠지 걱정하는 듯한 목소리로 웃었다.

『페이트, 준비는 됐냐? 등장하셨다.』

흑검을 쥐며 그리드의 말을 듣고 바라본 곳에.

태양에 있다는 흑점처럼 거대한 혼의 덩어리를 등지고 있는 사람 모습이 보였다.

숫자는 둘. 하나는 십자가에 매달린 록시. 그리고 그 옆에는 눈을 감고 조용히 시작되기를 기다리는 라이브라였다.

이미 그는 우리가 온 것을 알고 있을 것이다. 왜냐하면 블랙 큐브를 이용해서 우리를 묶어두었으니까.

도망쳐 온 블랙 큐브들이 그 주위를 떠다니고 있고.

그렇다면 그냥 내가 먼저…….

"라이브라!"

자기 이름을 듣고 그의 입가에 미소가 드리웠다.

그는 허둥대지 않고 천천히 눈을 뜬 다음, 눈앞에 있는 나를 바라보았다.

이름을 불렀는데도 공격하지 않을 것을 알고 있었던 모양이었다.

"아, 기다리고 있었어. 어때? 이 세계. 정말 엄청난 경치였지?"

"무슨 짓을 하려는 거지? 록시를 풀어줘."

"동시에 두 가지를 요구하면 곤란한데."

이 녀석……. 이런 상황에서도 종잡을 수가 없네.

"그렇게 화내지 말고. 좋아, 우선 그녀를 풀어주지."

라이브라가 씨익 웃으며 손가락을 튕겼다. 그 순간, 록시를 매달고 있던 십자가 형태의 물체가 흔적도 없이 산산조각 났다.

"록시!!"

그녀를 안아 들고 살펴보자 여전히 의식을 잃은 상태였다.

"약속한 대로, 풀어주긴 했다."

"너……, 록시에게 무슨 짓을!"

"나는 그저 그녀 안에 있던 스노우에게 명령을 내렸을 뿐이야."

"설마."

"그래, 깨어나지 못하는 잠을 선사했지. 스노우의 힘을 빌렸기 때문에 그녀는 성각에 얽매여 있어. 동화해서 성수의 힘을 얻고 강해진다 하더라도 위험부담은 분명히 있거든."

라이브라는 잠들어 있는 록시를 보았다. 그리고 나를 똑바로 바라보았다.

"대가를 계속 치러왔던 너라면 이해가 될 텐데. 정해진 힘 이상을 얻으려 하면 그렇게 되지. 이 싸움에도 원래 의미는 없어. 미쿠리야에게 들었겠지? 전부 미리 정해진 거라고. 그렇게 누덕누덕 기운 모습으로 변해서 내 앞에 서봤자 정해진 것은 바꿀 수가 없다고."

록시를 안아든 채 흑검을 라이브라에게 겨누었다. 하지만 그는 블랙 큐브를 마음대로 띄워두고만 있었다.

"나는 이걸 지키기 위해 살아왔다."

라이브라는 뒤에 있던 거대한 황금빛 구체를 손가락으로 가리켰다.

"이제야 실물을 볼 수 있어서 다행이야. 지켜야만 하는 것이 어떤 것인지 모른다는 건……, 역시 괴로운 법이니까. 나도 다른 성수인과 마찬가지로 너무 오래 살아버린 모양이야. 인간의 모습을 버리고 성수로서만 살았다면 편했을지도 모르지."

"라이브라……, 너는."

그는 만족스러운 듯한 표정으로 고개를 끄덕이고 있었다.

"내가 생각했던 대로군. 예쁘고 훌륭해. ……지킬 가치가 있어."

"그게 뭐지? 네가 지키고 있는 그거."

"신이다."

"어……? 그 구체가?"

"정확히 말하자면 신이었던 존재라고 해야 할까. 모두 평등하게 신의 축복을 받은 거지. 스킬을 받고, 레벨을 올리고, 스테이터스를 키우는 거야. 죽으면 그것이 혼과 함께 신의 곁으로 돌아오지. 원래는 주어진 힘이다. 제물로서 제대로 돌려주어야만 해."

"어째서 받게 되는 스킬에 차이가 있는 거야?"

"이미 알고 있을 텐데. 혼의 내구도에 의존하기 때문이야. 강한 혼에게는 강한 스킬을. 약한 혼에게는 약한 스킬을. 네가 말한 가지지 못한 자에게도 확실하게 역할이 있지."

라이브라는 입을 벌리고 씹는 듯한 시늉을 했다.

"마물의 먹이야. 마물이 레벨을 올리고 스테이터스를 키우는 양분이 되기 위한 존재지. 초보 무인은 우선 고블린부터 사냥해서 레벨을 올리잖아? 그것과 마찬가지라고. 마물도 우선 약한 인간부터 먹으면서 강해지는 거야."

"그것만을 위한 존재라고?"

"공평하지 않잖아. 그러지 않으면 너무나도 일방적이라고. 근본을 따지면 마물도 인간이었으니까. 큰 틀로 보면 인간들끼리 벌이는 사투인 거지. 너희는 동족들끼리 싸우면서 서로 죽이는 걸 정말 좋아하잖아? 이렇게 생김새만 바꿔주면 더욱 편해지는 거야."

라이브라는 떠돌던 인간의 혼과 마물의 혼을 붙잡아서 둘 사이에 차이가 별로 없다는 걸 보여주었다.

"처음에는 인간의 혼뿐이었지. 하지만 마물의 혼을 얻음으로써 스킬에 다양성이 생기기 시작했어. 그로 인해 얻을 수 있는 것도 필연적으로 늘어났고."

붙잡은 두 혼을 황금빛 구체로 던져넣자 혼의 색이 번졌지만, 금방 원래 색인 황금빛으로 돌아갔다.

라이브라는 그 모습을 흔흔하다는 듯이 바라보았다.

"물론 아직은 일러. 그런데도 나는 문을 열고 너를 여기로 초대했어. 그게 무슨 의미인지 알겠나?"

"도저히 환영하는 것처럼 보이지는 않는데."

"눈치가 빠르군. 너는 여기서 영원히 잠들어줘야겠어. 특등석이야……, 신의 곁이라는."

좀 전까지 라이브라의 주위를 떠다니고 있던 블랙 큐브들이 마치 의지를 지닌 것처럼 각자 규칙적으로 움직이기 시작했다.

"모든 것이 미리 정해져 있다면, 내 마음대로 할 거야. 폭식만큼은 두 번 다시 원래 세계에 나타나지 않게끔, 똑같은 결말을 맞이하지 않게끔 할 거거든. 그러지 않으면 내 앞에 있는 너처럼 새로운 힘을 얻어서 몇 번이고 나타날 테니까."

『페이트, 온다.』

"나도 알아."

이 압박감은 아버지와도 비교가 되지 않는다. 죽음을 관장하는 흑천사에게는 그나마 내게 비정하지 못한 느낌이 있었다.

군더더기가 전혀 없는 살기라고 해야 할까. 라이브라의 표정은 아직 변하지도 않았는데…….

그 낙차가 정체를 알 수 없는 심오한 인상을 풍겼다.

"그리고 말이지. 성각이 싸우라고 하거든. 너는 역시 위험한 존재야."

라이브라의 얼굴에 그려진 문양이 새빨갛게 빛나고 있었다.

제34화 신의 앞

찬란하게 빛나는 이 밝은 세계에 어둠 같은 것은 존재할 리가 없다.

모든 것이 신의 앞에서 드러나듯, 빛은 더욱 세기를 높였다. 그것은 혼의 수확이 시작된다는 소식을 알리는 것 같았다.

"열려버린 이상, 한 번 리셋을 해야 하나. 다음에는 방해꾼이 없을 테니."

라이브라는 신이라 불린 자를 등진 채 손을 높게 들어 올렸다. 그리고 나를 향해 내렸다.

그 순간, 블랙 큐브가 주위에 있던 혼을 또다시 흡수하기 시작했다.

『페이트!』

모인 혼이 혼의 마물이 되어 덤벼들었다. 그렇다면 혼의 해방으로 없애주마……, 그렇게 생각하다가 씨익 웃고 있던 라이브라가 눈에 들어왔다.

"이건 안 되겠어."

『왜 그러지?』

록시를 안은 채 혼의 마물들을 피했다. 가까이에서 보니 실감할 수 있었다.

이 혼들과는 서로 이해할 수 없다.

"내가 말했을 텐데. 똑같은 결말을 맞이하지는 않겠다고. 그 혼은 완전히 내가 제어하고 있지. 장난삼아 에리스를 만들어냈을 때 실험했던 게 도움이 될 줄이야. 모든 것이 끝나면 그녀를 칭찬해줘야겠군."

"라이브라!"

"오, 무섭네. 네가 잘못한 거야. 아버지를 우선시한 네가 말이지. 아쉽지만 약속은 어겨야겠어."

"에리스는 네 물건이 아니야."

"그래, 물건이지. 소유물을 양도해줄 기회까지 주었는데."

혼의 마물들이 나를 둘러쌌다. 도망칠 곳은 없다.

"폭식 스킬 보유자가 잡아먹히는 꼴을 보고 싶었거든. 안심하라고, 네가 안고 있는 그녀도 함께 갈 거야. 그나마 작별 선물로서 말이지."

"이 자식……."

내가 록시를 안고 있다는 걸 이용해서 끝까지 제멋대로 구는구나. 이렇게 될 걸 알고 일부러 그녀를 풀어준 것 같다.

『일격에 끝낼 수밖에 없다.』

"이제 그것밖에 없어."

하지만 약간의 불안함이 스쳐 갔다. 라이브라는 똑같은 결말을 맞이하지 않겠다고 했기 때문이다.

나는 흑검을 재빠르게 흑창으로 변형시켰다.

아무리 불안해도 지금은 이것밖에 방법이 없다.

"가지고 가라, 내 힘을."

『받아가마, 네 힘을.』

흑창은 내 스테이터스를 양식 삼아 성장해 나갔다. 더욱 무시무시하게, 더욱 날카롭게. 투척무기로서 더할 나위 없는 형태로 변모했다.

제6위계의 오의, 《리볼트 브류나크》를 발동. 혼신의 힘을 담아 던졌다.

소멸의 흑창이라면 아무리 파괴 불가능 속성을 지닌 블랙 큐브라 할지라도 순식간에 없앤다. 혼의 마물이 앞을 가로막으려는 듯이 다가섰다. 하지만 흑창은 코어인 블랙 큐브까지 통째로 없애버렸다.

그럴 때마다 무기질적인 목소리가 스테이터스 상승과 스킬 취득을 알려주었다. 항상 그랬듯이 담담한 목소리였다.

스테이터스는 고맙지만, 이런 스킬로는 라이브라에게 미치지 못하겠지. 그래도 이름을 알 수 없는 사람들이 소중히 여겨온 것들이다. 소중히 쓰자.

"가라! 그리드!"

이번에는 어떻게 될까. 록시 같은 방패는 없다.

엄청난 충격파가 주위를 가로질렀다.

그 사실은 소멸의 흑창, 《리볼트 브류나크》가 막혀버렸다는 걸 나타내고 있었다. 블랙 큐브로는 불가능할 텐데.

설마. 《리볼트 브류나크》와 맞부딪힌 무기의 모습을 보았을 때 전부 이해했다.

"완전히 똑같이 생겼어……."

제6위계의 오의인 그리드의 모습과 완전히 똑같았다. 그리고 능력도 마찬가지로 소멸.

팽팽하게 맞선 양쪽 오의는 결판을 내지 못했다. 힘을 모조리 사용한 뒤 공중에 떠 있는 두 흑창.

그중 한 쪽에 말을 걸었다.

"돌아와, 그리드."

그리드가 번개처럼 날카로운 궤도를 그리며 내 손으로 귀환했다.

『설마 이 몸으로 둔갑할 줄이야.』

"저 여유를 이해한 것만으로도 수확이 있지."

라이브라의 손으로 돌아간 흑창은 블랙 큐브로 변했다.

저걸 저런 방식으로 써먹을 수도 있나?! 라이브라는 내 마음을 읽은 듯이 입을 열었다.

"이것뿐만이 아니야. 봐, 이런 형태도, 그리고 이것도. 더 볼래? 전부 보았을 때 너는 어떻게 되어 있을까."

흑창뿐만이 아니었다. 흑검, 흑궁, 흑겸……, 라이브라는 내가 해방시켜 온 그리드의 모습을 모방했다. 게다가 흑부와 흑총검까지.

"이 무기들을 누가 만들었는지. 생각해본 적 있어?"

무기는 사람이 아니다. 태어날 리가 없다. 라이브라가 말한 것처럼 누군가가 만들어야만 한다.

"강한 무기를 지니고 있는 게 자신뿐이라고 잘난 척하는 건 어리석은 자들이나 하는 짓이지. 그래도 좋은 데이터를 얻었어. 이 흑창은 훌륭하군. 배니티와는 전혀 달라. 이것이야말로 흑창이 가져야 할 형태지."

"그걸 다루려면 그에 맞는 대가가 필요할 텐데."

오의를 사용할 때는 대량의 스테이터스를 소비한다. 그것은 돌아오지 않는다.

신중한 것처럼 보이는 라이브라가 그렇게 큰 위험부담을 쉽사리 받아들일 것 같지는 않았다.

"무슨 말을 하는 거야? 이렇게 잔뜩 넘쳐나고 있잖아."

그는 떠도는 혼들을 흡수하며 그렇게 말했다.

말도 안 돼?! 그건 신에게 바치는 제물이라고 했을 텐데. 라이브라가 그걸 빼앗는 것이 용납되는 행위인가?

라이브라는 자기 얼굴에서 붉게 빛나는 성각을 손가락으로 가리켰다.

"신은 허락해주고 계시지. 큰일을 위한 작은 일. 다시 키우면 돼. 너처럼 재주 좋은 짓은 못 하니까 혼까지 통째로 소비하면서 말이야. 대신할 건 얼마든지 있어. 보라고, 저 혼의 무리를! 역류했던 혼이 돌아왔잖아."

내가 온 쪽에서 새로운 혼의 파도가 밀어닥치려 하고 있었다.

"자, 뭘로 날려버릴까. 원하는 게 있으면 말해보라고."

"크윽……."

혼의 마물은 아직도 남아서 여전히 내게 덤벼들고 있다.

그것들을 피하며 록시의 상태를 살펴보았다. 전혀 깨어날 낌새를 보이지 않는다.

지키면서 싸우기에는 상대가 너무 안 좋다. 적어도 깨어나 주기라도 한다면…….

위쪽에서는 검은 번개가 잔뜩 쏟아져 내렸다. 올려다보니 라이브라가 제2위계의 오의, 《블러디 터미건》을 날리고 있었다.

아슬아슬하게 날갯짓하며 피했지만 왼쪽 어깨를 맞아버렸다.

몸을 꿰뚫는 듯한 충격이 스쳐 갔다. 단순한 통증이 아니다. 이 감각은 느껴본 적이 있다. 정신세계에서 그리드나 루나와 수행하던 때와 마찬가지다.

그때 그리드가 말했었다. 혼에 공격을 너무 많이 당하면 마음이 망가져 버린다고.

라이브라는 내 육체만으로는 부족해서 마음까지 숨통을 끊으려 하고 있다. 가지고 놀고 있다.

《블러디 터미건》이 비처럼 쏟아져 내렸다.

"록시! 안 되겠네……. 스노우, 대답해줘."

그때, 혼의 무리가 파도처럼 우리 앞에 나타났다. 몰려가는 혼들. 라이브라가 한 말을 믿는다면 그것들은 현세로 역류했던 혼들일 것이다. 너무 많았기에 눈앞의 시야조차 확보하기가 힘들 정도다.

황금빛 구체로 뛰어드는 혼들 중에서 단 하나, 방향을 바꾼 것이 있었다. 그것은 따스한 빛을 뿜어내며 록시 주위를 날아다니고 있었다.

나는 그 혼에 빨려들어 가듯 손을 댔다.

"페이트 바르바토스. 이런 형태로, 이런 곳에서, 다시 만나게 될 줄이야……."

"메이슨 님?!"

"죽었다가 부활해서, 다시 가족을 만날 수 있었다. 이제 미련은 없다. 하지만 혼으로 다시 돌아와서도 의식이 있다. 이건 기적인가……, 아니면……. 페이트, 힘을 빌려주지 않겠나. 딸의 혼은 사로잡힌 상태다. 이 또한 숙명이구나……. 이런 모습이 되어서야 알

268 폭식의 베르세르크 8

게 되다니."

"……제가 어떻게 해야 할까요."

"내 혼으로 자네를 딸의 혼에게 인도하겠네."

"그런 짓을 하시면……, 메이슨 님께서는?"

"괜찮다. 나는 이미 죽은 몸. 딸을 위해서라면, 이 혼 따위야."

메이슨 님의 결심은 완고했다.

그리드도 지금은 그럴 수밖에 없다고 했다. 그 또한 비슷한 행동을 한 적이 있기에 말의 무게가 달랐다.

『네가 록시의 혼 안에 들어가 있는 동안에는 이 몸이 어떻게든 시간을 벌어주마.』

"그렇다면."

『크로싱이다. 시간이 없어, 가자고.』

그리드는 일방적으로 나와 동화했다. 나는 튕겨 나가듯이 혼만 남아 메이슨 님이 이끄는 대로 록시 안에 뛰어들었다.

남겨진 그리드는 내 몸을 움직여서 어울리지도 않게 윙크를 했다. 자신에게 맡겨두라는 뜻이다.

록시 안으로 들어가자 메이슨 님의 혼이 부서지는 소리가 들렸다. 그리고 그의 마지막 목소리가 남았다.

"딸을……, 록시를 부탁하마."

제35화 소울 다이브

응어리 없이 맑은 곳. 계속 여기 있을 수 있다면 얼마나 좋을까.

나는 선선한 바람이 불어오는 초원에 서 있었다. 지금은 해가 지평선 저편으로 저물어가고 있다.

이 희미하게 빛나는 풀들에게도 새까만 세계는 공평하게 찾아온다.

록시의 세계가 어둠에 갇히려 하고 있었다.

"있지? 스노우."

내 목소리가 바람을 타고 멀리 흘러갔다. 그에 호응하듯 공간이 일그러졌다.

그곳에서 나타난 것은 역시 스노우. 하지만 어른의 모습이라는 점이 달랐다.

이게 원래 그녀다. 얼굴은 성각의 문양으로 붉게 물들어 있다. 다시 말해, 록시의 정신에 대한 간섭은 그녀 혼자서 어떻게 해볼 수 없다는 뜻이었다.

"이제야 제대로 이야기를 나눌 수 있겠네……, 페이트."

"록시를 해방시킬 방법은 없는 거야?"

"못 해. 알고 있잖아."

스노우는 그렇게 말하며 자기 얼굴을 손가락으로 가리켰다. 새빨갛게 물든 성각이 더욱 빛났다.

그녀도 성각에 저항하려 했을 것이지만 그런 시도가 억눌린 것처럼 보였다. 아버지도 마찬가지였다.

그렇다면 방법은······.

"나를 죽일 수밖에 없어."

"그러지 마. 이제 질색이라고. 소중한 사람과 싸우는 거······, 죽고 죽이는 건."

"그래도······, 괜찮아. 나도 이미 죽었어. 그리고 나는 죄의 대가를 치러야만 해. 지금 페이트는 그 이유가 생각났지?"

"······스노우."

부탁이니까 아버지하고 똑같은 말을 하지 말아줘.

"다들, 왜 그렇게 죽고 싶어 하는 거야?! 한번 죽어버리면 그렇게 되는 거야?"

스노우는 미소를 지을 뿐이었다.

"폭식 스킬로 나를 먹어, 자."

아버지에게 했던 짓을 거듭하고 싶진 않다.

어째서냐고. 메이슨 님도······, 미쿠리야도······, 어머니도······. 어째서 일부러 그런 짓을 해버리는 건데. 나도 알아. 나도, 가리아에서 록시를 지키기 위해 천룡과 싸웠을 때와 똑같은 심정이었을 테니까.

그래도, 마음이 받아들일 수 없다. 왠지 스노우의 목소리가 저 멀리에서 들리는 것처럼 느껴진다.

바로 근처에 그녀가 있는데도······.

스노우는 지평선을 돌아보며 말했다.

"앞으로 나아가기 위해서는 필요한 것도 있어. 해가 완전히 져버리기 전에."

"……이것밖에 없는 거야? 정말로, 이럴 수밖에 없는 거야?"

"록시가 돌아오지 못하게 되어버려. 내가 그녀에게 간섭하느라 움직이지 못하는 동안에."

나는 한 발짝씩 나아가 스노우 앞으로 가서는 그녀의 얼굴을 바라보았다. 생각나 버린 어렸을 적의 약속.

이 기억은 또 하나의 자신이 내게서 빼앗아 갔던 것이다. 그때 나는 어머니가 없었기 때문에 쓸쓸했던 거겠지.

왜 그런 부탁을 했던 걸까. 본능적으로 스노우가 지닌 성수인으로서의 힘을 느끼고 친근감 같은 걸 품어버렸는지도 모르겠다.

"스노우……."

그녀의 볼을 만졌다. 약간 따스해서 틀림없이 살아있다는 걸 느낄 수 있었다.

"시간이 없어. 어서."

그녀 말이 맞다. 먹어버리면 록시에게서 강제로 분리할 수 있다. 어서 하지 않으면 록시의 정신이 버티지 못한다. 그리고 라이브라와 혼자서 싸우고 있는 그리드도 걱정된다.

하지만, 모든 것이 구원받는 건 아니다. 스노우도 아버지와 마찬가지로 폭식 스킬 안에 영원히 갇히게 되어버린다. 록시가 그걸 원할 것 같지는 않았다.

정말로 방법이 이것밖에 없는 건가?

스노우의 날씬한 목에 손을 댔다. 이제 힘을 주기만 하면 된다. 그녀는 말없이 눈을 천천히 감았다.

(……너는, ……그걸로 충분한 거냐?)

어디선가 나를 부르는 소리가 들렸다. 나와 똑같은 목소리.

들어본 적이 있다. 이 녀석은 또 하나의 나다. 미쿠리야로 인해 통합됨으로써, 알아듣기 힘들었던 목소리가 선명해진 것 같았다.

(그 생각을 내가 거두어줄 수도 있는데.)

지금까지 겉으로 나오지 않았던 주제에 이제 와서 무슨 말을 하는 거야? 어차피 다른 꿍꿍이가 있겠지. 너는 믿을 수 없다.

그렇게 대꾸하자 또 하나의 내가 웃어댔다.

(힘이 필요해. 너라는 족쇄를 부술 수 있을 정도로 강한 힘. 성수인으로서 힘을 발휘하기 위해 그건 반드시 필요하지. 나는 성각을 얻는다. 너는 스노우를 해방시킬 수 있다. 괜찮은 제안인 것 같은데.)

너는 성각을 얻어서 나를 빼앗으려는 건가?

(계속 그랬지. 폭식 스킬의 밑바닥에 홀로 갇힌 괴로움을 네게도 주마.)

내가 그 거래를 받아들일 거라 생각해?

(너는 받아들일 거다. 소중한 것을 잃을 바에는 차라리.)

이 녀석……, 또 하나의 나라 그런지 잘 알고 있다. 스노우의 성각을 얻는다면 이 녀석은 온 힘을 다해 나를 빼앗으려 할 것이다.

이제야 폭식 스킬과 균형을 잡았는데, 이번에는 또 하나의 나냐고.

(준비는 됐다. 성각에 손을 대라.)

아버지가 이 녀석을 조심하라고 말했던 게 생각났다. 이렇게 될 것을 예상하고 있었을 것이다.

다른 선택지는 없다. 나는 스노우의 성각에 살며시 손을 댔다.

그러자 곧바로 성각이 더 환하게 빛났다. 그녀는 눈을 크게 뜨고 나를 향해 뭔가 호소하려 했다.

성각이 부서지며 스노우에게서 사라지기 시작했다. 입자가 되어 떠오른 성각이 흐르는 물처럼 꿈틀대기 시작했다.

그것은 닿아있던 내 오른쪽 손등을 향해 흘러들었다.

"크윽."

타오르는 듯한 통증이 새겨졌다. 스노우의 성각이 완전히 내 오른쪽 손등으로 들어왔다. 무언가 강제로 명령을 받는 변화가 생길 줄 알았지만, 딱히 아무것도 없었다. 성각이 계시를 받아서 새빨갛게 물들어 있는데도 불구하고.

그때, 오른팔이 멋대로 움직이며 내 목을 조르려 했다. 재빨리 힘을 주고 오른팔을 겨우 막을 수 있었다.

벌써 나를 뺏으려 하는 건가. 성급한 녀석이다.

(아직 폭식 스킬이 방해하나……, 조금 부족하군……, 아쉬워. 기회는 앞으로도 얼마든지 있지……, 기대되는군.)

폭식 스킬로 인해 또 하나의 내가 억눌린 모양이었다. 성각도 폭식 스킬에 봉인된 건지도 모르겠다. 설마 폭식 스킬의 가호를 받게 되는 날이 올 줄이야……, 상상도 하지 못했다.

오랫동안 열심히 함께 지내온 보람이 있구나.

숨을 돌리고 스노우를 돌아보았다. 그녀는 깜짝 놀란 표정으로 나를 보고 있었다.

"왜 이렇게 말도 안 되는 짓을……."

"그래도, 어떻게든 해결했어."

"에휴……, 그런 구석은 예전부터 변함이 없구나. 딘이 죽게 되는 계기를 만든 게 나인데……, 전부 생각났지?"

"응. 아버지는 스노우를 비난하지 않았어. 그리고 내가……, 아버지를."

어머니는 나를 낳고 금방 돌아가셨다. 그리고 아버지는 산속의 작은 마을에서 조용히 나를 키우기로 했다.

그때는 나(폭식 스킬)와 또 하나의 인격(성수인)이 공존하고 있었기에 매우 불안정한 상황이었다. 큰 도시에서는 무슨 일이 생겼을 때 돌이킬 수 없는 피해가 생겨버릴 가능성이 있었고, 다른 성수인 추격자로부터 숨기 위해서이기도 했다.

"나는 딘의 추격자였어."

스노우는 먼 곳을 바라보며 가르쳐주었다.

이번처럼 그녀는 성각에 거역하지 못하고 싸울 수밖에 없었을 것이다.

"하지만 딘하고 싸우다 패배해버렸지. 중상을 입은 나를 구해준 건 너희들이었고."

어렸을 때 자란 마을에서 조금 떨어진 산속. 혼자 놀고 있자니 누군가의 목소리가 들린 것 같아서 움직이다가 길을 잃어버렸다. 지금 생각해보면 또 하나의 인격이 감지했던 것 아닐까.

그때 나는 또 하나의 나와 잘 지냈던 것 같다. 아버지는 사악한 존재라고 생각했지만, 내게 있어서는 형제 같은 존재였다는 거다.

또 하나의 나는 스노우를 발견하고는 열심히 치료를 해주었다. 아버지 말고 처음 보는 성수인……, 동족을 만난 게 기뻤던 모양이다. 아마 그 녀석도 고독했겠지. 모처럼 만난 동족을 잃고 싶지 않다는 마음으로 틈만 나면 아버지 몰래 스노우를 돌봐주었다.

나도 열심히 움직이는 그 녀석에게 협력했다.

하지만 그것도 오래 가지 못했다. 스노우가 움직일 수 있을 정도로 회복되었을 때, 아버지에게 들켜버렸다.

다시 벌어진 성수인들의 전투. 또 하나의 나는 말리지도 못하고 울음을 터뜨려버렸다. 그리고 점점 가까운 곳에서 벌어지는 전투에 감화되어 울음을 그쳤을 때는 성수인으로서의 힘이 각성해버렸다.

"나는 터무니없는 존재를 각성시켜버렸어."

그것은 내가 지닌 폭식 스킬의 힘까지 끌어들여 무시무시한 힘이 되었다고 한다.

폭주한 힘은 스노우의 목숨을 빼앗았고, 아버지까지도 덮쳤다.

"딘은 자기 목숨을 대가로 또 하나의 너를 폭식 스킬에 봉인했지."

그리고 나는 혼자가 되었다. 아버지는 계속 곁에 있어 주었지만, 그리 오래 가진 못했다.

나는 또 하나의 인격과 함께 기억 중 대부분을 잃었다. 그 때문에 아버지가 부상으로 인해 돌아가셨다고 착각하게 되어버렸다.

"또 하나의 내가 스노우에게 부탁했던 거, 기억나?"

"신기한 말을 했었지. 그래도 지금은 이해가 돼."

같이 있어 줬으면 좋겠다. 그 말로 모든 것이 이해가 된다.

좀 전에 또 하나의 내가 밖으로 나오려 했던 것도 확실한 이유가 있었다. 또 하나의 나에게 있어서도 스노우는 아직 특별한 존재라는 거다.

그래서 또 하나의 나는, 그녀의 마음을 속박하는 생각을 이어받았다. 나를 빼앗으려 한 것은 겸사겸사였겠지.

스노우는 햇빛이 내려쬐기 시작한 세계를 돌아보았다. 그 눈초리는 부드럽고 따스했다.

"록시가 깨어날 거야."

"스노우! 몸이."

"생각을 잃은 지금, 예전처럼 그녀에게 힘이 되어주진 못할 거야. 하지만 한 가지 방법이 있지."

생각을 이어받았을 때와 비슷했다. 스노우의 몸이 부서지면서 빛의 입자로 변하기 시작한 것이다.

"설마……, 안 돼. 그러면 결국 스노우가……, 죽어버리잖아."

스노우는 방긋 웃었다. 그 미소는 내 등을 밀어주는 것처럼 밝은 미소였다.

"록시의 혼과 완전히 동화할 거야. 괜찮아. 그녀는 아무것도 변하지 않아. 이 힘(발키리)을 그녀만 다룰 수 있게끔 할게."

"……고마워, 스노우."

"나야말로. 신경 쓸 필요는 없어. 나는 그녀 안에서 계속 살아갈 테니까."

그 말은 나뿐만이 아니라 또 하나의 인격에게도 하는 말 같았다.

스노우는 빛의 입자가 되어 세계로 퍼져나갔다. 푸른 초원이 그녀의 힘을 얻어 차례차례 꽃을 피워냈다.

날은 더욱 따스해졌고, 포근한 바람이 이곳을 바꾸었다. 해가 높게 뜨는, 흐림 없는 세계로.

록시의 세계가 돌아왔다. 다시 말해, 그녀가 깨어나려 하고 있다.

나도 돌아가자……, 라이브라와의 싸움이 기다리고 있다.

제36화 최후의 심판

끊임없이 날아드는 공격 속에서 나는 의식을 되찾았다. 라이브라가 장난감을 든 어린아이처럼 흑궁으로 《블러디 터미건》을 날리고 있었다.

그 와중에도 그리드가 내 몸을 조종해서 아슬아슬하게 피해준 모양이었다.

『늦었구나, 파트너.』

"기다렸지."

『보아하니 잘 풀린 모양이로군.』

"그래……."

록시의 마음은 되찾았다. 하지만, 대가도 치렀다.

스노우는 이제 돌아올 수 없다. 우리에게 힘이 되어주기 위해 록시의 마음과 동화해버렸다.

안겨 있던 록시의 눈꺼풀이 살짝 움직였다.

"록시!"

"……페……이."

록시가 눈을 뜨자 그 눈가에서 눈물이 흘러내렸다. 그것만으로도 그녀가 자신에게 일어난 일을 알고 있다는 게 짐작되었다.

하지만, 지금은 슬퍼하고 있을 때가 아니다. 그뿐만이 아니라, 나는 록시에게 가혹한 질문을 해야만 한다.

"싸울 수 있겠어?"

"네."

곧바로 맑은 목소리가 돌아왔다. 역시 대단하다. 나는 그런 그녀의 강한 모습에 몇 번이나 구원을 받았다.

록시는 내게서 물러나 하얀 날개를 펼쳤다. 그 숫자가 예전보다 두 장 많았다.

여섯 장의 날개. 그리고 그녀가 칼집에서 뽑아든 성검의 빛도 더욱 신성해져 있었다.

그리드의 말에 따르면 인조 성검이 아니라 더욱 진짜와 비슷한 것이 되었다고 한다. 그 성능은 대죄 무기와 맞먹는다. 내가 보기에도 피부가 따끔거릴 정도로 강한 힘이 느껴졌다.

발키리로서 진정한 모습을 갖춘 록시가 나를 보며 미소지었다. 머리 위에 있는 천사의 고리도 내게 말을 걸고 있는 것 같았다.

"스노우가 준 선물이에요. 그녀는 항상 제 안에 있어요. 자, 가요!"

"그래, 가자. 그리드도."

『맡겨만 다오..』

검은 날개를 있는 힘껏 날갯짓했다. 목표는 태양처럼 빛나는 구체 앞에 있는 라이브라.

라이브라는 내가 록시를 되찾았는데도 동요하지 않았다.

여전히 여유가 넘치는구나. 마치 아무것도 느낀 게 없는 것 같다. 이것도 미쿠리야가 말했던 것처럼 미리 정해져 있던 일이라서 그런가?

"그래도."

여기까지 와버렸다. 맞서지 않을 이유가 없다.

몸은 이미 움직인다……, 마음도 마찬가지다. 나는 지금 여기에 있고, 혼자 싸우는 것도 아니다.

록시가 있고, 그리드도 여기 있다. 그리고 원래 세계에서는 마인과 에리스가 성수들과 사투를 벌이고 있을 것이다.

왕도를 지키기 위해 남은 아론이나 백기사들도 마찬가지다. 많은 사람들이 이어준 마음을 여기서 멈추게 할 수는 없다.

우리들만의 싸움이 아니니까…….

우리가 접근하자 라이브라가 시원스러운 표정을 지으며 손을 들었다.

『올 거다.』

그리드의 충고. 수많은 블랙 큐브가 형태를 바꾸기 시작했다. 그 모습은 투척에 적합한 흑창이었다.

숫자로 밀어붙여 우리를 꿰뚫어버릴 셈인가.

라이브라가 말없이 손을 내리자 수많은 흑창이 우리를 향해 쏟아져 내렸다.

"저건 제가."

록시의 이름을 부르기도 전에 그녀가 내 앞으로 나섰다. 성수 아쿠에리어스의 천공 포대를 막아냈을 때 보여주었던 수호 결계가 전개되었다.

아니, 그때보다도 차원이 높다. 이 따스한 결계 안에 있으니 신기하게도 용기가 솟아올랐다.

바로 앞까지 다가온 수많은 흑창 따위는 이제 신경 쓰이지 않는다.

이 수호 결계뿐만이 아니다. 그녀는 언제나 나를 지켜주었다.

왕도부터 가리아…… 지금 여기에서도.

나는 록시를 믿고 있다.

"고마워, 록시."

"페이?"

"항상 곁에 있어 줘서."

수많은 흑창은 수호 결계에 막혀 다가오지도 못했다. 그 모습은 마치 상반되는 것이 서로 멀어져가는 것처럼 보였다.

"당연하죠."

예상과는 달리 힘찬 목소리가 돌아왔다. 그게 기뻐서 힘이 솟구쳤다.

이대로 단숨에 라이브라가 있는 곳까지 가주지. 그 녀석은 눈을 가늘게 뜨면서 능청스럽게 한숨을 쉬었다.

"거절의 힘인가……, 설마 신의 수호 방패인 스노우까지 배신하다니. 한심하군……, 그분의 뜻을 따를 수 있는 게 이제 나밖에 없다니."

"라이브라!"

소리를 지르며 이름을 부르자 라이브라는 손으로 얼굴을 가리며 씨익 웃었다.

"하지만, 막는 것만으로는 아무것도 할 수 없을 텐데. 저항해봤자 소용없어. 너는 내게 닿을 수 없다고."

혼신의 힘을 다해 제6위계 오의, 《리볼트 브류나크》를 날렸는데도 막혔었다. 내 손에 있는 것은 그리드뿐.

그에 비해 라이브라가 지니고 있는 흑창은 셀 수 없을 정도로 많다.

결과가 뻔히 보인다……, 라이브라는 그렇게 말하고 싶은 모양이었다.

"그쪽이 오지 않는다면 끝내주지. 여기에는 제물이 넘칠 정도로 많아. 아무리 거절의 힘이라 해도 이걸 전부 막아낼 수 있을까."

"너……, 설마."

"그 초라한 무기 하나로는 재현할 수 없을 정도의 공격을……, 너에게 주는 작별 선물로 보낸다."

주위에 흩어져 있던 흑창에 변화가 생겼다. 주위의 혼들을 빨아들이며 더욱 날카롭고 무시무시한 모습으로 성장한 것이다.

제6위계의 오의, 리볼트 브류나크다. 소멸의 힘을 지닌 오의가 셀 수 없을 정도로 많이 날아들려 하고 있다.

"아무리 너라도 이해가 될 텐데. 한 자루와 수없이 많은 무기가 맞부딪히면 어떻게 될지. 어때, 지금 포기한다면 그녀만은 봐줄 수도 있어."

"페이!"

"록시!"

나는 록시와 둘이서 마주 보며 고개를 끄덕였다. 흔들리지 않는 맹세였다.

아무리 라이브라가 불가능하다고 해도, 그걸 정하는 건 우리다. 결코 네가 아니다.

그런 우리를 보고 라이브라가 어이없다는 듯이 말했다.

"아쉽군. 모처럼 준 기회를 저버리다니."

수많은 《리볼트 브류나크》가 일제히 수호 결계로 날아들었다. 아직 튕겨내고 있긴 하지만, 점점 깎여나가는 소리가 울려 퍼졌다.

록시는 수호 결계를 유지하기 위해 힘을 더욱 담았지만, 소멸의 오의가 지닌 기세에 밀리기 시작했다.

이대로 가다가는……, 나는 견디지 못하고 흑검을 흑창으로 변형시켰지만 록시가 말했다.

"아직 괜찮아요."

아니, 괜찮은 척하는 거다. 나는 그런 그녀를 지키고 싶어서 여행을 떠났다. 그리고 이렇게 먼 곳까지 와버렸다.

생각해보면 시작도 이런 불가능할 것 같은 도전이었다. 그렇다면 이제 와서 따질 것도 없겠지……, 망설일 필요가 있나?

"그리드, 할 수 있겠어?"

『당연하지. 가짜 따위는 얼마든지 해치워주마. 네 모든 것을 이 몸에게 내놔라!』

"그래, 파트너."

뒷일 같은 건 생각하지 않는다. 지금 지니고 있는 모든 것을 이 오의, 《리볼트 브류나크》에.

무시무시한 모습으로 변모한 흑창을 라이브라에게 겨누고, 지금 지니고 있는 모든 힘을 담아 투척한다.

"페이!"

록시의 목소리가 내 등을 밀어주었다. 그 힘을 담아 《리볼트 브류나크》가 수없이 많이 날아오는 똑같은 오의와 맞부딪혔다.

내가 날린 《리볼트 브류나크》는 눈 깜짝할 새에 삼켜져 버렸다.

라이브라가 그것 보라는 듯이 비웃었다.

"너는 쓸데없는 짓을 하는 걸 좋아하는구나."

아니, 아직 느껴진다. 손에서 떠났지만, 그리드를 느낄 수 있다. 오의는 멈추지 않았다.

파트너가 포기하지 않았는데, 사용자인 내가 포기할 수는 없다.

내게 남겨진 힘은 이제 거의 없다. 하지만 나아가는 그리드를 멈출 수는 없다. 멈추게 만들고 싶지 않다.

록시는 아직 빈틈을 노리고 날아드는 흑창을 막느라 움직일 수가 없다. 라이브라는 절대적인 우위에 서 있으면서도 방심하지 않았다.

"그리드, 아직 할 수 있지? 가짜에게는 지지 않을 거야. 질 수는 없다고."

『들린다……, 페이트. 힘을 이 몸에게.』

멀리 떨어져 있는데도 그리드의 목소리가 들렸다. 처음이었다……, 떨어져 있는데도 바로 옆에 있는 듯한 감각. 크로싱으로 우리 마음을 한데 겹친 것 같았다.

지금이라면……, 지금의 우리라면 좀 더 앞으로 갈 수 있을 것 같다. 하지만 이제 힘이…….

(……페이트.)

내 안에서 이름을 부르는 목소리가 들렸다. 이제 두 번 다시 들을 수 없을 거라 생각했다.

아버지의 목소리. 너무나 자상하고도 편안해서, 지금 싸우고 있다는 것조차 잊어버릴 뻔했다.

(혼자가 아니다……, 내가 함께 있다. 아니, 주위를 봐라.)

수없이 많이 떠돌고 있는 혼들이 눈에 들어왔다.

(대죄 스킬은 신의 섭리를 거스르는 이단. 하지만 반대로 말하자면……, 이 절대적인 섭리로부터 구원을 추구하는 자들의 소원.)

거대한 빛의 구체를 향해 나아가던 혼들이 방향을 바꾸었다. 그리고 우리를 둘러싸듯 흐름을 바꾸기 시작했다.

(그 안에서 폭식 스킬은 저 신과 닮게끔 태어났다. 원래는 저것의 제물이 되지 않는 안주의 땅으로서…….)

"아버지!"

(폭식 스킬과 마주 보고, 여기까지 올 수 있었던 너라면……, 그들을 받아들이고도 페이트로 존재할 수 있을 거다. 가능하다면, 또 하나의 너도……. 나는 지독한 짓을 저질러버렸다. 자기 아들인데도 믿어주지 못했다. 정말로 미안하다…….)

그 말을 마지막으로 내 안에서 바닥났던 힘이 솟구치는 게 느껴졌다. 아버지……, 또 내게 힘을…….

고마워, 아버지.

나는 그 힘을 그리드에게 보냈지만, 아직 부족하다. 라이브라가 날린 수많은 오의 앞에서는 너무나도 무력했다.

"크읔……."

"페이!"

이대로 가다가는 밀려날 것이다.

그러나 거기서 다시 힘이 솟구쳤다. 아버지가 아니다. 누구지? 내가 모르는 감정과 기억이 힘과 함께 흘러들었다.

계속 이어지며 멈추지 않는 기억들. 마치 셀 수 없을 정도로 많은 사람들이 내 등을 받쳐주고 있는 것 같았다.

아버지가 한 말을 곱씹은 다음, 주위의 혼들을 바라보았다. 그것들이 록시의 수호 결계를 통과해서 나와 동화하는 중이었다.

하나하나는 작고 덧없는 존재들. 그것들이 모여서 큰 물결이 되고, 내 힘이 되어주고 있었다.

라이브라는 그리드를 초라한 무기라고 했다.

그럼에도 불구하고 그가 블랙 큐브로 흉내내서 만든 흑창은 내가 아버지에게 이어받아 얻은 새로운 모습━━━, 제6위계다.

"하긴……, 네 말이 맞아. 초라한 무기라 해도 여기에 모여준 혼들…… 사람들의 마음을 힘으로 바꿀 수 있지. 내 폭식 스킬을 통해서!"

처음이었다. 그렇게까지 나를 괴롭히던 폭식 스킬이……, 반전하기 시작했다. 보다 바람직한 방향으로 나를 인도해준다.

태어났을 때부터 단점만 있는 스킬로서 나와 함께 지냈고, 때로는 사람들로부터 멸시를 받았었지. 하지만 지금은 다행이라고 당당하게 말할 수 있다.

내게는 폭식 스킬이 필요했다.

"페이……, 눈물이."

나도 모르는 사이 볼에 눈물이 한 줄기 흘러내리고 있었다. 슬픈 것은 아니다.

흡수한 혼들의 다양한 감정과 기억이 흘러들어오고 있기 때문일 것이다.

그리고 그것이, 나를 움직이게 만들었다.

다시 한번 그리드에게 닿게끔 제6위계의 오의를 외쳤다.

"리볼트 브류나크!"

그리드가 흑창 무리를 밀쳐내고 고개를 내밀었다. 라이브라의 소멸의 힘을 뛰어넘은 것이다.

가짜를 차례차례 없애버리며 돌진하는 그리드를 보고, 라이브라는 미간을 찌푸리며 블랙 큐브를 흑순으로 변형시켜 막으려 했다.

파괴, 파괴. 그리드는 그것마저 파괴하고 라이브라를 향해 일직선으로 날아갔다. 그 앞길을 막는 것은 용납되지 않는다.

지금 여기에 있는 혼들도 흐름을 멈추고 그 모습을 지켜보고 있는 것 같았다.

"말도 안 돼……, 이런 일이…….."

내가 날린 《리볼트 브류나크》가 라이브라의 가슴을 꿰뚫었고, 커다란 구멍을 뚫었다. 소멸의 힘으로도 그 녀석의 존재를 없앨 수는 없었다.

평범한 인간이라면 치명상이라 할 수 있는 대미지를 입고도 라이브라는 아직 움직일 수 있는 것 같았다. 얼굴에 새겨진 성각이 한층 더 붉게 빛나고 있었다. 아직 저 녀석에게는 하늘의 계시, 그 싸우려는 의지가 남아있다.

그렇게 많이 있던 블랙 큐브는 거의 다 파괴되었다. 약간 남은 것들도 고장이 났는지 파직파직 소리를 내며 미친 듯이 날아다니고 있었다.

"페이, 해냈군요."

"아니, 글쎄, 지금부터인 것 같아."

내게 몸을 기댄 록시를 보며 고개를 저었다.

커다란 혼 네 개가 우리가 온 방향에서 날아와, 부상당한 라이브라 주위에서 격려하듯이 돌기 시작했다. 이 느낌은 그 땅으로 통하는 문 앞을 막아섰던 성수들이다.

보아하니 마인과 에리스는 성수들과의 싸움에서 이긴 모양이다. 에리스가 성수……, 성수인에 대한 트라우마와 맞서서 확실하게 나아갔다는 증거이기도 했기에 나로서는 기쁠 뿐이었다.

그러나 이건 라이브라에게 새로운 힘을 주는 계기인데. 저 녀석은 이런 흐름도 보험으로 남겨두었던 걸까.

"하하하하하하핫."

그는 마음이 담기지 않은 목소리로 크게 웃어댔다. 뻥 뚫린 가슴을 보고 드는 인상 때문일까, 그것은 매우 공허해진 자신에 대한 자조처럼 들렸다.

"오거라. 내……, 나의 추악함이여."

라이브라의 얼굴은 썩어서 떨어져 나가며 일그러진 존재로 바뀌었다. 새하얀 옷은 변색되어 무너졌고, 그 틈새로는 부패한 체액이 흘러내렸다.

성수로서의 모습은 라이브라가 말한 대로 추악했다.

아버지가 죽음을 관장하는 흑천사라면, 라이브라는 죽음을 흩뿌리고 다니는 이물질. 이 세계의 추악한 것들을 억지로 한데 뭉쳐서 이어붙인 듯한 존재.

저 녀석이 록시의 발키리 모습을 보고 넋이 나갔던 이유를 이해할 수 있을 것 같았다.

"나까지 합쳐서 성수 다섯. 이제 시간도 없다."

되살아났던 혼들이 귀환하는 흐름이 잠잠해지고 있었다. 라이브라는 그게 끝나면 살아있는 자들로부터 혼을 수확하기 시작할

거라는 말을 하고 싶은 것 같다.

망설이고 있을 시간은 없다. 나는 태양처럼 빛나는 구체를 보았다. 좋아, 괜찮아. 아직 늦지 않았어.

"록시, 이게 마지막이야."

"네."

"그리드도."

『너……, 설마.』

록시에게는 들키지 않았는데……. 그리드는 이해해버린 모양이다. 역시 파트너구나.

하지만 그는 더 이상 아무런 말도 하지 않았다. 이제 와서 따질 필요도 없겠지, 안 그래……? 그리드. 너나 나나 마찬가지라고.

"제가 라이브라를 억누를게요. 페이가 끝내주세요."

"부탁할게."

라이브라는 팔을 휘둘러 우리에게 체액을 뿌리려 했다. 둘이서 그 체액을 겨우 피했다.

"이건……."

"대체 무슨 짓을……."

등골이 오싹해졌다. 그걸 뒤집어 써버린 많은 혼들이 보라색으로 변하고는 썩어서 문드러졌다. 저 녀석의 공격은 어떤 것이든 부패시키는 것이다. 내가 지니고 있는 부식 마법 같은 건 어린애 장난이나 마찬가지. 저건 우리가 가지고 있는 무기조차 부식시켜 버릴지도 모른다.

『네 마리의 성수를 얻어 예전보다 힘이 훨씬 강해졌다. 네 예상이 맞았군. 이 몸도 저걸 뒤집어쓰면 멀쩡하지 못할 거다.』

"……그리드."

『걱정할 필요는 없다. 항상 말했잖아. 잊었냐? 페이트. 이 몸은 무기다.』

"그래도, 내게는."

『기쁜 말을 해주는군그래. 그래도 말이다, 페이트. ……알고 있겠지.』

"……그래."

『그래……, 그러면 된다. 그래야 이 몸의 파트너지. 너나 나나 마찬가지다.』

언젠가는 올 줄 알고 있었다. 어찌 됐든 우리의 마지막이다.

시간도 없다. 느긋하게 싸울 수는 없다.

록시가 거절의 힘으로 수호 결계를 전개했지만, 모든 것을 썩게 만드는 힘 앞에서는 놀라운 속도로 깎여나갔다.

라이브라에게 다가가 보니 알 수 있었다. 체액뿐만이 아니다. 그 녀석을 둘러싸고 있는 공기조차 오염되어서 부식성 악취로 변모해 있었다.

"제가 악취를 정화할게요."

록시가 성검을 겨누고 아츠를 발동시켰다. 성검기의 오의인 그랜드 크로스. 하지만 빛의 규모가 전혀 달랐다. 날아간 아츠는 십자가 형태의 빛이 아니라 별표 모양을 띤 빛의 칼날이었다.

세이크리드 크로스라고 해야 할까. 성검기를 뛰어넘은 신성검기의 아츠가 날아간 것이다.

그 놀라운 정화는 라이브라에게 효과적이었다. 라이브라의 썩은 몸이 성스러운 빛으로 타올랐다. 성수라 불리는 존재인데 성스러운 힘에 약하다니……, 정말 아이러니하다.

"페이, 지금이에요."

"그래, 원호를 부탁할게."

록시에게는 라이브라의 악취를 제거하는 보조를 부탁했다. 나는 검은 날개를 퍼덕이며 라이브라의 품속으로. 원거리 공격인 흑토시나 흑궁으로는 표면에 남아있는 악취 때문에 화력을 기대할수 없고, 자잘한 공격으로는 시간이 부족하다. 지금은 역시……, 가장 익숙한 흑검밖에 없다.

있는 힘을 다해 배에 일격을 가했다.

손맛은 느껴졌다……. 그러나 라이브라는 꿈쩍도 하지 않았다. 효과가 없는 건가? 리볼트 브류나크를 막아냈을 때와 마찬가지다.

이 녀석에게 이 정도의 공격은 의미가 없다.

"그리드!"

『신경 쓰지 마라.』

지금까지 흠집이 난 적이 없는 칠흑의 칼날이 소리를 내며 증발하고 있다. 예상이 맞았다.

『멈추지 마라.』

악취를 없애기 위해 록시의 세이크리드 크로스가 날아들었다. 재빠르게 거리를 벌리고 휩쓸리지 않게끔 회피.

라이브라는 록시의 견제가 걸리적거려서 견딜 수 없는 모양이었다. 내 공격은 아랑곳하지 않고 록시를 향해 움직이기 시작했다.

그녀도 당하지만은 않았다. 날개 여섯 장을 이용해서 피하며 아츠를 연달아 날렸다. 그에 비해 나는 화력 부족으로 인해 제대로 싸우지 못하고 있었다. 이미 혼들의 도움을 받아 날린 제6위계의 오의, 리볼트 브류나크조차 통하지 않았으니 어쩔 수 없다. 심지어 그것도 라이브라가 성수화하기 전이었지.

그런 와중에도 나는 뭔가 알아낼 것 같은 느낌이 들었다. 조금만 더. 아주 조금만. 혼들의 도움을 받았을 때, 내 손을 벗어난 그리드가 바로 옆에 있는 것 같은 신기한 상태가 다시 찾아왔다. 크로싱을 넘어선 듯한 일체감. 내가 그리드고, 그리드가 나인 것 같은 감각이다.

이 세계의 혼들은 지금도 내게 힘을 보태주고 있다. 나와 계속 동화하며 폭식 스킬을 통해 힘을 계속 보내주고 있다. 강해질 때마다 가까워지는 게 느껴진다. 나와 그리드에게는 아직 더 올라갈 구석이 있다.

아버지에게 이어받은 제6위계를 넘어선다. 우리만의 새로운 위계의 모습이 분명히 거기 있을 것이다.

다른 누군가가 아닌 우리들만의 힘을 여기에.

혼들이 우리의 마음에 호응하여, 나뿐만이 아니라 흑검 그리드와도 동화하기 시작했다.

『이건……, 페이트, 느껴지냐?』

"그래, 계속 느끼고 있어."

저 태양처럼 빛나는 구체———, 신이라 불리는 존재. 폭식 스킬은 절대적인 신의 섭리로부터 구원을 추구하는 사람들의 소원에 따라 생겨났다. 우리가 원하는 모습도 그래야만 한다.

이 흑검으로는 닿지 않는다. 지금 우리에게 필요한, 마땅한 모습으로 변해야만 한다.

성수가 된 라이브라가 록시를 몰아붙이려 하고 있었다. 하지만, 그녀의 얼굴에는 두려움이라는 얼룩이 전혀 없었다.

"록시!"

"페이!"

나는 흑검 그리드를 꽉 쥐었다.

"내 안의 폭식과 네 탐욕을 연결할 거야. 할 수 있겠어?"

『바라던 바다.』

스킬을 융합시킨다. 원래 섞일 일이 없는 대죄 스킬을 하나로. 구원을 추구하며 생겨난 대죄 스킬. 그 이단의 스킬 두 개를 합친다. 탐욕을 관장하는 대죄 무기에 폭식의 힘을 쏟아부어서.

우리만이 할 수 있는……, 새로운 대죄 무기로 승화시킨다.

할 수 있는지 없는지는 중요하지 않다. 이 두 가지 힘 말고는 방법이 없다.

흑검이 빛나기 시작했다. 검은 날개로 있는 힘껏 날갯짓하며 그녀의 곁으로 향한다.

빛은 더욱 강해져서 나를 감싸고, 조금 떨어진 록시마저 비출 정도가 되었다.

라이브라가 괴로워하며 소리 질렀다. 좀 전까지 전혀 신경 쓰지도 않았던 자들의 빛을 견디지 못한 모양이었다.

나는 그 녀석의 왼팔을 잘라낸 다음, 록시 앞에 섰다.

"내 뒤로."

"페이……, 그 검은?"

흑검의 진정한 모습. 제0위계인 흑쌍검이었다.

제38화 **폭식의 베르세르크**

제0위계 흑쌍검. 흑검보다 조금 더 길고, 베어버리는 것에 특화된 유선형 칼날.

나와 그리드가 함께 걸어온 싸움의 나날이 새겨져 있는 듯 흑검의 인상이 남아 있으면서도 더욱 세련된 형태였다.

이 대죄 무기는 지금까지와는 다르다. 만약 블랙 큐브가 아직 남아 있다 하더라도 흑쌍검을 재현할 수는 없을 것이다.

가짜 따위는 만들어낼 수 없는 존재, 세계에서 단 하나뿐인 존재.

"이 무기의 가짜도 만들어 보시지."

"끄으으으으……."

라이브라는 잘려나간 왼팔을 감싸며 거리를 벌렸다. 내 흑쌍검을 노려보며 악취와 체액을 뿜어냈다.

"페이!"

록시가 무방비한 나를 보고 놀라서 소리쳤다. 하지만, 별것 아니다.

그녀에게 미소를 짓고는 돌아서서 라이브라를 향해 일격을 가했다. 그것만으로도 그 녀석이 날린 모든 것을 저편으로 날려 보냈다. 이 두 자루가 한 쌍인 흑쌍검이라면 그 정도 공격 따위는 신경 쓸 필요도 없다.

게다가 나는 이 세계에 가득 찬 혼들의 보조까지 받고 있다. 지금 내 스테이터스는 무한대다.

물론 대가는 확실하게 존재한다. 내가 아니라 힘을 빌려주고 있는 혼들이다.

내 힘이 되어줄 때마다 그들의 존재는 사라져 버린다. 결국, 나도 라이브라와 다를 게 없을지도 모르겠다. 무언가를 대가로 바쳐서 싸울 힘을 얻고 있다.

"그렇게 신과 함께 있고 싶다면."

그러기 위한 대죄 스킬이라던 마인의 말이 생각났다. 죄가 깊을 만도 하다.

그럼에도 지금 나를 움직이게 하는 건 이 혼들. 그들이 이끌어 준다면, 여기선 사양하는 게 실례일지도 모르겠다.

나는 흑쌍검에 얻은 힘을 모조리 쏟아부었다. 평소였다면 무시무시한 형태로 변모했겠지만, 그 반대였다.

"그리드? 이건······."

『이 몸에게는 너무 눈부시군.』

"그래······, 나도 마찬가지야."

결국, 싸움은 번지르르한 말로 꾸밀 수 있는 게 아니다. 아무리 이유를 갖다 붙여도 양쪽의 주장을 서로 밀어붙이기만 하는 것일 뿐······.

라이브라의 추한 성수로서의 모습을 보니 그런 생각이 들었다. 그 또한 성각이라는 신이 내린 계시에 얽매여 있다.

내 스테이터스를 제물로 바쳐 성장한 흑쌍검은 신성한 모습이었다. 그리드가 익숙하지 않은 모습이라며 곤란해할 정도로.

이 오의에는 혼들———, 사람들의 소원이 담겨 있다. 대죄 스킬과 마찬가지다.

모습만 봐도 알 수 있었다. 분명 숭고한 존재겠지. 그렇게 믿고 싶다.

제0위계의 오의 이름이 자연스럽게 머릿속으로 흘러들어왔다.

《인피니티 디바이드》.

라이브라를 향해 오의를 발동시켰다.

흑쌍검의 앞을 가로막는 건 불가능하다. 라이브라의 반격 따위는 의미가 없다.

오의 발동 중에는 마치 순간이동을 하는 것처럼 어디에나 갈 수 있다.

날카롭고 묵직한 참격을 한없이 날릴 수 있으며, 그 모든 참격이 반드시 명중한다.

"이 힘은 대체……, 어디에서……, 크윽."

베인 곳은 분단되어 재생하지도 못했다. 그리고 벨 때마다 폭식 스킬이 발동되어 그 녀석의 힘을 깎아냈다.

육체의 대미지와 스테이터스 저하가 동시에 덮치는 그 자비심 없는 공격의 폭풍.

"아무리 다른 성수들의 힘을 얻었다 하더라도."

"……페이트."

"소용없다!"

라이브라가 발버둥 치며 오른쪽 흑쌍검을 잡아서 막으려 했다. 다른 쪽 흑검으로 베어버릴 필요도 없다.

지금 제0위계에 도달한 우리에게는 아직 새로운 가능성이 있다. ……느끼는 거다.

"뭐라고?!"

라이브라의 하나 남은 팔을 검은 번개가 날려버렸다.

내가 어떠한 상황에서도 의존해왔던 제1위계의 오의──, 《블러디 터미건》. 잡힌 쪽 흑검에서 날아간 오의가 라이브라를 뒤쪽으로 밀쳐냈다.

나는 또 혼들의 힘을 써버렸다. 잃은 것은 돌아오지 않는다. ······죄송합니다. 하지만 멈춰 설 수는 없다.

『그래. 페이트, 나아가라.』

"······그리드."

역시 무리한 시도였다.

폭식의 힘을 억지로 탐욕과 융합시켜서 얻은 새로운 제0위계─, 흑쌍검은 역시 비파괴 속성을 지닌 소체로도 견뎌내지 못한 모양이었다. 블러디 터미건을 날린 쪽 흑검에 금이 갔다.

『이게 마지막이다! 마음껏 날려버려!』

"아아아아아아아아아아아아아아앗!"

바보 같은 자식······, 폼 잡기는······, 그리드, 이 녀석.

라이브라도 두 팔을 잃은 채 가만히 있지는 않았다. 새로운 팔을 수없이 만들어내며 내게 덤벼들었다.

"페이!"

록시가 세이크리드 크로스로 원호해주며 라이브라의 시야를 가려주었다.

그동안 나는 흑쌍검을 겨누며 품속으로 뛰어들었다. 간파해라, 라이브라의 약점을, 마력의 중심을······.

제2위계의 오의───, 《데들리 인페르노》를 이단 공격으로 라이브라의 급소에 때려 넣었다. 죽음의 저주가 담긴 참격은 라이브라를 확실하게 좀먹으며 더욱 후퇴시켰다.

"아직 멀었다! 나는."

태양처럼 빛나는 그 거대한 구체 쪽으로 다가갔다. 그것을 거부하려는 듯이 맞선 라이브라가 가슴 쪽 늑골을 펼쳤다. 그곳에 잔뜩 담겨 있던 붉은 코어가 그것이 눈부시게 빛나며 붉은 섬광을 여러 줄기 뿜어냈다.

"그냥 내버려 둘 것 같아?"

힘을 내게! 좀 더 내게!

제3위계의 오의———,《리플렉션 포트리스》를 발동! 붉은 섬광을 두 배로 돌려주었다!

또다시 흑쌍검에 금이 갔다. 이번에는 오른쪽이었다.

『더 몰아붙이자. 우리라면 할 수 있다. 믿어라, 이 몸, 그리고 너 자신을!』

록시도 틈만 나면 세이크리드 크로스로 라이브라의 움직임을 둔하게 만들어주고 있다.

흑쌍검에서 하얀 불꽃이 솟구쳤다. 원래는 어떤 상처나 병도 치유해주는 불꽃. 하지만 지금은 더러운 몸을 정화시키는 하얀 불꽃으로서 타올랐다. 이 제4위계의 오의———,《트와일라잇 힐링》은 라이브라에게 맞서기 위해 마련된 힘이었는지도 모르겠다.

"네 부정함을 정화해주마."

"끄아아아아아아아아아아악."

라이브라는 타오르면서도 멈추지 않았다. 얼굴에 새겨진 성각이 그것을 용납하지 않으려는 듯이 붉게 맞서고 있었다.

결국……, 라이브라도 아버지와 마찬가지인 건지도 모르겠다. 스노우도 그랬듯이 신의 계시로부터는 도망칠 수 없다.

『페이트! 다음!』

흑쌍검에 간 금이 더욱 커졌다. 우리에게도 시간이 없다.

칼끝에서 황금색 빛을 띤 흑사가 라이브라를 감쌌다. 날뛰어도 끊어지지 않는 실. 제5위계의 오의──,《디멘션 디스트럭션》이 라이브라를 빛나고 있는 그 거대한 구체를 옭아맸다. 공간조차 두 동강 낼 수 있는 오의도 라이브라를 억누르는 것만으로 벅찬 것 같았다. 이런 상황에서도 저 녀석의 힘은 더욱 강해진 건가?!

"라이브라!"

큭……,《디멘션 디스트럭션》을 힘으로 끊어버리려 하고 있다. 몸이 산산조각 나도 상관이 없는 모양이다. 저 붉게 빛나는 성각이 그렇게 만든 것 같았다.

만신창이가 된 건 우리도 마찬가지다. 흑쌍검이 다음에 날릴 오의를 버틸 수 있을까. 나도 흘러드는 혼들의 기억과 감정 때문에 머리가 어떻게 되어버릴 것 같았다. 나 자신이 내가 아니게 되어버릴 것 같다.

나──, 페이트로서 즐거웠던 기억, 슬펐던 기억……, 별것 아닌 기억조차 다른 혼들의 기억과 천천히 그림물감을 섞는 것처럼 변해갔다.

(……아버지. 다시 한번, 내게……, 우리에게 힘을!)

이제 목소리는 들리지 않는다. 하지만 아버지가 어디선가 지켜봐 주고 있는 것 같은 느낌이 들었다.

괜찮아……, 우리는 아직 싸울 수 있어.

"가자! 그리드!"

『그래, 와라. 너는 자유다.』

제0위계의 오의와 제6위계의 오의를 융합시킨……, 우리 최후의 힘.

너덜너덜해진 흑쌍검이 호응하며 빛나기 시작했다. 너무 눈부셔서 색 같은 건 알아볼 수가 없다. 그저 가라앉아가는 붉은 세계를 덧칠해버릴 정도로 강한 빛이었다.

《인피니티 리볼트 브류나크》.

두 자루가 한 쌍인 흑쌍검. 그것이 한 자루의 대검 형태를 이루고는 라이브라의 가슴에 튀어나온 붉은 코어로 돌진했다.

소멸의 힘이 아니다. 우리는 해방의 힘을 라이브라에게 때려넣었다.

"우오오오오오오오오오오오오오오오오오!"

"끄아아아아아아아아아아아아아……, 하지만 나에게는……, 그 힘은……, 통하지 않는다."

"그럴까?"

라이브라의 성각에 금이 갔다. 붉게 빛나던 그것이 약해지는 게 느껴졌다.

최후의 오의의 기세는 멈출 줄을 모르고, 태양처럼 빛나는 그 거대한 구체를 향해 라이브라와 함께 돌입했다. 뒤에서 록시가 내 이름을 부르는 목소리가 들린 것 같은 기분이 들었지만 멈출 수는 없었다.

그곳은 따스하고 마음이 편한 곳이었다.

지금 싸우고 있다는 현실에서 생각을 멈춰버리고 싶을 정도로.

그리고 라이브라의 성각에 이변이 생겼다. 균열을 수복하기 시작했기 때문이다. 그리고 입은 대미지조차 회복하기 시작했다.

"신은 역시 나를 선택했다……, 선택해버렸다. 너는 끝이다."

흑쌍검은 곳곳이 갈라졌고 이가 빠진 곳조차 있었다. 하지만 《인피니티 리볼트 브류나크》는 아직 발동된 상태다.

"끝이 아니야. 끝난 건 라이브라……, 너다."

재생조차 용납하지 않는다. 오의를 발동시킨 채, 흑쌍검을 찔러 올렸다. 괴로움과 즐거움을 함께해온 애검이 삐걱대는 소리가 들렸다.

『즐거웠다, 파트너.』

"나도 마찬가지야. 여기까지 올 수 있었던 건 그리드 덕분이지."

『끝낼 수 있겠어? 괜찮겠냐?』

"……항상 그랬으니까."

나는 빛나는 구체 바깥에 있는 록시를 보았다. 그녀는 울고 있었다.

내가 지금부터 할 행동을 이해해버린 거겠지. 누구보다 착한 사람이니까……, 살아남아서 행복해졌으면 좋겠다.

나와 라이브라의 싸움으로 인해 수확에서 벗어난———, 해방된 혼들이 록시를 감쌌다. 그리고 내 의지를 짐작한 듯이 그녀를 원래 세계의 출구로 데리고 갔다. 그 흐름은 거스르는 것조차 용납되지 않을 정도로 강한 기세가 되어 그녀를 내게서 멀리 떼어놓았다.

"페이! 페이! 페……이…………, 저는……."

그녀를 구하고 싶다는 마음에 시작한 여행이다. 그런데 어느새 이런 곳까지 와버렸다. 그 마음은 지금도 변함이 없다.

내 록시에 대한 마음은……, 결국 전하지 못했지만, 그래도 상관없다.

"아아아아."

아니, 나는 바보 같은 녀석이다. 확실하게 전했어야 했다. 록시가 있던 쪽에……, 이미 그녀의 모습은 보이지 않았다.

마지막까지 버릇을 고치지 못했네. 그리드가 항상 말했었지……, 너는 아무것도 모른다고 말이야.

"약간 후회가 되긴 하지만 말이지."

『너다워서 좋잖아.』

"그래……, 그럴지도 모르겠네."

그것조차 떨쳐내면 이제 미련은 남지 않는다.

폭식 스킬의 원래 힘을 여기서 해방시킨다!

먹어주마! 수천 년이라는 엄청나게 긴 세월을 거쳐 모인 혼들을.

불완전한 신을 모조리 먹어치워 주마. 그게 폭식 스킬을 탄생시킨 소원이라면, 보유자로서 사명을 다할 책임이 있다.

이것 또한 성수인들의 성각 같은 계시일 것이다. 이 숙명에서는 도망칠 수 없다.

숙명이라……, 어머니는 대체……, 무슨 의미를 담아서 내게 페이트라는 이름을 붙여준 걸까.

그럴 수만 있다면 물어보고 싶었다.

내 가슴 근처가 뜨거워지고, 새빨갛게 빛났다. 그 빛이 불완전한 신을 삼키기 시작했다.

나 자신이 내가 아니게 되어가는 게 느껴졌다. 일개 개인이 할 수 있는 일에서 너무나도 크게 벗어났다.

불가능을 가능케 한다. 아론은 반드시 왕도로 돌아오라고 말해주었다. 그런 그의 마음에도 답해주고 싶다. 만난 사람들이 앞으로도 미소를 지으며 살아갈 수 있게끔.

터무니없이 많은 혼들……, 스테이터스……, 스킬……이 흘러들어온다. 숨을 쉬는 법조차 잊어버릴 정도로 끊임없이.

벌린 입을 다물 수가 없다. 억지로 먹어나간다. 마지막까지 먹을 수밖에 없다.

얻은 힘을 《인피니티 리볼트 브류나크》로 교환했다.

"페이트! *끄아아아아아아아아아악.*"

라이브라는 압도적인 힘의 물결을 견디지 못하고 성각과 함께 사라져버렸다. 그런 와중에 마지막으로 보여준 표정은 왠지 편안해 보였다.

그도 역시 아버지와 마찬가지로 사로잡혀 있었던 걸까.

흑쌍검은 거대한 빛의 검이 되어 이 세계――, 혼의 감옥을 갈랐다. 바깥에서 혼을 수확하는 흐름이 멎고, 모든 것이 여기에서 원래 세계로 돌아가기 시작했다.

붕괴하기 시작한 세계 안에서 나는 파트너를 잃었다. 모든 힘을 써버리고 원래 흑검으로 돌아온 그리드. 칼날 한가운데가 부러져버렸다.

"너는 언제나 성급한 녀석이구나……, 이봐, 그리드. 지금까지 고마워."

'신경 쓰지 마라. 이 몸은 그냥 무기다'라는 목소리가 들린 것 같았다.

나도 조금만 더 노력해볼게. 너처럼 말이야.

아직 전부 먹어치우지 못했다. 불완전한 신이 아직 남아있다.

먹을 때마다 잃어간다. 소중한 것을, 소중한 사람들과의 잊어서는 안 되는 추억을⋯⋯.

아론⋯⋯, 모처럼 검성 칭호를 받았는데. 마인⋯⋯, 같이 있어주지 못해서 미안해. 에리스⋯⋯, 내게 진짜 자신을 보여주고 마음을 열어주었는데. 왕도나 영지에는 나를 믿고 기다려 주는 사람들이 있는데.

그것들이 차례차례 사라져갔다. 이름도, 얼굴도, 추억도⋯⋯, 모든 것이 사라져 버린다.

록시⋯⋯. 이 기억만큼은 없애고 싶지 않다. 이름도, 얼굴도, 전부!

아니, 사실⋯⋯, 나는.

"뭐든 잃고 싶지 않아! 전부, 소중하다고!"

텅 비어버리고 싶지는 않다.

"그럼 도와달라고 하면 돼요. 당신은 혼자 싸우는 게 아니니까요."

당당하고 힘찬 목소리에 옆을 보니 여기 있을 리가 없는 사람, 록시가 다가와 있었다. 그 혼의 흐름에서 벗어나서 돌아온 건가?!

"저도 페이를 받쳐줄게요. 보호받기만 하는 건 싫어요."

"⋯⋯록시."

"혼자서는 힘들더라도, 둘이서라면."

이유가 뭘까⋯⋯, 마음이 매우 차분해졌다. 괴로웠던 혼들의 흐름이 바뀌기 시작했다.

가슴 근처의 붉은 빛에도 변화가 일어났다. 부드럽고 따스한 빛이 되어 나를 받쳐주고 있었다.

내가 받아내기 편하게끔, 폭식 스킬 안에 있는 혼들이 손을 내밀어 부담을 줄여주려 하고 있었다. 그 고리가 커졌다.

고리 안에는 케이로스와 미쿠리야, 라팔……, 그리고 아버지도 있었다. 얼굴을 모르는 사람들까지 우리를 위해 힘을 빌려주고 있다.

"괜찮아요. 페이는 혼자가 아니에요."

"믿을게, 모두를."

붕괴해가는 세계에서 록시와 단둘이. 그리고 힘을 빌려주는 사람들과 신의 세계의 끝을 지켜보았다.

저녁놀처럼 붉게 물든 세계에 한 줄기 빛이 내리쬐었다. 그곳을 통해 푸른 하늘이 펼쳐지기 시작했다. 혼들은 자유롭게 춤추며 가고 싶은 곳을 향해 여행을 떠났다. 이것이 마땅한 모습일 것이다.

《폭식 스킬이 발동됩니다.》

항상 듣던 무기질적인 목소리가 들렸다. 하지만 그 뒤에 들린 목소리는 평소와 달랐다.

이 목소리는 알고 있다. 이 세계에 왔을 때 꿈에서 들었던 목소리였다.

《열심히 했구나, 페이트.》

《나는 계속 너를 응원할 거야.》

……어머니……였던 건가. 계속, 계속 나를 지켜봐 주고 있었구나.

나도 모르게 눈물이 흘러내렸다. 그걸 본 록시가 걱정스럽게 말을 걸었다.

"페이?"

"모두에게 소중한 것을 배웠어. 록시도 고마워."

"왜 그러시는 거예요? 갑자기."

"나는, 록시를 정말 좋아합니다."

"무무무, 무슨, 이럴 때……, 이런 곳에서……, 당신은 참."

그녀는 갑작스러운 고백에 당황하면서도 방긋 웃으며 대답해 주었다.

"저도 페이를 정말 좋아해요."

새롭게 빛나기 시작한 세계 안에서 우리는 입맞춤을 나누었다.

이리저리 날아다니는 각양각색의 혼들이 우리를 축복해주고 있는 것 같았다.

에필로그 남겨진 자들

페이트와 록시가 그 땅으로 통하는 문으로 들어간 뒤, 시간이 꽤 지났다.

마인과 나는 겨우 성수 네 마리를 쓰러뜨렸지만 아슬아슬했지.

가슴에 난 상처도 천룡화한 덕분에 자연 치유력이 강해져서 회복시킬 수 있을 것 같다.

"마인은 괜찮아?"

"문제없어."

마인은 내 머리 위에서 과묵하게 자리 잡고 있다. 이런 위기에 처했는데도 여전히 마이페이스다.

본받고 싶기도 하네.

이번만큼은 문제없다고 끝날 일이 아닌 것 같긴 한데……. 마인도 나와 마찬가지로 큰 부상을 입었으니까.

그녀의 다리에서 흘러내린 붉은 피가 내 머리에 미지근한 느낌을 주었다. 성수들의 공격을 몇 번이나 정면으로 받아냈으니 굳이 말할 필요도 없으려나.

강한 척하기는…….

"페이트나 록시하고 합류하고 싶은데."

"우리는 못 들어가."

그럴 자격이 없다고 해야 하나.

그럼에도 불구하고 마인은 안으로 들어가려 했지만, 계속 튕겨

나오기만 했다. 그녀의 힘으로도 못 들어간다면 어쩔 수가 없다.

우리가 할 수 있는 건 여기에서 기다리는 것뿐이다.

역류해서 되살아났던 혼들도 이미 그 땅으로 통하는 문을 지나 건너편으로 가버렸다. 이대로 페이트와 록시가 라이브라를 막지 못한다면 우리가 있는 세계에 큰 영향을 끼쳐버리게 될 것이다.

"과연……, 어떻게 되어버리는 걸까."

목에 새겨진 그와의 계약에 손을 댔다. 힘은 해제되지 않았다.

"페이트는 아직 싸우고 있어."

"어떻게 아는데?"

마인이 의아한 듯이 물어보았기에 이유를 가르쳐주니.

"아얏! 무슨 짓이야?!"

"손이 미끄러졌어."

놀랍게도! 마인이 흑부를 내 머리 위에 떨어뜨렸다. 역시 대죄무기……, 천룡화한 상태인데도 묵직한 무게가 울렸다.

"멋대로 페이트를 부추긴 벌이야."

"그래도, 그가 무사하다는 걸 알고 있으니까. 결과적으로는 문제가 없는 거잖아. ……아얏!"

"정말……, 정신을 못 차렸네."

되살아났던 고대의 마물들도 사라졌기에 제도 메르가디아는 조용해져 버렸다.

원래 이곳을 소굴로 삼고 있던 마물들은 우리나 고대의 마물들이 날뛰는 바람에 어디론가 도망쳐 버렸을 것이다.

불어오는 바람만이 황폐해진 제도에 남은 소리였다.

우리가 할 수 있는 거라면 하늘에 있는 그 땅으로 통하는 문 주위를 선회하는 것 정도밖에 없었다. 페이트와 록시가 돌아왔을 때 하늘에 내팽개쳐져 버릴지도 모른다. 그럴 때 받아내자고 생각했기 때문이다.

"저걸 봐."

마인이 한 말을 듣고 그 땅으로 통하는 문을 보니,

"닫히려 하고 있어!"

하늘에 뻥 뚫려 있던 구멍이 색을 잃기 시작하고 있었다. 푸른 하늘의 색에 침식되어가는 것처럼 투명해졌다.

이대로 가다가는 페이트와 록시가 돌아오지 못하겠는데?!

그와 동시에 공중에 떠 있던 가리아 대륙의 고도가 떨어지기 시작했다.

"싸움이 끝난 건지도 몰라."

"그래도……, 페이트하고 록시는……."

나는 정신없이 사라져가는 그 땅으로 통하는 문 쪽으로 날갯짓하며 돌진했다.

"어?"

튕겨 나오지 않고 통과해버렸다. 희미해져 가던 그 땅으로 통하는 문이 우리와 닿지도 않게 되어버린 것이다.

"역시 나는 보고 있을 수밖에 없는 건가?"

"아니야. 페이트는 반드시 돌아올 거야. 약속했어."

마인은 그를 믿고 있다. 나도 그러고 싶다. 그와의 연결고리는 아직 남아있다.

가리아 대륙이 굉음을 울리며 착수했다. 물거품이 공중에 있던 우리에게까지 솟구쳤다.

그것이 내 입을 적셨다.

"짜……, 여긴 바다인가?"

성수와 싸우는 데 너무 집중했던 모양이다. 우리는 계속 남쪽으로 내려와 왕국에서 멀리 떨어진 바다까지 와버린 상태였다.

이곳은 바깥 세계다.

가리아 대륙만 그 세계에 발을 내디뎌버린 것 같았다. 바깥 세계에는 우리가 있는 세계와는 다른 규칙이 숨 쉬고 있기에 오래 머물러선 안 될 것이다.

가리아 대륙이 이 영역에 있는 것도 바람직하지 못하지만……, 이렇게 엄청난 무게를 지닌 것을 움직일 수는 없다.

"페이트……."

공중에 있던 그 땅으로 통하는 문은 빛의 입자를 남기고 사라져버렸다.

출구가 저곳뿐이라면 페이트와 록시는 건너편에 여전히 남아 있다는 뜻이다.

어떻게 하지……, 멍하니 그런 생각을 하고 있자니 마인이 내 머리 위에서 뛰어내렸다.

"잠깐만, 어디 가?"

"페이트를 찾을 거야."

"찾는다니, 어떻게……, 그는 아마 건너편에."

설마, 다시 그 땅으로 통하는 문을 연다는 뜻인가? 그래선 주객전도다. 페이트가 그런 걸 원할 것 같지는 않다.

"똑같은 짓은 안 해."

안심하고 있자니 마인이 이렇게 말했다.

"다른 가능성을 찾을 거야. 그 정보가 여기 남아있을지도 몰라."

"그렇구나."

분명……, 페이트의 아버지인 딘이 제도의 지하에서 그 땅으로 통하는 문을 열 준비를 하고 있었을 것이다.

뭔가 유용한 정보가 잠들어 있을지도 모른다. 그걸 회수해서 라이네에게 해석해달라고 하는 것도 괜찮은 방법일지 모른다.

마인은 한발 먼저 지면에 착지하고는 잔해를 흑부로 날려버리기 시작했다. 성격도 급하지……, 그래도 마인답네.

그렇다면 나도 힘을 빌려줘야지.

"마인, 비켜."

천룡화한 나라면 이 잔해를 치우는 것 정도는 손쉬운 일이다. 포효 한방에 모조리 없애주겠어.

우리는 한동안 가리아 대륙에 머물러야 할 것 같다. 가능성이 한 가지가 아니라는 건 페이트에게 배웠다.

우리가 하려는 행동도 그중 하나에 불과하다.

페이트니까.

멈춰 서는 것을 모르는 그는 우리가 걱정하는 것도 모르고 상상도 안 되는 방법으로 돌아올지 모른다.

그런 페이트를 기다릴 수는 있다. 하지만, 알아버렸다. 그와 함께 걸어가는 것을. 그렇다면 우리도 앞으로 나아가야 할 것이다.

소극적인 마인도 이렇게까지 긍정적인 아이가 되었으니……, 나도 정신을 바짝 차려야지.

그가 만약에 돌아오지 못한다면, 우리가 그 길을 마련해주자.

천룡에서 인간 형태로 돌아와 지평선을 바라보니 해가 지기 시작하고 있었다.

다시 한번, 그와 이어진 증거인 목덜미의 각인에 손을 댔다. 그러자 호응하듯 몸에 따스함이 흘러들어왔다.

저 바다 건너편에는 아직 그가 모르는 세계가 펼쳐져 있다. 어서 돌아와 줘……, 또 함께 여행을 하고 싶으니까.

*

"아론 님, 이건 어디로 가지고 갈까요?"

"으음……, 객실로."

"네."

사하라가 오늘도 열심히 일해주고 있다. 왕도의 바르바토스 저택도 수선을 마치자 많이 바뀌었다.

나도 이제 숨을 돌릴 수 있을 것 같다.

페이트 일행이 그 땅으로 통하는 문을 닫기 위해 싸움에 나선 뒤로 반년이라는 세월이 흘렀다. 세계의 앞날을 걸고 벌인 싸움의 흔적도 조금씩 원래대로 돌아가고 있다.

고대 마물들의 습격, 죽은 자들의 부활……, 왕도 세이퍼트는 극도로 혼란스러웠다. 특히 고대의 마물들이 잔뜩 몰려들었을 때는 왕도를 끝까지 지켜내지 못할지도 모른다는 생각이 들 정도였다.

다른 성기사들이 도망 다니는 와중에 백기사 두 명이 있어준 덕분에 위기를 넘어설 수 있었다.

하지만……, 페이트는 아직 돌아오지 않았다. 그때, 남쪽 하늘에서 눈부신 빛이 보였는데 그것도 이제 보이지 않는다.

마인과 에리스 님께서는 돌아오셨지만……. 그녀들은 라이나와 왕도의 연구자들을 데리고 가리아 대륙으로 가버렸다. 이야기를 들어보니 제도 메르가디아 지하에 지금까지 본 적도 없는 기술이 잠들어 있었다고 한다.

무인인 내게는 너무 어려워서 이야기를 전부 이해할 수는 없었다. 하지만 페이트나 록시를 찾아내는 방법의 실마리가 될 것 같다고 한다.

아이샤도 록시가 없어지자 쓸쓸해하고 있다. 되살아났던 메이슨도 결국에는 다시 떠나버렸으니.

나는 사하라와 메밀이 곁에 있어주니 그나마 낫지만……. 아이샤가 어떤 심정인지 짐작이 된다.

"오늘은 아이샤 님께 가시는 거지요."

"그래. 사하라도 잘 부탁한다."

"네! 장을 보러 나간 메밀 씨도 슬슬 돌아올 테니, 기대되네요!"

요즘, 사하라는 기운이 넘친다. 원래부터 솔직하고 착한 아이였지만 이유가 있다.

가지고 있던 스킬에 변화가 생긴 것이다. 스킬은 태어날 때부터 정해지고 바뀌지 않는 것……이었을 텐데.

그런데 사하라가 가지고 있던 스킬이 완전히 변해버렸다. 도움이 안 되는 스킬 때문에 괴로워하던 만큼 그 기쁨은 내가 보기에도 엄청났다. 엉엉 울어대서 어떻게 해야 하나 싶을 정도였다.

게다가 얻은 스킬 중에 놀랍게도……, 성검기가 있었다. 그건 정말 놀라웠다.

그 변화가 일어나기 전날 밤, 사하라는 꿈속에서 페이트의 목소리를 들었다고 한다. 그녀는 페이트가 준 선물이라고 했지만, 정말인지는 알 수가 없다.

내게는 아직 페이트의 목소리가 들리지 않는다. 어디서 뭘 하고 있는 건지……, 정말.

"늦어서 죄송합니다. 아론 님."

"메밀이구나, 마침 잘 왔다. 오늘 아이샤를 만나고 나서 왕도를 나설 생각이다."

"예전부터 말씀하셨던 바르바토스 영지로군요."

"그래. 꽤 오랫동안 자리를 비웠으니까. 다들 들르라고 시끄럽게 굴거든."

"존경받고 계시다는 증거입니다. 저택은 저와 사하라에게 맡겨주세요."

"으음. 부탁하마."

바르바토스 영지는 에리스 님을 통해 가리아에서 발굴된 기술을 공유받고 있다. 마과학이라는 내가 알지 못하는 것으로 새로운 시대의 도시를 만들려고 하는 모양이다. 영감에게는 좀 어려운 이야기다.

하지만 당주인 페이트가 자리를 비운 동안에는 내가 대신 그 역할을 맡아야만 한다.

새로운 것들뿐이라 늙은이에게는 힘들지만, 그 밖에도 재미있을 것 같은 게 있으니 잘된 거라 생각하자.

"기대되시는 모양이군요."

"알아보겠나?"

"네, 요즘 아론 님께서는 특히. 역시 사하라를 성기사로 만드실 건가요?"

"그 애는 의욕을 보이는 것 같구나. 받은 힘을 통해 검성을 목표로 삼겠다고 하더군."

"대담하네요."

"믿음직스럽지."

장래가 기대된다. 나와 대련해주던 사람이 없어졌기 때문에 적적하던 참이었다.

사하라는 미숙하지만 검의 재능이 있다. 저번에도 지도해보았는데, 받아들이는 속도가 빠르다. 페이트가 생각날 정도로.

양반은 못 되려는 건지, 사복 차림인 사하라가 다가왔다.

"오래 기다리셨습니다. 어라……, 왜 그러시죠?"

"잘 어울린다 싶어서 말이야."

"에헤헤……, 감사합니다."

아직 어리군. 사하라가 기뻐하는 표정을 보고 있자니 메밀이 그녀의 머리를 쓰다듬으며 말했다.

"잘됐네요."

"같이 골라주셔서 감사합니다."

메밀은 딱히 대단한 일은 하지 않았다는 듯이 쑥스러워하고 있었다. 그녀도 마찬가지로 바르바토스 가문에 적응한 것 같아 다행이다.

평온한 일상은 정말 좋은 것이구나. 절실히 그렇게 생각하고 있다가 두 사람이 재촉했기에 하트 가문으로 가게 되었다.

저택 밖에는 새 두 마리가 하늘을 날고 있었다. 흰색과 검은색

새. 한 쌍인가?

둘은 성 주위를 자유롭게 날아다니다가 잠시 후에 남쪽에 있는 가리아로 날아가 버렸다.

페이트, 록시……가 생각났다. 문득 불안한 마음이 들었지만, 그들이라면 괜찮을 것이다.

그리고 나와 페이트는 특별한 인연으로 이어져 있다. 나는 알 수 있다.

메밀과 사하라도 새 한 쌍을 보고 두 사람이 생각난 모양이었다.

사하라의 눈에서 한 줄기의 눈물이 흘러내렸다.

"페이트 님께서는……, 돌아오시겠죠."

"그래, 돌아오고말고. 페이트는 계속 싸워야만 살아갈 수 있는 성격이라 의외로 어딘가에서 누군가를 위해 싸우고 있을지도 모르겠구나."

"그런가요……"

사하라를 끌어안고 격려하며 말했다.

"그래도 페이트는 약속을 어길 녀석이 아니다. 그렇지?"

"네!"

나도 사하라, 메밀과 마찬가지다.

지금 할 수 있는 것은 페이트가 돌아올 곳을 지키는 일이다. 아무리 멀리 떨어져 있더라도 그것만 있으면 사람은 돌아올 수 있다.

적어도 나는 그렇게 믿는다.

반드시 돌아오거라……, 페이트. 아무리 불가능하더라도 말이다.

나는 여기서 모두와 함께 너를 기다리마.

후기

오랜만에 뵙습니다. 잇시키 이치카입니다.

드디어 제8권입니다.

페이트의 폭식에 얽힌 싸움도 이렇게 끝났습니다.

음, 길었네요. 2017년부터 연재를 시작해서 이제야 여기까지 온 느낌입니다.

폭식의 베르세르크는 일단 페이트 시점으로 등장인물들을 한정 지어서 썼습니다. 그런데 권수가 늘어나다 보니 등장인물도 늘어나 버렸군요.

8권 최종 전투 때는 페이트, 록시, 마인, 에리스, 스노우, 모두가 잔뜩 참가했습니다!

지금까지 내용 중에서는 파티 멤버가 가장 많습니다. 집필하면서 독자 여러분께서 혼란스러워하지 않게끔 노력했습니다. 그리고 이번 권만으로도 지금까지의 내용을 정리한다는 도전도 했습니다.

어떠셨나요?

만족하셨다면 다행입니다.

그리고 제7권 이후로 약 2년이나 걸리게 되어 죄송합니다. 쓰자, 쓰자, 생각은 하고 있었습니다. 그런데 그동안에 큰 병을 앓고 수술, 재활……, 그 이후에 이직.

격동의 인생이었습니다.

몇 번이나 좌절할 뻔했고, 글을 쓸 상황이 아니게 되었고, 절필

할까 하는 생각도 들 정도였습니다.

그래도 이러쿵저러쿵해도 결국에는 폭식의 베르세르크를 쓰게 된 기억이 납니다.

코미컬라이즈 쪽에서 많이 지탱해주신 것 같습니다. 타키노 선생님, 감사합니다.

그리고 애니화가 결정되었기에……, 마지막까지 써야만 할 것 같다고 결심했습니다.

애니메이션 각본도 감수하는데 폭식의 베르세르크의 마지막이 보이지 않는다면 페이트가 나아가야 할 방향이 희미해져서 설득력을 잃게 될 것 같다는 느낌이 들었기 때문입니다.

감수를 하면서 이야기를 객관적으로 볼 수도 있었고, 설정도 정리할 수 있었습니다.

그 성과를 제8권에 살려낸 것 같습니다.

작품의 원점으로 돌아가 배틀을 마구 벌이자! 라는 마음가짐으로 글을 써나갔는데, 읽으셨으면 아시겠지만 제8권은 배틀로 시작해서 배틀로 끝납니다.

아껴두었던 위계해방도 두 번이나 했습니다.

제0위계는 단행본으로 내기 전에 담당 편집자분과 이야기를 나누던 도중에 떠오른 아이디어입니다. 5년 뒤에 아이디어를 선보이게 되었습니다.

더 이어나가고 싶긴 합니다만, 단행본 이야기는 여기서 끝입니다.

마지막이기에 '폭식의 베르세르크'의 등장인물들을 데리고 와서 추억 이야기라도 하려 합니다.

이번 후기는 평소보다 많은 7페이지이기에 이것저것 이야기할 수 있을 것 같네요.

그럼 주인공인 페이트!

페이트 "어? 여기는⋯⋯."

잇시키 "어서 오세요, 페이트!"

페이트 "또 이건가요? 문고판 후기에서는 항상 그랬으니 이제 익숙해졌네요."

잇시키 "바람직하군."

페이트 "그냥 작가분이 후기 페이지 수를 벌고 싶은 것뿐 아닌 지⋯⋯."

잇시키 "아아아, 아무것도 안 들려. 그럼 당신이 소환할 사람 한 명을 정해주셔야겠어요."

페이트 "왜 그렇게 중요한 역할을⋯⋯, 누구로 하지⋯⋯."

잇시키 "그 애밖에 없을 것 같은데."

페이트 "아⋯⋯, 어른의 사정이라는 거군요. 록시⋯⋯, 미안해."

잇시키 "눈치가 빠르구나. 그럼, 마인 소환!"

마인 "뭐야?"

잇시키 "마인 양이 이번 페이트를 평가해주십사 해서."

마인 "으음~."

페이트 "⋯⋯두근두근."

잇시키 "페이트, 혹시 긴장한 거야?"

페이트 "당연하죠. 최종 전투였으니까요! 마인, 어땠어?"

마인 "9점."

잇시키 "10점 만점에서?"

마인 "아니야. 100점 만점."

페이트 "기준이 너무 엄하잖아……, 대체 뭐가 마음에 안 든 건데?"

마인 "나만 두고 가버렸어."

페이트 "그 땅으로 말이야?"

마인 "맞아. 그리고 마지막에는 록시하고 둘만의 세계였어."

페이트 "그곳에 있지도 않았으면서 어떻게 아는데!"

마인 "에리스도 화났어. 그리고 나도 화났고. 누구 덕분에 록시를 쫓아갈 수 있었던 건데?"

페이트 "이번에는 정말 감사했습니다!"

마인 "으음. 어쩔 수 없지. 그런데, 그 땅에서 언제 돌아올 거야?"

페이트 "글세……. 작가분, 가르쳐주세요."

잇시키 "음~, 문고판으로 제9권을 발매하게 되면 알게 될지도 모르겠네."

페이트 "그런 것 같은데."

마인 "대답이 안 되잖아! 이렇게 된 이상, **그것**으로 페이트를 돌아오게 만들 거야."

페이트 "그거라니, 설마……, 지금 읽고 있는 사람들은 무슨 말인지 잘 모를 텐데."

마인 "그렇지 않아. 단골 메뉴! 거부권은 없어."

설명하지. 분노의 마인밥.

그것은 마인에 의한, 마인을 위한 요리. 그리고 주위에 있는 사람들을 휘말리게 만드는 비극. 내놓은 요리를 거부할 권리는 없다.

다시 말해 남기면 안 돼요! 게다가 식재료도 기괴한 것들뿐이다.

잇시키 "이번에는 난 상관없잖아. 왜냐하면 페이트를 그 땅에서 돌아오게 만들기 위한 요리니까."

마인 "작가도 먹어야겠어. 이것도 뭔가 인연일 테니까."

페이트 "그렇다네요. 포기하시죠. 어차피 도망칠 수는 없으니까."

잇시키 "몸을 떨면서 그렇게 말하니 엄청 도망치고 싶어지는데."

마인 "다녀올게. 잠깐만 기다려."

페이트 "대체……, 마지막에 뭘 먹게 되는 건지."

잇시키 "독이 아니길 기도하자고."

페이트 "아하하하, 뭘 모르시네요. 독 정도면 차라리 나을 텐데."

잇시키 "역시 도망칠까."

마인 "기다렸지."

잇시키 "빠르네."

마인 "이런 일이 있을까 해서 빵을 구워두었어. 세 개 있고. 마음에 드는 걸 골라."

잇시키 "이 안에 꽝이 하나 있는 건가?"

페이트 "아하하하, 뭘 모르시네요. 전부 꽝이라고요."

마인 "흐읍!!"

페이트 "죄송합니다. 저는 이걸 먹을게요. 와삭."

잇시키 "……그럼 나는 이거. 냠."

마인 "나는 남은 거. 꿀꺽."

페이트 "으으으으으읍! 맛있다거나……, 그런 게 아니야! 이건?!"

잇시키 "……추억의 맛이 나는데. 지금까지의 폭식의 베르세르크가 전부 담긴 듯한 맛이야."

페이트, 잇시키 "열심히 했지……, 으아아아아아아. 우리는 정말 열심히 했어."

마인 "지금까지의 추억을 맛으로 빵에 담아봤는데. 감동했어?"

페이트 "마지막 순간에 이런 걸 만들다니. 이러면 그 땅에서 돌아와야만 하잖아……."

잇시키 "그러게……."

마인 "좋아, 잘 풀렸네. 그럼 9권에서 다시 만나요!!"

잇시키 "확실하게 약속할 수 없는 말을 멋대로 하지 마!"

마인 "안녕."

이렇게 페이트, 마인, 잇시키, 세 사람의 대화였습니다. 조금이라도 즐겨주셨다면 좋겠습니다.

코미컬라이즈는 타키노 다이스케 선생님께서 계속 연재해주고 계십니다. 현재, 제9권까지 나와서 브레릭 가문의 메밀이 바르바토스 가문의 양녀가 되어 파란을 일으키고 있습니다. 원작자로서도 매우 재미있게 보고 있습니다.

마지막으로, 커버 일러스트, 삽화를 fame 씨께서 그려주셨습니다. 항상 매력적인 그림을 그려주셔서 감사합니다. 그리고 지원해주신 담당 편집자분, 관계자 여러분께 감사드립니다.

애니메이션 방영이 기대됩니다. 꽤 힘줘서 감수를 진행하고 있습니다.

첫 경험이라 당황하기도 했습니다만, 애니화가 되면서 많은 관계자분들의 도움을 통해 여기까지 올 수 있었습니다. 이 자리를 빌려 감사의 말씀을 드립니다. 고맙습니다.

　방영하려면 시간이 아직 남긴 했습니다만, 꼭 봐주셨으면 좋겠습니다.

　그럼 또 언젠가 만나뵙게 되기를 기대하겠습니다.

역자 후기

안녕하세요. 천선필입니다.

이번 폭식의 베르세르크 8권, 재미있게 읽으셨는지 모르겠습니다.

지난 7권 후기에서 이번 8권이 마지막 권이라는 말씀을 드린 바가 있습니다. 그래서 번역에 들어가기 전에 작업용 원서를 받고 띠지를 보았을 때, 저도 매우 당황스러웠습니다.

제1부 완결? 애니화? ???????????

일단 후기에 나온 작가분의 말씀에 따르면 '일단은 여기에서 끝, 더 나올지는 모르겠다'인 것 같긴 합니다. 그래도 완전히 끝난 거라고 못을 박는 것보다는 나은 상황이라고 할까요.

7권 후기 이야기가 나온 김에 더 이야기를 해보자면, 개그 캐릭터가 되어가는 에리스에 대한 내용도 있었네요. 그때는 아쉬움 반, 기대 반으로 그런 말씀을 드렸습니다만 이번 8권에서 제 개인적인 기대를 많이 충족시켜준 것 같습니다. 메이드 모드(……)로 깜짝 등장한 초반, 그러면서도 그동안 제대로 쌓지 못했던 플래그를 확실하게 챙긴 중반, 저번 7권 마무리 부분처럼 자신의 시점으로 이야기를 잠깐이나마 풀어나간 에필로그까지. 이 정도면 8권 표지에 페이트만 넣지 말고 에리스까지 같이 넣었어도 괜찮지 않을까 싶긴 합니다. 본편을 다 읽으시고 이 역자 후기를 읽고 계신 분이라면 느끼셨을지 모르겠는데, 에리스가 메이드 모드일 때는 자아가 봉인되어서 수동적으로 명령만 따르는 캐릭터라는 느낌을 살리기 위해 말투를 최대한 딱딱하게 표현해보았습니다. 어떻게 읽으셨는지 궁금하네요.

그리고 7권 에필로그에 이어 초반부터 스노우를 제치고 이 작품의 귀여움 담당이 되어버린 마인도 꽤 인상 깊었던 것 같습니다. 초반에 페이트 주위를 돌면서 눈에 자주 띄게끔 노력하는 모습, 그리고 그걸 굳이 페이트에게 말해주는 부분이 특히 마음에 들었습니다. 물론 미각을 되찾고 페이트에게 요리를 해주기 위해 노력하는 모습 또한 마찬가지죠. 마인의 그런 일면을 볼 수 있게 되었으니 지난 7권에서 페이트가 고생한 보람도 있는 것 같네요.

이런 생각을 하면서 이번 폭식의 베르세르크 8권을 번역하였습니다. 매번 그랬듯이 감사의 말씀 드리고 후기를 마치려 합니다.
항상 신경을 많이 써주시는 담당 편집자분, 그리고 책을 내는 데 도움을 많이 주신 소미미디어 관계자 여러분, 그리고 가족 여러분. 감사합니다.
그 누구보다 감사드리고 싶은 분은 독자 여러분입니다. 제가 이렇게 무사히 번역을 마치고 후기를 쓸 수 있는 것도 독자 여러분 덕분이라 생각합니다. 진심으로 감사드립니다.

항상 건강하시고 행복한 하루 보내시길 바랍니다.
감사합니다.

BOSHOKUNO BERSERK ~OREDAKE LEVELTOIUGAINENO TOPPASURU~ Vol.8
© 2022 by Ichika Isshiki / fame
All rights reserved.
First published in Japan in 2022 by MICRO MAGAZINE, INC.
Korean translation rights reserved by Somy Media, Inc.

폭식의 베르세르크 8

2023년 5월 15일 1판 1쇄 발행

저　　자	잇시키 이치카
일 러 스 트	fame
옮 긴 이	천선필
발 행 인	유재옥
본 부 장	조병권
담당편집자	박치우
편집 1팀	김준균 김혜연
편집 2팀	정영길 조찬희 박치우 정지원
편집 3팀	오준영 이해빈
편집 4팀	전태영 박소연
미　　술	김보라 박민솔
라이츠담당	김정미 맹미영 이윤서
디 지 털	박상섭 김지연
발 행 처	㈜소미미디어
등　　록	제2015-000008호
주　　소	서울시 마포구 토정로 222, 403호 (신수동, 한국출판콘텐츠센터)
판　　매	㈜소미미디어
제 작 처	코리아피앤피
영　　업	박종욱
마 케 팅	한민지 최원석 박수진 최정연
물　　류	허석용
전　　화	(02)567-3388, Fax (02)322-7665

ISBN 979-11-384-7842-7
　　　979-11-6389-460-5 (세트)